深圳的
我们

叶 耳 ◎著

中国文史出版社

目　录

第一辑　大地上的家乡

　　大地有大地的心事。我们穿行在日常的大地之上，却无法知晓大地的忧伤。一个富有诗意和思想的生活观察者，她一定懂得了大地的情感。大地蕴含了人类生命的巫语。在这里，我选择了她作为第三人称，这个她是个女的，而不是男的他。我们常说，大地是母亲。她洞察了大地的一切，成为我们的眼睛。

大地上的家乡

1

我把一枚硬币朝空中抛去，一个长得很好看的女子正迎面走来，在她接近我的时候，我顺手接住了自高空落下来的硬币。女子露出了好看的微笑。金属的阳光也落到了我的手心。我握紧了这枚从高空抛落的硬币，仿佛握住了一枚温暖。我突然对陌生有了动情的部分。我心情舒畅，阳光却如此大方地遍布大地。这样的景色总让人想起春天。

阳光如此明媚。我漫步在街上，看见自己安静的影子在阳光里，像一幅流动的画卷。燃烧的思想隐身于我的方向。我有我的方向，你有你的道路。生活呼吸着城市工业的空气，时光静流，人声喧嚣。谁又能想到自己，想到自己的明天将遇见哪一辆马车。赶马车的人早已遗弃了乡村的风情。与远方相遇，交织的夜晚有着猜想的温暖。

我透过沙发墙上的镜子，发现嘴上的胡子都不见了，才想起昨天我刮了胡子。我对着镜子说话，嘴上的胡子刮得非常干净，没有留下一点的痕迹，它们已经去向不明。仿佛尘世里每个人的孤独，在万物的大地上奔跑着，谁也打探不了孤独的去向。

在穿过红绿灯的斑马线上，涌动着许多陌生的面孔，每一张脸谱都洋溢着别处生活的微笑！他们大多穿着工衣，有几个上衣上还挂着厂牌。他们里面大多又都是女性，只有几个男生夹杂在她们的中间，她们穿的是一种颜色，他们穿的又是另外的一种颜色。我的头脑里马上浮现了"加班"和"工资"两个词语。多年以前，我活在这两个词语里。我不停地加班，工资还是那么低。我换了无数的工厂，每一家都让我难以逃遁。我真羡慕那个时候的自己，从不会懂得辛苦和汗水的疲惫，充满了对未知事物的好奇。我怀疑那个从前的我，怎么会那么有精神？凌晨下了班，还能趴在铁架床上写诗，画画。我一次次在诗歌的句子里和绘画的线条里做着天真的梦想，体味着夜晚的抒情。

她们经过我时，像一个擦肩而过的回忆。

我喜欢穿着工衣的她们，像我的老乡我的亲戚，像我忽略的寂寞和忧伤。走着走着，我发现街上的人越来越多了。男男女女，多么青春。今天是个好日子，很多工厂都放假了，他们有了自己的时间，她们成群结队，有说有笑。有的手里拿一根甘蔗，有的拿着一个煮熟了的玉米棒，还冒着腾腾的热气。她们像乡村的风景，遍地生长。

我一直这么走着，在大街上漫无边际地走着。阳光如此明媚，我竟然有了迷路的感觉。我在一个站台上了一辆公交车，上了车才发现，车上座无虚席，有空隙的地方都挤满了人，有几个女孩子看上去很高兴，在拥挤的人群里大声地讲着话，用的是四川的家乡话，但听得真切。只见一个女孩对另外一个女孩说，你是不是看上他了哟？

说这话的人和听这话的人都情不自禁地笑了。

2

我在夜幕下经过中医院，橘黄色的路灯照亮了行色匆匆的路人。灯光把大地照耀得很清晰，如同白昼。我从容的身影和内心的焦虑是复杂的，是矛盾的。天越来越冷了，寒风吹拂着我的面孔和双手，我才感觉到这座城市也有寒冬。尽管要穿厚厚的外套，睡觉要盖厚厚的棉被，但与家乡的寒冬相比，这真的算不了什么？我其实很喜欢这个样子，睡觉很安然。写作最舒服，对于一个居家的男人来说，这样的季节是再好不过的了。

在离中医院不远的一块空地上，那个看相的老先生还没有回家。还坐在那里，等人去占相问卦。这个时候，只有他一个人，静寂地瓷在那里。他打开自己的钱包，在聚精会神地清点着今天的收获，五块十块地数着，时不时用根手指在自己的嘴巴里沾点口水。

我在街摊上花两块钱买了一个熟玉米棒。我问卖玉米棒的妇女，玉米熟么？她说，熟。玉米好吃么？她说，好吃的。我说，你选一个好吃的给我。她就选了一个给我，我说，真的好吃的么？她说，你要相信我，真的好吃的。我付了钱，接过她递给我的熟玉米棒，在巷子拐弯的地方咬了一口，果然好吃的。

我想起了妇女言辞诚恳的话：你要相信我，真的好吃的。

3

尘世里我们无法去猜测生命的指向，或者命运的疼与欢。阳光擦亮我的窗户，干净的光线涂抹在散开的窗帘上，窗帘上的花朵醒了，它们一朵一朵地盛开了。在忘尘的想象里，在心灵的野地，它们多么繁茂，多么旺盛，多么生机。稠密的青草和露水沾染着清香的空气，生命诞生，万物生长。我沿着想象的途径望着窗帘，以及窗帘上充沛的阳光。阳光里住着天使，她们每一个名字都沉浸在我们的心灵。我房间里的窗帘是一位陌生的女子留下来的。她原来住在我现在的房间里，听房东说，去了另外一座城市。她走了，留下了有着她气息的窗帘。我对她有了更多的猜谜。

不消说，她一定遗留了上帝给予她的梦。我如此无端地置身于别处的梦里。

我用虚构的可能性寻找着时间的痕迹。

我的善良常常显露了笨拙。我喜欢朴实而亲切，我喜欢干净而谦虚，我喜欢贤惠而素静，我喜欢诚实而明亮，我喜欢温柔而大方，我喜欢的当然不止这些。在遥远的某件事物里，也许就有着现在某件事物的开始。人间的心事与人间的忧伤都在体验着疼与欢，爱和憎。我在路上遇到一对男女在吵架，男的低着头在抽烟，女的受不住用了很严厉的声色：你要我怎么样你才甘心呢？

她的声音很响。路过的人忍不住笑了。

生活中很多的时候，我们笑了就有了泪。生活通过时间刻画了命运的栖身之所，也消融了时间里的生命。距离是一种美，美在一种错觉。在一起的人会与你有离别的时候，有分手的时候。离别了分了手就不在一起了，彼此的想念有可能是一天两天，也有可能是一生，是永远。

4

两个像母亲的女人坐在草地上，她们在快乐地说着话。旁边停放着打扫街道路面的环卫车和扫把。很显然，这是两个搞清洁卫生的环卫工人。我在路边商店买了一包"好日子"香烟，拆开封口，从里面抽出一支来，准备点燃。这时我无意看到一个肥壮的男人从附近一家"福建城"发廊走了出来，他眯了眯眼睛，朝空气里放肆地打了一个喷嚏。男人的腋下夹着一个精致的小公文包。男人满面红光，看得出来，男人刚才进去了一定有了满意的收获。很多这样的男人，他们体面而安然地在这样的场所停留短暂的片刻。然后从里面走出来，走进人群里，从此隐身，无人可知他适才的秘密。这个男人走了一段路，在一个补鞋的地方又停了下来。他的鞋有了灰尘，他想把鞋擦得更亮一点。补鞋的师傅很卖力地擦拭着他的鞋，鞋很快就擦好了。他走在路上，鞋更比先前更亮了，再亮的鞋在路上走得久了还是会被蒙上灰尘的。

一个乞讨的老头，挡住一个浓妆艳抹的女子，把手里的破杯子伸到女子的面前。女子不给，老头不让。女子生气了。老头也当仁不让地瞪圆了双眼怒视着女子。这两者相映成趣的几十秒钟里，过路的人有捂嘴偷笑的。

5

在家里看看书，发发呆，听听音乐，觉得这样挺好的，有一种幸福浮现的感觉。看书看得累了，就到外面去走走，外面的天气还是那么好，阳光与我不慌不忙地走着。很多人与我不一样，他们行色匆匆，他们很忙，他们在时间的跑道上赛跑。时间从来不住在这些人的家里，不是在公司就是在路上。时间对于很多人来说，是非常欠缺的。世俗的生活让很多人忙于时间里，沉醉于时间里。他们昼夜地忙碌着，就是为了过得更好。什么样的生活才是更好的呢？很多人说，我今天很忙，没有时间。在以物质和金钱来衡量一个人价值的今天，时间的最大证明，就是人拥有了物质生活的财富。车子房子票子等等，让一个人才尽其用。在时间的深处呕心沥血，终于赢得了时间。今天的生活是越来越繁忙了，忙得不可开交。很多人连过年都没有时间回家，想想真是不可思议。

赢得了时间的人，其实已经失去了时间。

在当下，在今天，幸福生活的指向是什么呢？它真正的意义是什么？我相信很多人是难以回答这个问题的。我们从来就没有认真地想过，我们活着究竟想干什么？我们得如何活着？走在大街上的人，像奔跑的马。我是那个赶马车的人，我在时间的背后欣赏这一切。我的时间是我自己给予的。所以，我像主人一样在家里，在时间里，享受这纯净的生活。

以前，我很不明白，一个女人怎么可以去养狗？而且把狗当作个孩子养着，疼爱着，给它洗澡，穿新衣服，带它睡觉，高兴的时候总是抱在怀里。在路上，我又遇见了这样的情景：一个高挑的女人，长得优雅而迷人，怀里正抱着一条小狗。一边走一边拿脸去亲近小狗的嘴巴。这么漂亮的女人，她的小狗应该知足了。小狗与女人的情缘相比起红尘中无数的男子，又有几个能得到她如此地宠爱呢？

女人欢快地哼着声调，软绵绵地感染了小狗。小狗在她催人入梦的声调里，很乖地打起了瞌睡。喉咙里还发出亲昵的嗡嗡声来。女人正走着，不知从哪里闪出了一个邋遢的乞丐男子，他目光痴呆对着女子，咧开嘴来哈哈地笑着。这一举动把女子吓了一跳，女子很矫情地骂了一句粗话。小狗也惊醒了，对着满街的阳光汪汪地叫着。这莫名其妙的举动，让看到此幕的行人不由得会心一笑。

我看到的这个场景，再细细回想起来，觉得也是一种幸福。一个女人，她的内心总是寂寞和脆弱的。在一个人的时间里，小狗的陪伴，会让她感到生活在时间里的具体和结实。她会因此而让自己的寂寞像烟雾消失。在夜晚来临的时候，她抱着小狗，就像抱住了安慰和勇敢。它有时候是女人心里的一种语言。她需要独自表白。

再遇见牵着小狗走在大街上的女人，我就安静地在远处看着。我突然想，女人可能自己都不知道她幸福的感觉其实就是在生活的时间里，牵一条小狗去散步。

6

这尘世里，有没有一个人像自己这般？或者像自己这般的是一个女人。遇见另一个自己，我想，在生活的现实里是无法实现的。我们只能在虚构里沿着猜想的路途去寻找，去相遇。我们穷其一生，也只能在想象的路上遇见自己了。

过去了的是从前，正在继续的是今天，即将来临的明天将是个什么样子？明天是一个值得期待的日期，它永远出现在未来的路上。每个人都将抵达自己的未来。而未来给予我们的是不同的方向。

就像现在，就像此刻，我被风抒情地抚摸着。这对于很多在巷子里打麻将的男女来说，风无法触摸他们，风在小店的门口就停住了脚步，风敞开了事物的一切，被阳光打扫得健康而干净。我站在男女们遗弃的风情里，被风轻轻地吻着。我安静得不想说一句话。

男人说，今天手气真背，没自摸过一回。

女人说，今天邪门了，我也没自过摸哩。

男人抽出一支烟来，点燃，深吸一口，粗重地吐出来，烟圈旋出很远，最后沉入风里，去向不明。女人手里捻着一张牌，在桌上不轻不重地拍着节奏，修长的手指甲上涂抹了很浓的红色。男人和女人不经意对视了一下，各自轻声发了笑。男人问女人，你输了多少了？女人说，八百。女人问男人，你呢？男人说，快一千了。

风和我在巷子的过道上，每一个方向都能进入城市的生活。而男人和女人，他们和她们，显然失去了方向。他们在生活里以游戏的方式隐藏了各自的方向。从前的方向，以后的方向。

再见了从前，就会相遇后来。今天一场游戏的结束，意味着新的游戏在今天重新开始。你无论怎样洗牌，只要有风，就会有风吹草动的境遇。

建筑大面积地覆盖了大地，大地上只剩下了建筑和活动的人。万物变得坚硬而冷漠。城市的公园，只留下了生活诗意最珍贵的一个部分。在那里，风吹得很静，像一个梦境。我去公园的跑道上跑步，都要遇到一对老人，他们两个有说有笑地在散着步。好几年了，我一直遇见他们。我和这对老人从来没有说过话，但在同一条跑道上，我们熟悉了汗水的方向。我喜欢在跑道上看到运动的女子，她给予了风和阳光的风景，也给予了道路难以言说的热爱和赞美！

7

晨光中的阳光照着街巷，照着市场，照着人行。四周的景物及光影还沉睡在城市的睡眠里。楼下小店的卷门紧紧地关闭着，老板娘和她的男人一定还在昨晚的夜里做着梦吧。昨夜这里一定又是个失眠的夜晚。小店里有一张麻将桌，打麻将的人常常把这里的夜晚弄得很响。长长的巷子里从头到尾，随处可见这样的小店，店里并没有卖什么商品，只是象征性地摆放一些香烟，一些饮料和米酒等。这里的小店说到底主要是用来打麻将的。这一个又一个的小店只不过是一个又一个麻将娱乐的点罢了。生活就由这个点牵引着许多人的日常。他们和她们沉湎于这样的声音娱乐。

小店遮蔽着城市工业的孤独，在别处闪烁着黑的火光。

这使我想起了这里的发廊，很多也不过是个摆设，很少给人真正理发洗头。这些发廊通常不是用来理发，而是用来打飞机的。不知是谁天才般地想到了"打飞机"这个词汇。这是一个动词。而这个动词放在性感美女的发廊里，就有了引诱和煽惑的一面。我看见很多男人，都情不自禁地进入了这样的发廊，去研究和分析"打飞机"这个动词。

发廊里的大多是一些少女，她们裸露着细腻白皙的皮肤，一排排地坐在发廊的沙发上，超短裙短得只剩下了内裤。胆子大的少女就故意把胸脯的一大半露在外面，叉开双腿，让性感的内裤裸露无遗。她们坐在里面，外面的行人经过发廊时，隔着清亮的玻璃可以看得清清楚楚。少女的秀发、风情，

9

以及性感的芳香召唤着陌生的邪念。有了杂念的男子下定了决心，走了进去，选了一位自己看上的。少女就带着男子走进了昏暗的光线里……

晨光里的阳光并不暖，天气又变得冷了许多。这样的天气，赖在床上睡觉倒是很不错的想法。可想法终归只能是个想法而已，生活是经不起幻想的，在现实的面前，异乡的生活显得严峻而残酷。凌晨的四五点钟，街上就有了在打扫的环卫工人了。他们冒着寒风，用扫把沙沙地清扫着地面上的杂物、垃圾。

早晨去市场买菜时，阳光已大片大片地落下来了，落在市场的门前，落在来往的人身上。在市场门前，一群妇女坐在水泥台阶上，像游手好闲的富人，用针织在娴熟地编织着手里的毛线。她们大多来自农村，听口音，沾着很浓郁的乡村气息。她们脸上闪烁着晨光中的阳光，手里在不停地挑拨着欢腾的内心。她们在市场的门前，在这一刻的呈现里，唤起了我对乡村的愁绪和别离后的依恋。

她们坐着，她们编织着，有一种幸福聚拢在她们的周围。她们一定爱着自己的家乡，爱着自己的孩子，爱着她们的男人。家乡已经看不见这些女人了，她们逃离了家乡的眼睛，在别处，在城市的深处，她们喊喊喳喳，像要飞的鸟儿。她们构筑了城市的另一种乡村。

这些女人，都不简单。

此情此景，正在温暖我时，一个妇女忽地站了起来，沾着很重的乡音问我，先生，要办证件么？说着，递给了我一张卡片，卡片正面写着：

东南亚证件（集团）有限公司，代办一切文凭、证件、刻章、票据，联系人李××，手机：1306681××××；1371422××××，敬请保留，以备急用。

卡片背面写着：本公司代办以下业务：1.各学校毕业证，各中高等院校学历、学位证书，自考、成教函授、外语等级及各种档案材料。2.各类操作证、技术等级证，电工、厨工、美容美发、会计、会计师、工程师、教师、医师执业资格证，职称证。3.各种防伪身份证、户口本、未婚证、结婚证、离婚证、准生证、出生证、结扎证、妇检证、健康证，各种士兵证、退伍证等。4.驾驶证、行驶证、营运证、车牌等。5.并可根据客户要求和复印件制

作各种证件。(自备相片)

8

我几乎还没来得及展开想象,老鼠就蹿了出来,在我的房间里,在我的床下给了夜晚惊鸿一瞥。在这里住了这么多年,我还是第一次发现在自己的房间里竟然有了老鼠。这个发现,令我吃惊了不少。天啦,这里也来了老鼠。我从床上爬起来,拉亮了灯,找遍了房间的每一个角落,都不见了老鼠的踪影。我想,老鼠许是逃走了吧。我熄了灯,继续睡觉。

哪知没过多久,老鼠又蹿了出来,它迅速地穿过我的床前,逃往阳台的方向。我又拉亮了灯,四处寻找着老鼠。老鼠仿佛会隐身术,只那么一刻,翻箱倒柜也无法寻觅到它的足迹,哪怕它的一点点气息。这样三番五次地闹腾,我彻底失眠了。

老鼠的出现让我越发感到了寂静在夜晚是多么漫长。

这里竟然出现了老鼠。这使我对这里的生活环境感到了不安。房子越盖越多,越盖越密,人越住越多,垃圾越来越多,人的生活环保意识也越来越让人担忧。在寂静的夜里,我想起了生活的优雅。当下的生活,有几个人有了真正优雅品质呢?人趋向于幸福的表层,在生活的自我践踏里烦躁不安。生活失去了它原始的宁静。万物离开了散发泥土大地的根基,在虚空的大地上,城市工业的繁荣构成了美好童话的消失。人的距离越来越远,人的诚实越来越少,人的心灵越来越坚硬。我们需要的柔美和温暖在慢慢地褪色,成为后来的虚构和想象。寂静的夜晚多么漫长,我在生活的难度里触摸自己的寂静,寂静多么美好。

我在寒风里叫住了踩三轮车的外乡人。家里堆积了很多饮料瓶啤酒瓶还有旧报纸书刊等杂物。昨夜老鼠的闹腾,我下定决心要把这些杂乱无章的废旧物资清理掉,一定是这些落满了灰尘和污垢的东西吸引了老鼠的到来。外乡人在我的面前刹住了三轮车,寒风的作用,外乡人的头发和呼吸都沾染了晨光里的水雾。外乡人笑着问,东西多么?我说,还好。外乡人就跟着我上楼,一层又一层,到六楼。我问外乡人,你踩着车在外面溜达,冷不冷呢?

外乡人说，哪会冷呢？都习惯了。用的是一口纯正的江北音腔。

巷子里踩三轮车收废品的大都是外乡人。有些好像都是一个村子里的人。他们有时候闲着没事时，就几个人围拢在巷子的墙角旁，一边打牌，一边讲着笑话。

堆积如山的一大堆的东西，被外乡人清理得干干净净。清理好后，外乡人就轻拍着拾掇好了的手看着我说，我怎么开价给你呢？我说，你随便说个价吧。外乡人说，现在金融危机，你也是知道的，生意不好做了。我点点头表示认同他的话。外乡人把嘴里那根烟抽完，扔在地上踩了两脚后，才说，两块钱。两块钱？这是我始料未及的。我以为外乡人在开玩笑，我说，两块钱，你开什么玩笑啊，我这么多的东西，最起码也得卖二十多块钱吧。外乡人说，以前当然是可以的，可你知道现在是什么行情，我收你这么多的东西我也只能赚到几块钱。外乡人无辜地看着我，你说怎么着？我说，五块钱，全部五块钱好了。外乡人说，五块钱我不要了，你另外找别人来收吧。我说，那多少呢？难道就两块么？外乡人说，我给你再加一块钱吧。三块钱，你要卖就卖。我看外乡人神情很真诚，我只好点点头同意了。外乡人就弯下腰来，把拾掇好的东西全部扛在了肩上，下楼去了。

我发现，他的背影在楼梯间消失的时候特别好看。

9

大地有大地的心事。我们穿行在日常的大地之上，却无法知晓大地的忧伤。一个富有诗意和思想的生活观察者，她一定懂得了大地的情感。大地蕴含了人类生命的巫语。在这里，我选择了她作为第三人称，这个她是个女的，而不是男的他。我们常说，大地是母亲。她洞察了大地的一切，成为我们的眼睛。这使我想起了诗人顾城的一句诗：黑夜给了我黑色的眼睛，我却用它来寻找光明。我们寻找的是我们在大地之上的家乡。

我们该在哪里停下来，又该在哪里起程？大地在远方的神秘里，带给了每个人的传奇。我们又难以捕捉到生命与大地之间的微妙情感。多年前我们在这里相遇、相识，我们成了邻居，在一起有了生活。我们的大地紧密相连，像亲戚。月光同时照亮我们的窗子。你有你的睡眠，我有我的寂寞。我们的呼吸，有着种种美妙的安静。

我们在楼梯间相遇，我们彼此微笑致意，有时候我们还会偶尔说上两句话。你穿睡衣的样子很好看，自然得仿佛大地上的风，轻轻地吹着。我想赞美你！但我没有勇气这么去做，因为我看到你脸红了，你脸红了，就显得更加的乖态。我只呃了一声。你像大地上的野葵花，朝着我的声音盛开……不得不承认，你点缀了岁月的虚构和想象。

今天我想起来了，你租住的房间已经成了别人的房间。你早就搬走了。漂泊的生活就是这样，昨天我们也许还见了面，说了话。今天你就成了陌生人，消失在了茫茫人海里。有一些幸福的瞬间，使我们获得了友谊和信任。在同样的一个地方，一个空间里，我们独自歌唱了这异乡的世界。而世界却站在大地上，倾听大地的心灵和歌唱。

有很多人我们好像很熟悉了。等到搬走了才发现其实这只不过是熟悉生活里的陌生背影。再一次相遇时，好像在哪里见过，但又无法想起来究竟在哪里见过？很想喊一声，但又不知她叫什么名字。于是我们只好在缘分的瞬间擦肩而过，偶尔微微一笑。

10

去外面时，路过烟酒专卖店，忍不住又买了一包香烟，这段时间里，抽了不少的烟。天气冷了，坐在房间里，点燃一支烟，吸一口，觉得全身暖和了起来，有了一股力量。我也不知道这是怎么了，一下子对吸烟心血来潮。她和孩子当然是反对我抽烟的。她看到我又买了一包烟回来，就问我，是不是遇到了什么心烦的事情？怎么最近老见你抽烟呢？孩子见了我从烟盒里掏出一支烟含在嘴里，就说，老爸你又抽烟了。

我向来很少抽烟和喝酒。基本上没有这两样爱好。也许，这段时间我对香烟有了鬼使神差般地迷恋。就像有段时间我对喝啤酒有了鬼使神差般地迷恋一样。我想，可能是我遇到了内心里自己也不知道的孤独。需要通过这淡淡的烟草味来驱赶内心的孤独吧。我也知道，吸烟与喝酒都是难以消融一个人生活里的情绪的。不是有一句话这么打趣喝酒的嘛：借酒销愁愁更愁。我想，吸烟也是同样的道理。喝啤酒少量一点，对身体还无大碍，听有些朋友说，适当喝点啤酒其实还是养胃的。也不知道这话是真是假，也从未认真去医学界人士那里考证过。吸烟就大不相同了，吸烟是有害的。买回的香烟上就很醒目地印刷着这样的文字：吸烟有害健康，84mm 烤烟型香烟，烟气烟碱量 1.2mg、焦油量 13mg、烟气一氧化碳量 13mg。

吸烟等于在吸收生活的病菌。很多人却心甘情愿地让这样的病菌在自己的身体里滋长。这让我想到了人和生活的玩笑。

我对她说，放心好了，从明天开始，我决定不再买烟抽了，还原到从前的自己。不抽烟不喝酒，让自己在生活里保持纯粹和健康。

我觉得很多人的生活都是绚丽多彩的，他们有大把的节目和热闹。我越来越羡慕他们，以及他们在生活里的游戏心态。我不习惯把"肤浅"和"无聊"这样的词用在他们的身上，事实上，他们有着他们的有趣和意义。真正的意义也许在生活里是个人虚构的感觉。你认为的意义恰恰对他们来说就是无趣，而你认为的无趣在他们看来，就是意义的生活。我居家的日子当然是最多的，在房间里度过的时光绝对比在房间以外的时光要多得多，但我乐此不疲。因为我习惯了把房间当成我创作的大地和天空。我在大地和天空里有滋有味地活动着。你说，我是一个耐得住寂寞的男人。你问我晚上不出去玩么？我说，晚上没有可去的地方，就在家里了，哪里也不去。你竖起大拇指！是在夸赞我吗？别，我其实也想在晚上去外面走走，与谈得来的朋友散散步，喝喝茶，聊聊这异乡的生活。

11

穿着丝袜裤的女子，在寒风里优雅地行走着。高跟鞋敲打着窄窄长长的巷子。巷子里散落的脸谱都张望着女子的身影，巷子很静，他们微笑着抽着烟。这娘们，这么冷的天气，当真只要风度不要温度了。

女子走路的节拍具有音乐的美感，她不紧不慢地走着，从容得让人不得不回过头去看她。她旁若无人地朝着巷子的前方走去，好像嘴里还在轻轻地哼着小曲，她仿佛映照的阳光，把巷子的小路照得非常温暖。

眼睛所见的事物远不及心灵的世界。游戏的好处是随遇而安，不要过于目的。过于目的的东西已经削减了游戏的趣味性，真实性，自然性。真正的游戏也许是我们对于生活的一种假定？或者说是由来以久的一场想入非非？心里埋藏的某种东西，在生活的舞台现身，在这之前，你根本无法揣摩原来是这么一回事。你恍然大悟，呀，我的天，原来是这个样子的哦。它把另外的一种生活表演了出来，让你看到了生命隐藏的游戏。生活的结一个又一个地解开了，一个又一个地结扎在了一起。你感到了惊诧，游戏的内部具备了生命深度的抒情和思想。游戏无法逃脱时间的手艺。

我们成为时间里的每一种手艺。

有一个女子挨着你身边的座位坐了下来。她身体的气味迅速与你身体的气味融洽在了一起。你们那么亲密地坐了很远的路，谁也没有下车。女子的语言在眼神的表达里，像一首朦胧诗。你轻轻地咳嗽了一声，而女子恰在此时挨着你的咳嗽深度大方地打了一个哈欠。这个哈欠让你无意中发现了女子的熟悉。

对于你和她来说，游戏不过才刚刚开始，而大巴却已到站了。

12

爱说出来，是要承担的。承担诺言和责任，承担心里的那个约定。男女之间，女人的善良和男人的诚实，往往在一刹那间交织。即逝的情感在刹那间因为真切和热烈而充满矛盾。男女之间的一些动作，也许并不见得是真实的。这里面蕴藏了诚实背后的谎言。女人问，你爱我吗？男人说，爱呢。女人说，当真么？男人说，当真的。女人就心花了，男人也怒放了。男人与女人缠绵得自然，像树上的叶子与花朵，在春天的枝头迎风招展。自然的美，自然的景，自然的心灵，自然的事物……这一切都通往了心爱的道路。

一对男女在去往中医院的路上，遇到了什么开心的话题，两个人都呵呵地笑了。女人则有了高涨的情趣和肢体语言，她情不自禁地朝着男人的屁股摸了一把。男人摸得乐了，也顺手在女人的屁股上摸了一下。女人跳了起来，很有弹性。女人这下不是摸了，而是用手巴掌在男人的屁股上娇气地啪啪扇了两下，男人也在女人的屁股上啪啪地扇了两下。这时，女人和男人同时浪笑了起来，发出旁若无人的笑声来。

这时，从书报亭走来了一个手里捏着一只破碗的乞讨老人，他把碗伸到了这对男女的面前，男女二人立刻止住了笑。男人用手挥了挥，示意他走开。女人则眯缝着眼睛盯着他。乞讨的老人仍旧伸着他的破碗，在男女的面前摇晃。男人说，走开啦，你有病。女人好像很高兴的样子，看着男人的表情。这乞讨的老人也真是运气来了，突然发现了离书报亭不远的地上，正蜷曲着一元钱的纸币。老人二话不说，提腿运气，风快而至目的地，弯腰拾了起来，展开来一看，真是一元人民币，眼睛亮了。回头再来看这对男女时，才发现他们已经走远了。

语言真是很奇妙的东西，它就像生活的催眠术，可以迷倒一个人。两个人原本就是陌生的，也根本不认识。偶然遇到了一起，有一个就开了口，另一个人也开了口。语言用了它神秘的磁性，吸引了这两个人。后来这两个人就熟悉了，就了解了，也就懂得了。

每个人的生活都依靠语言来完成，最终觉得自己满意了。

还有一种语言不需要通过声音说出来，只需要眼睛和肢体的动作，就可以明白了。这种语言往往需要一个有着丰富生活的内心才能察觉到它的意思，才能感触到它的温情。比如现在，我看到了车站涌满了许多回家的人，他们排着队在窗口等待着买票。他们大包小包地提着行李，他们的眼睛写满了内心的语言。他们告诉我，回家过年了。

城 市 细 处

旅行的蛋

泥土里种植的庄稼，栅栏里围拢的家禽，以及刚从地窖里翻出来的红薯，它们从来无法获知自己的旅途。

山里的风也很难具体描述它们的孤独。山里除了吃这件事情，让生活露出破绽，更适合日子打发忧愁。泥土里生长的万物，家禽们与泥土万物生长。它们熟悉泥土的气息，更深知泥土给予它们身体的养分。

坐长途汽车来到我这里的是三只母鸡。它们和母亲一样，都是第一次离开自己的家乡，第一次来到深圳特区。在所有的雄鸡为客里山的早晨合唱时，它们也许因为激动，只在鸡笼里和着母亲的节奏扑闪着翅膀。我想，它们肯定在当天晚上就听懂了母亲的话：明天带你们去深圳咯！

明天带你们去深圳咯！当这样的声响浸染了客里山的乡气，每一遍重复都会让它们喜出望外地探出头来。

作为客里山土生土长的家禽们，它们是幸运的几个异数。而作为公鸡和母鸡的它们，这种区别是无法比拟的。公鸡在高昂的合唱里，总是面临着案板上镀银的刀。这些不产蛋的家鸡们，会在我们胃口非常丰富的时候，不经意间成为"英雄"的楷模。在人们司空见惯的眼里，公鸡总是以不可一世的姿态自鸣其乐。它们立在那里，摆着阔气和步调，有时揉了揉自己的羽毛，抻动自己的脖子，用精雕细刻的眼光拽拽地看着你。与公鸡相比之下，母鸡

17

就乖巧温柔得多了，至少它懂得了爱护自己的嗓子。

唯一从客里山走出来在深圳"移民"的鸡种，它们通过母亲的勇气和幸运，实现了自己的特区之旅。

母亲从家里捉来的三只母鸡，我陆续宰杀了两只，剩下了最后一只一直喂着。老家的鸡忒珍贵了，舍不得杀了它吃，想多养些日子。养了几日，觉得麻烦，准备把这最后一只也给宰杀吃掉算了。我的宰杀计划还没实施，这只鸡好像有预谋似的，在第二天早晨灵机一动。竟然在这座城市产下了它伟大的"蛋"。这个发现是令人兴奋的！

因为它的"受贿"礼物，我暂缓了宰杀计划，把这只鸡又养了起来。

现在，每个早晨母鸡总是咯咯地夸大其词地歌唱。这种声音让我读到了它的骄傲。我知道，它又立功了。果然不出所料，我去看时，一个白里透亮着鲜洁的鸡蛋呈现在我的眼前。这是真正的鸡蛋，我感到了一种温情的柔软和质感的力量。在这座城市，我从来没有真正意义上吃过一个真正的鸡蛋。而呈现在鸡笼里的这一枚蛋，它是那么真实。"万般皆下品，唯有读书高。"在这个无人喝彩的读书时代，我一直没有放弃读书的品位。也因此写作了大量的作品，频频远播海内外。客里山的人们对于知识的尊敬是令人感动的。在这样一个拒绝抒情的时代，我的讲述保持了客里山的纯粹和优雅。我是从熟悉一枚鸡蛋开始熟悉客里山的，这种熟悉是久经考验的，是温暖的。在客里山，除了鸡在村里是有主的，鸡蛋就是每个人的想象力。这里包含了对生命和生活的敬畏热爱！

我就是客里山孕育的一枚蛋，像我手心里捧着的这枚：沉默而独立。圣洁的外壳里一定蕴藏着纵深的根，如同植物的呼吸，有着一种鲜为人知的秘密。如果让一个人再回到故乡，他的一生都回不到了从前。那么旅行，对于一枚蛋来说，是幸福的，对于我们呼出的气体，是忧伤的。在通往远方的路上，我们用挑剔的眼光来检验一枚鸡蛋的品质，由谁来检验我们的品质？

庆幸，在这样的早晨，我是这座城市唯一见证母鸡下蛋的男人。只要下蛋，就会继续歌唱。这只母鸡是非常聪明的。

向温暖致敬！蛋让一只母鸡，把享受的自然之光推迟了。它成就了一种可能，也成就了我的健康和思想。

地　铁

那就是地铁站。

从海景酒店出来，我就看见了那个通往地下的通道，人们就是从这里搭乘地铁的。我很难想象这个智慧的创造者是怎样提示着生活的质量。只能依靠灯光的白天在地铁的运行中隔开自然的蔚蓝。每一个明亮的窗口在黑暗里闪动想入非非的时速。每一秒钟都属于幽蓝的时间。我曾经试过在地铁上假想夜晚的来临，这长长的穿越梦想的地铁里会有老鼠吗？这个问题让我出乎意料地兴奋了起来！在洞察力超强的黑暗里，老鼠有着高度敏感的天赋，它们的眼睛是不需要睡眠的，永远处于看穿一切的准备。这种荒诞在我的思维里，顺理成章地延伸，一直到地铁的终点站。像所有归于夜间睡眠的人们一样，我在走出地铁站时，怀疑这是不是刚从晨光中醒来。

地铁是唯一让我联想到火车的交通工具，它们一定是姐妹的关系。如果把火车说成是姐姐，那么地铁就是妹妹了。这对有着同一种气质的姐妹，在我的大脑里拥有着无边无际的神秘色彩。这使我想起了美国黑人诗人兰斯顿•休士说的一句话：我老想到什么地方去，当火车每次开过。

你在这里生活，生活在远方眺望。我们埋头苦干，使出庄稼一样的力气。城市坐在我们的周身，像每段青春的爱情，或浓或淡，或苦或甜，或燃烧，或静寂。或者她不过是亲人巴掌大的一块微笑，顺着汗珠的气味拼命地干着活，操劳着没有想法的忙乱和碌碌无为的庸俗日常。

生活就像这地铁，每隔几分钟就会在一个站台停留片刻，有人上来，有人下去。他们从来不会厌倦，地铁也从来不会空虚。无论欢欣与忧愁，地铁一如既往地保持着它诗意的节奏。

总觉得坐地铁在城市里是一件很浪漫的事情，尽管自己对用上"浪漫"这个词感到很生搬硬套的感觉，但我心里确实被这个新生事物所受爱。看过一部影片，叫《开往春天的地铁》。那些男男女女的镜头总在我的眼前晃动，觉得浪漫而又美妙。

在地铁里面，我觉得一切是那么新鲜。我像孩子一样神采飞扬地洞察这一切。我用非常听话的语气询问如何买票上车，对于我无知的傻气，那些回答的声音充满了自得其乐的不以为然。最后在自动售票的地方，一个很乖的小女孩以她母亲的语气告诉了我如何操作才能踏上地铁。

在车票得手的那一刻，我笑得愚笨而矫情。

在地铁下，空气安静了下来，噪音像一层棉布清凉而舒服地静卧着。白天的喧嚣和浮躁在这里被切断了，保持着良好的秩序。人和人之间有了一种复苏的关怀情调。

有个女孩在跟她的母亲小声交谈，女孩说，今天我休息就带你坐一天地铁，让你好好感受一下这座城市。母亲说，城市这么大，坐得完吗？女孩说，坐得完。母亲就笑了，女孩也笑了。在地铁上，你可以安安稳稳地坐着，踏踏实实地闭目养神，不用担心小偷的打搅。在均匀的速度和飞翔里，这一条道路充满了人文的温暖和干净，还有谐和的风。

我爱地铁每一个擦肩而过的美女，播音员标准柔美的磁性女声。好像坐上的不是地铁，而是开往拥有着广阔稻子和麦地的乡村列车。

我仿佛看到了乡村女孩结实的身体和晾在衣杆上的胸罩，在风里荡来荡去，有一股性感的味道时隐时现。健康的声音在喊：啊，故乡，我亲爱的姑娘——

身 与 声

身体和声音都是艺术的。

身体展示的是形体的艺术，是一种视觉；声音展示的是心灵的艺术，是一种倾听。视觉和倾听都蕴藏了艺术的内容。

她们各自朝着自己的参照，保持了艺术的注释，保持了自己独立的表情。

多元的生活性艺术形式也发生了变化。身与声具体到了一个人的内容，我们可以把身体和声音分开来看。身体就是肉身，是外在的一个整体，看得见摸得着，她是具体生动的，只需轻轻一碰，她就会产生敏锐的回应。声，是一种从身体上剥离开来的另一个整体，她是看不见的，无形的，需要心的感应。身体的聚焦在我们惯常的思维里喜欢以女性为主，女人的身体天生是属于美术的。她是上帝给予的艺术品，是可以用来欣赏品味的。喜欢一个女人，那是因为女人的身体里拥有生活丰富的内容，她具体到了一种生活的艺术。

那么声，从某种意义上来说，它更像一个男人。声色俱厉一般都与男人有关系。身与声，只有男人和女人。我允许她们在异性的对照里完成艺术的难度。哪一个是对的，哪一个是错的，哪种是高雅的，哪种是低俗的，在艺术表现的范围内没有标准的定论。取决于一个人认识事物的态度和看法。

放下标准和评判，她们能让我记住的是一群深入生命的瘦子，是直接影响生活的作品。

也许在这样冷的天气里，我的穿着太"性感"了。在经过上合站时，那些外露的结实的肌肉，让陌生女人产生了兴趣。一个长得妩媚的女人，抽着香烟向我吹了一声口哨，低声洋气，却毫无表情。我朝她看了一眼，她顺势把眼神也重重地抛来，很温柔的那种。女人在一口喷出的烟雾里对我磁性地打出招呼："靓仔，要不要跟我去玩呀！"

女人的笑浮现了出来，她有着非常突出的胸脯。她站在那儿，她怎么也想不到她遇到的是一位穷书生，是守身如玉的那种没出息的男人。我真想笑出声来，但我还是很冷静地扫了她一眼，没有理会她的话。直到她的这一句话不轻不重地砸了过来，我才醒悟到了她原来……她是一个用身体收买男人的女人。我想起了一家报纸的著名娱乐编辑说过的话："她们也是在打工，她们与我们打工的方式不同而已，她们在用身体打工。"

这些女人，有着漂亮的身材和面孔。如果素面朝天，在芸芸众生里你根本分辨不出来她就是干这一行的。算不准她一滴动情的眼泪就能与你身边的哪位本分的男人私订终身了。你怎么也不会想到她就是用身体打工的人。她们用自己的身体在冒险一种生活的质量，你能说她没有给予生活的诗意吗？她们站在那儿，像错过花期的花儿，但是她们对于诗意的探索让自己的生活产生了怀疑。她们一生都保持了这种怀疑。

在上川路市场的一侧旁边，有一个大约五十来岁的男子在独自拉着二胡。蕴含忧伤的音符遍及他身边一排的人。这些音乐的盲从者们都毫不相干地立在那儿，像一块发呆的木头。二胡非常动听，把我给吸引住了，我停下了脚步。他的面前放着一个长长的小木盒，是用来装钱的，很浅，能看清楚那些一元的、两元的、五角的纸币硬币。小木盒的前面还加放了一小木字板，上面写着：江湖卖艺，供儿大学。是繁体字，字写得潇洒飘逸，有一种苍劲。我这才开始注意到这个男人的脸，他长着特别杂乱的胡子，精神清爽。有一种艺术的味道。

他有时候把眼睛也闭上了，只任他的音乐在倾诉着一个男人内在的忧伤。我想起了天下父亲，作为一个男人的重量。这是一幅让人温暖的作品。

其实你可以下车了

他挂了电话，我就想到了这句话。其实你可以下车了。也想把这句话送给他，他刚才上车时是两个人，过了关，就只剩下了他一个人了。另一个，是他的朋友，很显然，他把朋友遗落在了关口。

我们乘坐的车开出了很远，他在电话里跟另一个人埋怨刚才的朋友，同他结伴的朋友仍然站在原处，只剩下了孤独的他和他孤独的影子。日光下并无新事，它用滚烫的夸张抒发了生活的差距。

我们追赶城市的繁华，殊不知却被繁华的城市驱赶。活在真实里，真实未必能克制它的真。黑夜之所以很动人，是因为在一望无尽的黑色里，会有那样的一束光，总能在你意想不到的时候怒放它的惊喜。

时刻处于理想状态的人，看上去很美好，但已经是极其不正常了。他活在了忘我的世界里。他不只是得意扬扬，而是得意忘形。到了这一步，现实的因素丝毫不会影响到他，他也就无所谓不现实了，对于他来说，一切不现实的都是现实的，现实的也许不现实。

很多人喜欢笑话别人。拿笑话来"娱"乐别人，愉悦自己，这已经成为现代大多数人的通病。人的内心在剧烈地朝着浮躁的地方迈步，越来越空洞，越来越让生活变得无趣。不只一个人说过，幽默是一种智慧。可你真的是个懂得幽默的人吗？还没有弄清楚问题的人反而陷入了更深的问题。

阳光出来了，而雨并不见得能立刻停下来。它的难以确定性让每一个瞬间扑朔迷离，绵绵不绝。当然，雨停下来也只是片刻的问题，阳光凝结了我们生活无望的艰难和经历，它的热烈足可以让雨的忧愁烟消云散。

我们常常埋怨生活的无情，人的无情。埋怨朋友真诚的缺失，埋怨信任的缺失。得出的结论是：这个时代没有朋友，朋友都是靠不住的。

这看似郑重的结论，却并不意味深长。使他心乱的是自己本身，得从自己身上去寻找问号。我坚信，你对感情和生活的态度，将决定了你会有什么的朋友。

醒来后，刷了牙洗了脸，没来得及吃早餐，我就匆匆出了门，坐中巴去深圳大学。深圳大学在市区，要过一道关卡，那就是深圳二线关。关内的人出关不需要证，但关外的人去市里得有边境通行证。如果没有，就要出示身份证，从大厅验证处通行入关。

到了南头关，没有通行证的全部下车，从大厅验证通行处入关，主要是检验一下身份证的真实性。这一道程序倒不是很麻烦，麻烦的是还要再找回程的车，还要为自己占据一个舒适的座位。

好不容易过了关，在关内各个站台费了一番工夫才找到了自己来时坐的车，再晚来一步，车就开走了。我一上车人还没站稳车就开出站台了。这时我看到车上一位壮实的小伙子很着急地对司机喊道："等一下，还有一个人没上车呢"？司机说我是定了时间的，我不能等太久的啊。车子慢了几十秒钟后，还是在那小伙子的喊叫声里加速了。小伙子只好坐回了自己的位置，看样子，这是一位与修理水电有关的打工兄弟。他从口袋里掏出了手机，按了一串数字，电话就通了："是厂长吗？我是小徐，刚才过关我们没有边境证，要下车验证身份证才能入关。那个刘慢现在还没有看到过关来，我已经先上车了，车子又不能等他。已经开走了。你等下通知他，叫他到南山医院来，我在门口那里等他，我没有他的手机号码。"

小徐在通电话的时候，我一直在想，他们都没有对方的手机号码，他去哪里找你？那么多的车去南山医院，你为何要先上车走了呢？从南头关到南山医院就两块钱，为何要先急着赶车？他是你的同事，是你合作上的伙伴，是你的朋友，为何不等两个人一块呢？

其实你可以下车了。当时我是多么想对他说这句话。

　　试想一想，如果是你，你和你的朋友兴致勃勃地大清早结伴而行，朋友在一个快要到达终点的地方时把你抛下，你的心里会做何感想呢？

　　朋友是什么？朋友不仅仅是尊重和爱护，还要设身处地想想自己的不足。多站在别人的一端，你才会重新发现对自己的感觉就是对朋友的感觉。只有对自己的感觉负责任的人，才能拥有真正的朋友。

深圳的我们

西谚说，上帝会原谅年轻人。嗯，每一个到过深圳的年轻人都会被生活原谅。

——题　记

1

堂兄住在老街电影院二楼的宿舍，他原来是在这里做清洁工的，尽管工作清苦，但他一点儿也不觉得这有什么怨言。既来之则安之。他也喜欢在这里搞清洁，还可以免费看电影。来这里之前，堂兄也经历过为数不少的打工背景和身份，工地建筑临时工、工厂门卫、菜场种菜小工等等。那些没有保障靠苦力和身体付出的日子和这遮风挡雨稳固的岁月是不可同日而语的。堂兄和我的浪漫好像天生就有的，不是来自表面，而是来自骨子深处，来自客里山那个寂寞的小山村。我总是把客里山和我抵达的深圳联系在了一起，我总以为深圳的某种意义上有着客里山的气温，那是一种深入浅出的朴素，是一种藏匿在身体里慢慢散发的动情。

我还在家乡乡镇上念书时，堂兄就已开始发表作品了。他给我寄来了几本杂志，我在杂志上读到了他写的两篇散文，一篇是《绿》，一篇是《画》。写得实在让我喜出望外，这是我第一次真正意义上读到堂兄的文字，所以印象特别深，多年以后，我还大体记得他写的《绿》的句子：下班了，他们敲着手里的饭钵去食堂打饭，他们一边排着队等待着打饭一边等待着弹力鞋厂下班的姑娘们。其时，堂兄在离老街不远的一家工厂做门卫。

在电影院扫地的堂兄有一天被石岩镇文化站调去做了一名文学创作员。让他编辑墙报《打工村》，而《打工村》墙报就贴在老电影门口的橱窗里。那时，看电影的人特别多，他们往往在电影还没放映时，就停在了墙报前阅读上面的文字。而墙报上的作品大多是一些外来工创作的关于打工的生活文字。因为真实性很强，大家都爱看，看了就觉得很亲切，有一种在场感。有些人看得多了也想到了要写一写自己的生活，于是也拿起了笔。很多人后来都通过这块小小的墙报认识了堂兄。他们把墙报上的文字看成了自己另外的一个故乡，它就像一张地图，让身在异乡的打工一族在这里找到了各自的故乡。我也在这块墙报上找到了我和堂兄的客里山。堂兄那时不仅鼓励我给墙报写稿子，还让我亲自主持编辑了好几期墙报。文章编辑、配图、版式设计等，一般忙乎一个上午就可以搞定了，有时也会延期到下午才能完成。每期墙报张贴满一个玻璃橱窗即可。那时，堂兄正是痴迷文学的年龄，身体里有炙热的一切。我还清晰地记得，他穿着一身传统古朴的唐装，站在人来人往的老街电影门口，对着我春风得意地笑，笑完了说，你看吧，你等着看我的吧。我是明白他话里的意思的，文学的火把已经在他的身体里熊熊燃烧了起来，我都能听到他燃烧的心跳。因为我看见堂兄的眼睛在说那句话时放光了。有很多人是来这里看电影的，却一不小心就看上了这块小小的墙报，并为之有了割舍不了的情感。我清晰地记得，当时宁夏有一个写诗的年轻人来到深圳石岩找工作，一段时间找不到工作，就漫无边际地闲逛，找到了这个地方，看到了墙报上的诗文，就直接找到了堂兄。堂兄很热情地接待了这位写诗的年轻人，后来这位年轻人的诗歌就出现在了这张墙报上。这位来自宁夏的诗人曾一度没有找到工作，还让他借宿在了老街电影院的宿舍里，解决了他一段时间的温饱问题。看电影的人很多，那时，看电影成了打工人最重要的精神食粮。他们都在下班来看电影，电影还没有放映，他们买好了票，就在外面等待。然后他们看到了一边是电影海报，一边是文学墙报。他们不懂得文学，对文字不是很感兴趣。但是，他们读了下去，文字就像他们生活里的影子包围着他们：上班、加班、打卡、厂牌、暂住证、工资……还有许多与自己有着联系的词汇围绕着他们。他们却对这些文字有了新的认识和兴趣。这一天，他们看完了电影，却又爱上了电影院墙报上发表的文字。有时候，生活就是这样，你从来忽略和视而不见的东西，不见得你真的那么不喜欢。只要你停下来，慢慢地习惯，你会发现，你忽略的也许就是你所喜欢的。

2

很多年以前，出来深圳打工的人一见了治安员就浑身发抖，像老鼠见了猫，只要闻到猫的气息，拼了命似的跑。那时候的巡逻治安员可以随随便便地检查一个打工人。有工厂的还好，被抓走了，厂里开个证明派人领回去就没事了。搞建筑打零工的可就惨了，他们通常没有保障机制，因为他们不是工地上的正式工，也不是合同工，他们只不过是被急需要帮手招进去的临时工。活多时干个十天八天，没活时，一天半天就完工了。然后老板给你算好工资走人，你再去寻找下一个属于自己的临时活干。

在深圳搞建筑打零工的大哥，是哪一年已经记不得了，也是我刚出来打工那两年的时间吧。当时我和大哥还在煮饭，大哥从市场上买回来了很多猪肉，是花十块钱换到的。不要小看这十元钱，这可是大哥的血汗钱。大哥个子并不高大，但很结实耐劳，是那种典型的能吃苦的男人。他打地板水泥工因为价钱开得高，他一连三天三夜没有停下来过，回来的时候仍然微笑着，看不出一点儿的疲惫不堪，只有布满血丝的眼睛和瘦下去了的脸庞告诉了我：大哥的确太累了。有时候因为工作时间越长大哥反而觉得心里越充实。他想到了贫瘠的家乡还有两个正在学校里读书的孩子，还有田里庄稼，都在等待着他靠力气赚钱寄回去。大哥是家里唯一的希望，可他的希望却往往来自个人身体里储存的力量。他用了一种简单而笨拙的方式修补了远处的风景。大哥用洗衣粉洗头的时候，还会轻快地哼出韵味的曲调来。我发现，大哥不仅是一个吃苦的男人还是一个有着生活趣味的男人。他住的是临时搭建的沥青纸皮小屋，是工地上临时的宿舍。因为是临时工，所以一般工地老板不会给你办暂住证。有很多在工地上干活的人，才下来撒一泡尿的工夫，就不见人了。到后来才知是被治安队的人抓走了。

大哥煮饭的灶是用几块砖码起来的，用工地上废弃的木料做柴火。大哥把买回的肉一块一块地切碎，放到锅里，再剁烂一些红辣椒放进去。我一边往灶里添柴，每添一点柴木，灶里的火就旺了起来。锅里的肉很快就热潮了起来，沸腾地渗出了油来。大哥就用锅铲来回地搅动着它们，一种独特的辣味扑鼻而来，这肉真香。我和大哥都情不自禁地打了一个喷嚏。菜熟得差不多时，大哥就把切好的蒜葱辣椒等调料放了进去，顿时，这香味便有了引诱的巨大变化。那个香味真是前后左右地扑鼻而来，让人难以抵挡。就在我和大哥两个沉醉在这种真实的幻想中时，一声突如其来的"查户口"，如一声巨雷在我和大哥的身边炸开了。大哥马上喊我快跑，我们来不及尝锅里的美味了，撒腿就跑了。我一边跑还一边在心里骂人，到嘴的肉了就被这些人给搅乱了。那个时候，我关心的倒不是户口不户口，暂住证不暂住证的问题了，我心里只想着那顿肉。我有时候这么想，要不是大哥叫我快跑，我实在想好好地吃了那顿肉再说，哪怕就被治安队的人给抓了去。

查暂住证在那个时候是每个打工人的心病。因为这，所以很多人对它望而生畏。说实话，因为这，有很多人是很怕深圳的。直到好多年以后，暂住证变得规范了，很多人才可以放心地在这里打工了。和故乡相比，它是有着纵深的根的，牢牢地渗入大地的泥土深处。不论风雨来袭，都不害怕。一个人出门在外，漂泊无根，风吹草动就担惊受怕。当搬离的故乡在这里也有了纵深的根时，每个人就都有了温暖的家的感觉了。当他们再次离开家乡返回深圳打工时，不是说去深圳，而是说成回深圳。等你到了深圳，路上碰到了熟人，熟人首先就是说，你回来了！其实来深圳真正打工的人，哪个不是安分守己的呢？

哪知过了不久，又下起了大雨。雨水从各个方向洒下来了。我和大哥的身子都湿透了。我和大哥还在雨水里飞驰着，大地和天空，雨水和我们，简洁的色彩在风雨的体积里接近一种巨大而潜伏的力量。我感觉到了呼吸的温度是那么清晰，像薄雾里笼罩的透明，我感受到了那种不同寻常的力量正悄然而至。我冒雨唱起了歌，记不得唱的句子了，这歌声里埋藏着我内心里无比的忧伤。大哥和我像奔跑在山路上的野鹿，我们在雨水充沛的空间里试图察觉一种新的东西，这是一种不被大多数人所理解的东西。

3

尻尻卵，去市场里买菜么？

好哩，买了豆腐还买猪肉么？

一样买一点啦，你笨得要死。

一看这是两口子的对话，也有比两口子对话有趣得多的，大多是一些熟习得不能再熟的人了，又大多在一起租房，一起做工。有进厂的也有搞建筑的，打零工的好像多一点。

在罗租村，汇聚了各行各业的人物。有在工厂做流水线的，有做小生意的；有在厂里当门卫的，搞治安队的；有在公司做经理和主管的；也有不想做事的烂缸子，东游西荡的牌鬼等等。总之，一句话，三百六十行，差不多行行都占领了。有时候走到街上，四面埋伏的乡音，让你错觉是不是还在故乡？待你看清了路边写着的罗租村综合市场，或者你在第五工业区看到的光星电子厂、新泰手袋厂时，你就不会疑心自己的错觉了，这的确是别人的城市，是确信无疑的深圳石岩，石岩罗租村。

插一个笑话，有几个老乡走在路上，边走边讲着男女之间的痞话。走着走着，看到前面有一个女孩子，看女孩子的模样也长得有几分姿色，老乡的嘴巴就痒了，开始痞起来，对着那个女孩先是一个飞吻，接着暧昧地说，妹妹，在哪里上班哟？那女孩见了是爱搭不理的，用眼光快速地往这边扫一遍，很傲慢地把头又偏过另一边去了。哼一声便加快了脚步，后来心里想想被羞得不甘，女孩便远远地抛出一句话来，死老乡要埋了。几个老乡一听，是屋前屋后的方言，知道开玩笑的原是自己的老乡，都不好意思笑了起来。到了出租房，原来刚才那个被羞的女孩子竟是自己的亲戚，刚从家里出来打工。

在罗租村，老乡大多是一些做临时工的。住在里面的女的有的是老婆，帮自己煮饭洗衣，有的是姐姐或妹妹，在附近工厂上班，厂里住宿要交钱，大致觉得划不来，就搬到三五个人合租的出租屋来住了。出租屋都是一些原来没有拆迁的老房子，很旧，一天到晚潮湿阴暗，黑幽幽的看不见光。白天有时候还要拉亮电灯。出租屋都挨得很近，一排一排的，房子里大多是一些旧桌子旧凳子。床就是用木板钉好的，底下垫几张报纸，放上一床草席和几床毛毯，就可以了。深圳的夏天长，冬天短。一般都是很暖和的天气，所以也很少盖被子，也不怕着凉。恼火的是，晚上蚊子特别多。要是没有蚊香就得用毛毯把自己严严实实地盖住，密不透风蚊子就拿你没办法了。但往往等你醒来总是一身湿汗，浑身浸透。晨光和着凉风旋来，把陈旧的门叶子吹得嘎吱嘎吱响，顿觉还有了几丝凉意。

从这些层层叠叠的出租屋你能感受到一股强大的底层生活的气流在游动，让你觉得她们对于城市的热爱和忠诚，是这个城镇不可忽略的力量。没有他们，就不会有这里的繁荣。他们在用微弱的光亮推动这个小镇的发展。他们看到的是这座城市美丽的夜色和闪烁的灯。

他们其实有很多的苦衷和哀怨，不是来自命运的本身，而是来自老板的苛刻，包工头的剥削。偶尔出租屋里有浓浓的带着泪水的乡音挤出来：何一得一了一了——拖着长声，在巷子传得很远。

听得有些人鼻子发酸。便痴了一样立在某处，也许，这声音也让他想起了什么。

在罗租村我的亲人几乎都在此停留过，有些是借宿有些是租住。像我的姨妈姨爸他们全家人就在罗租村住十几年了，至今还住在罗租村里。姨妈原来是给厂里做饭，姨爸却在厂里做门卫。他们的小孩子都在工厂上班。两个女儿也都是在深圳罗租村找到的对象，也是在这个小小的村里请了喜酒喝的。小女儿的小孩子也是在罗租村里生出来的。姨妈最后的小儿子现在也在工厂里当上了经理。一家人很多年没有回去了，错把这里当成了自己的另外一个村庄。

二哥和三哥当初来到石岩找工作时，就住在罗租村姨妈家里。那时姨爸也辞去了做门卫的工作，开了一个小店，卖一点烟酒和饮料水糖果之类的小士多店。有一张麻将桌，有人打时要收取五元到十元不等的台费。这里做的大多是一些老乡的生意。因姨爸的人缘好，来玩的老乡特别多，所以生意还是过得去的。也有愿意打字牌掐胡子的，或者打红尖拖拉机扑克牌的，姨妈就会想办法摆出桌椅板凳另外凑台。不知是哪个背时的在这里引发了买六合彩的赌念。后来很长一段时间里，这里成了买六合彩的根据地。我的二哥和三哥也曾沉醉于此中很长一段时间，不能自拔。我曾劝诫二哥别信这个骗人的把戏。我说你是读了那么多书的人了，还迷信这个能发财么？二哥说，你晓得什么？你不了解这个东西你不懂，等你了解了你就明白了。后来我也的确去买过这种东西。但我只买了几期就没有再去碰了，因为我自始至终明白了一个道理：赌易盛。

在罗租村第五工业区里，有一家加工厂是我们家乡村里一个人开办的，生意很好，客里山差不多三分之一的年轻人都进过这个厂。很多人从家里来找不到工作时，就先落脚到他的厂里，待找到更好的工作时再跳槽。有些人本来是先试干着的，但干得久了就不想走了。因为都是一个村子里的人，随便讲哪句话都不费劲，又都是知心知底的熟人，好相处得很。

4

三哥年轻力壮的时候，在径贝村果园的一个猪场帮一位老板拉潲喂猪。

三哥住的地方是一片果场，到处是果树。果树里喂了条狼狗，是用铁链子拴住的，怕咬了不该咬的人。外人一般不敢进去。只要有生人一进入果场，狼狗就是汪汪地仰天咆哮，像头高嗥的狼，在成片的果林破空而至，吓得你毛孔放大，心速加急。刚开始到猪场去，每到快进果场时，我就攒起心劲走路，生怕跟不上了三哥。狼狗每次看到我和三哥在一块回来，就不再乱嗥，而是从鼻子里哼出重重的嗡嗡声来，伸着舌头，喘着粗气，在我和三哥的脚边蹭来蹭去，大大的眼睛像两盏灯，放出绿光来。它很友好地摇着尾巴，把前脚高高竖立起来，立得有一人高。看得出来，它把我也当成了这里的主人。

晚上总能听到很多哄哄的猪嗥声。开始，我很不习惯，晚上也很难入睡。时间一长，就适应了那些哄哄的猪叫声，听来，倒成了我夜晚的催眠曲了。那些像棕树蔸一样的果木和丛草，在夜里总能被风吹得嘎嘎地响。我总爱在猪场的果树下拉尿，要是尿得急，尿就会射得很高，再散落下来，有的溅到果树干上，有的溅到叶子上，有的还溅到了手上。尿液的颜色有时是黄色的有时是纯白的，黄色的是吃多了橘子和甜食，纯白的是喝多了开水。

　　三哥那时候还很年轻，年轻得还没谈恋爱。他每天要去外面拉两次猪潲，都是一些定了点的工厂和酒店宾馆。他们每餐的剩饭和剩菜都倒进垃圾桶里，让三哥去清理。三哥是骑着三轮车去拉的，早上一次，晚上一次，每天拉两次潲。我闲着没事可干，也跟着三哥去拉潲。坐在三哥的车上，一边是潲桶一边是我，车子的拉链在三哥的脚下发出咔嚓咔嚓的声音，觉得很好玩。三哥的力气很大，每次装运满一桶重重的潲，还要载着我，但他踩得很轻松，嘴里还要闲不住地吹一些乱七八糟的口哨，有时候还蛮好听的。三哥踩三轮车没有一点吃力的样子，我几乎羡慕起年轻的三哥来了。我说，我也来试试。三哥说，你能行么？我说，试试不就行了么。三哥把三轮车让给了我，我骑上去，用力一踩，三轮车艰难地移动了几步，后来无论我怎么踩，它都无动于衷。三轮车没踩动，却把一脸的红晕憋得煞是鲜美！三哥摇着头笑了笑，说，还是我来吧。我只好泄气地又坐回了三轮车后面，和那桶满满的潲水为伍。三哥只轻轻地一蹬，车子就动了起来，很快三个车轮像三个转动的唱碟，唱着好听的音乐，在路上飞了起来。

5

　　在城中村，他们或她们，有些来自湖南，有些来自四川，有些来自湖北，有些来自河南，有些……不管谁从事着什么职业，忙碌着什么生活。他们，她们。每个人的内心都有着这样或那样的想法，也许这样或那样的想法就是她们内心想要的生活。

　　我正准备睡觉时，隐约听到门外有响声，是钥匙开门锁的声音。再听，感觉是在开我的门。我屏住呼吸细听，真的是我的门在响。谁这么大胆居然敢开我的门？莫非是贼不成？这么一想，心里还真有点发紧了。我把刚要脱完的衣服又重新穿上了，我想看看是哪个贼这么胆大妄为。还没等我把衣服完全穿好，外面的人把钥匙从锁筒里拔了出来，索性改成了用拳头擂用脚踢。难道这贼要硬闯进来不成。我一下子来火了，恐惧感全无，在屋里大喊，你踢什么踢，你想找死？这时外面的人开了腔，怎么钥匙开不了门，你开门啊！

原来是一个女同学啊。好端端地生出来了一个女的，还要进我的门。这就奇了。我赶紧去开了门，这是一个长得很俏的女孩呢！我说，你开我的门干吗呀？这时，女孩才发现开错门了。她说，不好意思啊，我开错门了。我住楼下的也是这个房间，但搞错了一层，不好意思哈。我这才明白是怎么一回事了。我说，没关系的。都是邻居嘛。

哪知有一次我比她还要错得厉害。

快递公司的人在楼下按我的门铃叫我下去拿一个快件，我没有关门就下楼去了，拿了东西匆匆忙忙地就往回跑。走到家门口，看到房间门口多了几双女式的鞋。我说，这真奇了，才这么一会儿工夫就多了这么多女客人，会是谁来了呢？走进去一看，才发现有好几个陌生的女子坐在沙发上。她们正盯大了眼睛看着我，我拿着手里的快递朝她们晃了晃。她们问我是不是送快递的。我正要开口说话，有个女孩好像认出了我，说，是你呀，你走错门了。我这才认出来了，她就是那位开错了我房间的女同学。我对她笑了笑说，不好意思哈。这次轮到那位女孩子说，没关系的，都是邻居嘛。

城中村在凌晨仍然是热闹的。凌晨三四点钟了我被窗外一种喊门声惊醒了，是附近一栋楼上传来的喊声。你他妈的，开门啊开开门啊……是一个男人的声音，粗壮，有力。这样的声音持续了很长的时间。门一直紧闭着。房间里面可能是他的女人。男人的声音开始还很有脾气，慢慢就软了柔了。男人说，你开开门好吗？我错了还不行吗？女人果真就把门开了。

我和楼下的女邻居开始熟悉了起来。每次去外面在楼梯口碰到她，她总要跟我打招呼。有一次，我在公交车上碰到了她。她连忙站起来给我让座，说，帅哥来我这里坐。

在城中村，每天耳濡目染那些底层深处的喧嚣之声，那些把清新和自然的空气搅浑的噪音，那些男男女女的打情骂俏声，当然还有那些收废品的大声吆喝声，像唱歌那样。你静下心来，细细倾听，你会发现，它们就像某段熟悉的曲子。你会不由得在心里发出"哎呀"的惊叹。此刻你也是快乐的。楼下那些打麻将的女人们，她们也是快乐的。修自行车的师傅，他一边哼着歌曲一边漫不经心地修补着单车，无疑他也是快乐的。

6

　　他是一位补鞋匠。在一处废弃了的空地上，他用铁皮搭建了一间临时的铁皮屋，算是他的补鞋店。他在这里一补就是数年，生意出奇地好！他把老婆和孩子都接来了这里，住在那间狭小潮湿的铁皮屋里。他有两个女儿，都在上合附近的学校里读小学。他的妻子则在一家工厂里打工，下了班就回到这个补鞋店里来，有时不加班空了就帮他缝缝补补。他们一家人，在车水马龙四面楚歌的尘色里安于现状，自然从容地过着光阴。

　　我去铁皮屋的次数多了，师傅也就认识了我。知道我是一个写小说的人，一见到我就亲切地打招呼，说，作家又来了！有一天，有个靓女在补鞋店里补鞋，我去时师傅正在给她补鞋，师傅就跟靓女说我是一个作家，专门写小说的。靓女就尖着嗓子说，是嘛，我最爱看小说了，把你写的小说给我看好吗？我说当然可以的，靓女要了我的手机号码。没过几天还真打来了电话，问我有小说么？我说，你哪位呀？她说我是靓女呀。我哦了一声，便想跟她开一个小小的玩笑。我说不是写小说的，我是"做鞋（作协）"的。靓女就很生气了，她说我当初就怀疑你不是，作家怎么会去补鞋呢？靓女挂了电话。我却高兴地笑了！我问师傅，你一直住在三十一区，住在铁皮屋这么一个破地方，给那么多来来往往的人补着鞋，你不觉得厌烦吗？你不觉得郁闷吗？你有没有想过离开这里，过另一种生活呢？师傅说，我一个补鞋的，还能做什么？在这里住得太久了，我已经喜欢了这里。给别人补鞋，我觉得是一件很美的事情，我很喜欢这样的生活呵！想想那么多有钱的漂亮女人的脚穿的鞋，都要请师傅补，而她们来时都要弯下她们高贵的腰，很和气地喊一声：师傅你好！有空给我的鞋补一下吗？我突然觉得他是幸福的。

　　快乐有时候是过一种自己想要的生活。

　　从铁皮屋出来，我在三十一区拐弯的地方碰到一个靓女。她好像认得我似的，朝我招手。我说你叫我？我怎么不认得你了呢？靓女笑了笑。她笑起来真的很好看。是那种让男人有所想法的女人。靓女说，是这样的，我遇到了一点困难，你可以帮个忙吗？我说，帮什么忙呢？她说，我身上没有一分钱了，你能否帮我买一顿饭吃？我说，没问题。靓女差点跳了起来，尖着嗓子说，太好了，太好了！可我没有那么多钱了怎么办？我说，我身上只剩下一块钱了啊？靓女一下子就收住了喜出望外的心，她说，才一块钱啊？我说，这一块钱我还不能给你，我还要坐公交车呢？给了你，我怎么回去啊？靓女说，你手里提的是什么东西，里面有好吃的吗？我说，没有，里面都是日常用品。靓女说，就没有一个面包吗？还有别的什么吗？没有。里面还有一只刚修补好的鞋。绕了这么大的弯，终究还是让靓女空欢喜了一场。靓女把嘴巴噘得老高，很不高兴地对我嘟噜了句：你这个人也真是的。哼。靓女很生气地甩了下头就走了。

手稿：巫语

1

我在尘土飞扬的公路上行走，一辆超重载运的卡车呼啸越过我的身旁，我的衣服里顿时鼓满了风的力量。我穿的这身衣服是我的哥哥穿剩下来的，他长高了，衣服就短了，就给了我。哥哥在一个猪场给老板拉潲喂猪，我正沿着公路朝哥哥打工的猪场走去。卡车飞过之后，尘土便加厚了，它们如烟雾弥漫在我的周身。这是哪一年的南方？我已经记不得了。我只记得不远处一家士多店里，几位正喝着美津汽水的陌生人都用手指向了我，并发出了惊骇的声音：哇！你看看。我这才通过他们的手指定的方向回转身去，看到了惊心动魄的自己。我衣服的整个背面全都被卡车划开了，被撕扯的布块已去向不明，背面露出了一个宽敞的圆裸。要是卡车再近一点点？要是我穿的衣服是耐用的纯棉布料？要是我穿的不是哥哥廉价的旧衣服？要是……我假设了很多种可能。当我看到哥哥正拉着猪潲两只手在用力地推三轮车上坡时，我突然禁不住大喊了一声：哥哥。喊出这一声时，我的手却有了多重复杂的情感在波澜起伏地颤动，我把一只手叠在另一只手上，紧紧地捂住。我想告诉哥哥，刚才我看到了两个自己。一个还在虚构里，一个就站在他的面前。哥哥一定会夸张地笑起来，笑我说出了好笑的话来。

很多时候我是不相信命运这种东西的，人从出生到老去，终其一生，不过是按照了自己的意愿去活罢了。有些人活得匆促，有些人活得从容。在匆促与从容之间，我们会遇到许多的问题。这些问题需要解答，需要消磨，需要去操心。我们在现实里是明白的，到了内心深处，却又糊涂了。我们对生活充满了矛盾，对自己充满了怀疑。生活受到挫折时，我们怀疑选错了方向，身体不舒服时，我们会担心自己病了。怀疑和忧虑是现今生活的通病。很多时候我们不得不承认，人和万物之间还存在着许多未知的神秘。

生活落寞的人是需要安抚的，他会选择路边算命的先生。他把手大大方方地伸向了对方，算命先生就沿着他的手开始讲述。算命先生说，你最近不顺利，运气不佳。从你这个手相来看，你下个月开始将转好运，不但可以找到工作，在八月份还可以找到一个女孩子。他问算命的先生，当真的么？算命先生露着唯一的一颗金牙说，要有假，你割掉我的耳朵好了！这人长长地吐出了一口气来，目光亮了，他在算命先生的讲述里找到了生活的原动力。我的家门曾国藩就曾说过："信算命，信风水，皆妄念所致。读书明理之人，以义命自安，便不信也。"身体不适的人总担心身体的某个部件出了问题，担心得越多感觉就越明显，就试探着用手去摸那个地方，发现真的与原来不相同了。就重复着拿手去摸，是不相同了。难道我真的害病了？身体不适的人就开始着急起来，张开刚才去摸的那只手，红润饱满柔软。她的这只手写满了一种健康的气息。她现在需要的是把这只手交给一个人来判断，来给出她所面临的担心。她去了中医院找到了医生，医生以专家的眼神观察了她手上的细节和脉搏。通过她好看的手医生还研究了她最近的生活私密。然后，拿开她的手，医生用自己宽大的手盖住了她的那个地方，在她担心的部位摸、捏，捏、摸，然后笑了。医生说，没事。你一切都是健康的，平时多注意休息好了。医生的话是一种药，给了她肯定的答案。因为干净有力，她露出了微笑。她再用手去摸时，发现没有什么不相同，跟原来是一样的啊。医生的话和手，是一种隐伏的寓言，消解了她郁积的结痕。医生的手在抚摸她时，她感到了那个地方正被一种来历不明的感觉抽走，以一种新的奇异的安全贴近。

人的一生究竟有多少可能呢？这当然是无从知晓的。那么，又会有谁能真正给出你的生活与生命之间的多种关系的问题呢？这当然也是无从知晓的。

我下楼去超市买菜时，会不会刚好碰到她从楼下上来呢？

她会不会露出我所熟悉的微笑？

她说不准就住在我房间的对面？

算不定，明天去人才市场上面试时，她正好也在？

她要找的工作正是我所想要的？

显而易见。人总是在虚构自己的身份和生活。每个人都无处可逃。

这么想来，我和我们，或她和她们没有什么是相同的，也没有什么是不同的。换句话说，活得好不好，不过是一个人虚构的不断递增，她在没完没了地猜想和假设着别处的内容。

2

有人问我，你住在哪儿呢？

我住在一个城中村里，这里的楼房大都是亲嘴楼，阳台和窗子挨得很近。晾晒在阳光里的女人胸衣和内裤，你能清晰地看到它们的水滴。水滴映出了她们的世界。她们来自不同的乡村和背景；她们有着你难以想象的复杂和简单；她们有着不同的身份和经历；她们有她们的生活，她们有她们的想法。她们性感裸露地在阳台上刷牙，说笑，有时轻浮地发出情色的声调。她们有她们的快乐。

我故意弄响了咳嗽声。我的故意令女人的神情有了不自然，她们在我的温馨提醒下调整了自己。很快，她们连同傍晚的风景隐身在了我的咳嗽声里，她们和自己的生活隐身在了这个傍晚。她们上班去了。

这些在夜晚里呈现的月光。她们照亮了别处的咳嗽。

隔壁的一位邻居女孩，我至今都不知道她叫什么名字？更不知道她在哪里上班？她是做什么工作的？她常常在傍晚出门，凌晨两三点钟左右回来。每次在楼梯间碰到，我朝她点点头，她都只莞尔一笑。有一次，她在我锁门准备出去时喊住了我，问我，你房间里的电脑是不是可以上网啊？我说，可以啊。她说，我新近买了一台电脑，我也想接上网络，想从你那里连线可好？这个问题来得意外，我看到了她纤细美丽的几根手指在来回地玩耍着。她用了风情万种的眼神期待着。完全可以。我的回答清爽有力。其实我很想问问她，有关她的名字和工作以及其他。她身上有许多的问题是我想要知道答案的。但我终是没有问她了。就像她至今不知道我的名字和工作一样，这对于她来说，我同样给出了许多的问题。假设和猜想，成了我和她之间距离的内容。

好看的女人，她的手一定也有着别致的风情。

楼下的另一位女人，有一天惊慌失措地敲我的门。我打开了门，她告诉我，她的电脑坏了，能不能去帮她看一下。她的语速很快，语音轻轻浅浅。我是电脑菜鸟。可我真不好意思说我不懂，事实上我是真的不懂。我说，我对电脑不是很懂的，我还是诚实地把情况告诉了她。她不相信，说，你还是去帮我看看吧。我只好随她下了楼去，这时我才注意到，她原来是穿着睡衣的。我第一次看到穿睡衣的女人很美。她用手娴熟地敲打着键盘，并用手比画着告诉我电脑存在的问题。没想到我这个菜鸟还帮她把电脑捣鼓好了，这是我始料未及的。她给我倒了一杯水，我正准备喝水时，门外有开锁的声音。女人的男人回来了。房间里多了一个陌生的男人，这是他没想到的。女人赶紧说，这是楼上住的邻居，我电脑坏了，叫他来修。男人勉强地对我点了点头，我站了起来，说，电脑弄好了，我回去了。女人说，再坐一会儿嘛，喝完了水再走。

出了房间，男人重重地关了门。我听见男人对着女人很响地说：你一天到晚就知道玩电脑。我把电脑掀烂算了。显然，男人生气了。在大多数时候，男人的胸襟总是很小的。女人反而显得更为开阔，我们的母亲就有着博大的心胸。

夏天总是和女人的身体有着太多的关系，就像水果。记不得是国外哪位名人说过了一句话：每一个水果都有它们的秘密。女人的秘密很多，她们往往藏在一只手里。男左女右。女人大多爱把右手交给别人看，看看她将来的道路。算命先生就盯着这一只好看的手，翻来覆去起观察研究，还控制不住地拿手去抚摸一下。有美女在场的看相，总能吸引游手好闲的男人。他们围拢过来，站在美女的前面或身后，精力充沛地观看着这一场表演。人围得越多美女就越娇媚了起来。女人很假地笑着，但分外迷人。女人就扬起了另外一只空置的手，在脸旁扇着风。这样的动作是所有漂亮女人的习惯，是一种共有的通病，或者说是一种自作多情的勾引。她们想勾引的当然不是男人，是男人眼睛里的风景。女人问，老先生看好了么？算命的先生已经对女人的手入了神。老先生说，你莫急好么？我这不是在看么？女人就又很假地笑了起来，确实分外迷人。女人的手指特别美，像艺术，文着深蓝的颜色，有点点的花朵。这手像幸福浸泡过的一样，干净细腻。拥有这些手的女人们，我见过很多，她们就像好看的手一样，随处撒播在这里的每一条街头巷尾。她们抽烟喝酒打麻将会很大声地唱：你这该死的温柔。

3

楼下的门铃旁边挂着一个邮箱，我一直以为这个邮箱应该是为我开设的，好多次想打开它来看看。这不仅是自己的一种错觉，也是一种误会。我觉得这个邮箱给了我无数次的猜想和假设，包括这个使用的人。有一段时间，我租住的楼下到处都是搬运的人。有人要搬离这里，有人却又要搬进这里。有些因为工作原因，有些因为生活原因。来来往往。我们多么像高天上流云。相同的背影不同的奔走。节奏，速度，方向。构成了每个人的现实。

等安静下来时，才发现那个邮箱不见了。这一次，我猜想了一种真实：那个人搬走了。

这与我有什么关系呢？的确问得好。我为有这样的问话感到莫名其妙地好笑。我的手就有了莫名其妙的动作和表情。这些动作和表情被一个忽略的老男人发现了，他注视着我。他问我，你笑我吗？我瞧见了老男人的胡子和性感的厚唇。止住了我的笑，我才发现我的手正朝着他的方向旋了一圈。他一定是误会了我晃动的这只手了。我找不到了准确的词语，只好又重复了微笑，又重复了旋圈的力度和表情。我这时看清了老男人是骑在三轮车上的，老男人是个回收废品的。我说，我家里有很多书想卖给你。我的说出，让男人忘记了我微笑的内容。他原本是想等待他猜想的答案，没想到我却假设了他等待的问题。这一回，轮到老男人有了笑容。那很好啊！他几乎是和着牙齿说出来的，声音混杂着重大成果的发现和肯定。

　　老男人和我开始沿着一楼的楼梯往上爬，我在前面，他在后面。声音跟着声音，一种熟悉一种陌生，一种陌生一种熟悉。他问我，住几楼？我说，六楼。六楼到了。开了门，我拿出了很多的书刊，这里面有一部分有发表我文字的杂志和书，原来都很小心珍贵地保存着，现在觉得没这个必要了，都卖给了这位收废品的男人。老男人看到我的书是崭新的，就高兴地笑了，说这么新的书你也舍得卖废品啊。我说，是的，太多了，把它们清理掉。他看到书上面到处都写着"文学"等字样，问我是不是一个作家呢？我说，你怎么会这么想呢？他说，我以前在村里还是个干部呢？也喜欢看书的，他说完不好意思地笑了。他把书整理好了后，站起来试探地问，真的要卖掉么？我说，真的。他说，你不心疼啊，这么新的废品卖是最不划算的。我说没关系。老男人酝酿了很久，说，我给你开个高价吧。六毛钱一斤，可好？我说，你都开高价了，我还能说什么呢！老男人就用手麻溜利索地把书捆绑好了。老男人的手是粗糙的，手纹的线条简单清晰，食指和中指有着很深的烟熏染的痕迹。他看着我一直在看他的手，就解释说，我的手不好看，是个干苦力的命。我说，你一定吃过不少苦吧？老男人轻描淡写地说，像我们这辈人，哪个不是吃苦的呢。是的，哪个不是吃苦的呢？他的这双手让我想起了许多人，很熟悉也很难过。老男人说，我有个儿子在老家也很爱看文学书，他现在读高中了。我看你的这些书都是好书，我托人回家时捎带一些回去。他边说边站起来给我算钱，一共是八元整。我说，这些书不要钱了，全部送给你吧。这是他没想到的答案。他一定猜想了很多次，却没猜想我会这么说。他说，不要钱，老板你开玩笑呢！老男人就把钱递了过来，我拿手去挡，碰到了老男人的手，他的手很暖。像早晨晴朗的阳光。我说，我像个开玩笑的人么？这次轮到老男人尴尬了，不知如何是好？我"砰"的一声把房间外面的铁门关上了，我说，真的不要钱，送给你的。

　　老男人走了之后，一定想不明白。也许很快他就明白了。他会猜想：他送这么多书给我，他跟我又没有什么关系？他一定会像刚才我的那种笑容出现在巷子里的另外一个人的面前。

　　老男人问我，你在这里住了多久？

　　我说，快四年了。你呢？

老男人说，我一直收废品，已经七八年了。

4

去往医院的人那么多。

我们活在俗世生活的疾病里。我住的附近就有两家不同的大医院，还有小的诊所和药店。妇幼保健院隔边就是中医院，在中医院附近的几棵树下，经年有两个摸骨算命看相的先生。

古人云：上医治国，中医治人，下医治病。

这算命看相的先生他们治什么呢？

这两位算命的先生一个爱说一个不语。爱说的是个安徽人，已近六十岁。不语的是山东人，不到五十岁，留着一脸胡子，瞧人的神情高深莫测，很像个江湖高人。爱说的先生自然就与我说上了话。没想到，这位老师傅是个很有意思的人，他看相的经历有点传奇色彩。老师傅说，我原来是想从家里来深圳找份工作的，找了很长时间找不到，没办法，生存要紧，就硬着头皮去捡垃圾。没想到，他从垃圾里捡来的命相书里却学会了看相算八字，这真是无心插柳柳成荫。听说他看得很准，几个美女还都是他的回头客。来我这里看相的都是熟人推荐来的，老师傅说起这些来很是自豪。老师傅现在是和几个打工的老乡租住在一起的，他住的是一个阳台。每月一百五十元钱，在这个阳台他已经住了七八年。

老师傅在宝安很多地方摆摊看过相。像二十二区、二十三区、二十六区等等。他现在长期固定的地方就是三十一区。他的摆摊很简单，一张塑料布制的专用介绍图，红字黑字两种颜色。上面写着：富贵贫贱，收费标准百分之八十不准不收费。看手相、算八字、测名字、称骨、大人改名、小儿取名、家运财运、官运、前程、婚姻、事业、吉凶、祸福、择日、抽签等等。他恨不得都写上了，可惜布写不下了。他几乎到了无所不知的境界，这些字的中间是一幅黑红两种色彩的八卦图。图的两边竖写着：无事问卦防身宝，事到临头问卦迟。

有一个女人说自己的孩子有病，从妇幼保健院跑来看相，来求助老师傅。

算命先生掐指一算，沉吟片刻后说，你这个小孩下个月开始肯定没有病。女人问，当真的么？你没骗我吧？看相的先生说我怎么骗你呢，我是按阴阳测算到的，你不信看看你下个月你的小孩有病没病。女人很高兴，说如果小孩真没有了病，就请老师傅去吃大餐。女人说，她的小孩从出生就开始犯病了，不是感冒发烧就是咳嗽，还害过肺炎。她说，这个小孩才三个多月，却已经花了她几万块钱的看病钱了。女人很大方地给了老师傅一张五十的，老师傅接过钱，手微微有点颤动，是激动抑或其他？老师傅把钱揣进了裤袋口里面，事后又用手捏了捏，笑了。

在旁边都是一些衣冠不整的闲人，有些是打零工的，有些是收废品的，好像都跟老师傅很熟悉，还给老师傅敬香烟。他们皮肤黑黑的，皮鞋穿得都很旧了。老师傅穿的是凉鞋，可脚上还套着冬天的袜子，我观察到了他的袜子老是那一双，从来没有换过。我问老师傅包里带了什么，老师傅说，包里是一些万年历、手相谱等书。算出生年月日时有时记不准就要翻一下书，还有天干、地支等说明书。

给老师傅看过手相算过命的一位年轻女人给老师傅买了一瓶可乐，老师傅打开就津津有味地喝了起来。旁边有熟悉的人给他香烟，他也赶紧接过来，"啪"的一声就打着了火机，把香烟点燃了起来。

这时，坐在旁边蹲了很久的一位女人，她把手里刚抽完的一支烟弹出了很远，把自己非常好看的手伸给了他，她想让老师傅给她看看手相，可老师傅却难为情地说，你要看早就看了，昨天我也见你在这里蹲守了一天。女人笑着说，我真的要看的。女人越是这么说，老师傅就越觉得难为情了。老师傅说，你看个手相怎么耽搁这么久的时间？老师傅对她显然是心存戒备的。女人生气了，站了起来，走到另外一个看相的大师傅那里去了，那个师傅问她，他不给你看么？女人又点燃了一支烟，重重地吐了口气。这时老师傅双手活动了一下筋骨，像对面前的一棵树说，又好像是对自己说，她跟我闹着玩的。用的是地道的安徽话。

去　乡

1

那些看似风情的去向与路径，却无风趣可言。

很多游弋于俗世里的身体，都在桃花的表象里盛开轻佻。当孤独像尖锐的针扎进果实的核里，最美的，在那瓷碗的宁静里韬光养晦。

古人云：隐居以求其志，行义以达其道。桃树下说话的男女，在流水的城市与工业遥相呼应。境界和品位永远属于时间里甘于寂寞的人。让喧嚣的一切去假想，包括那个偶尔疼了的自己。

当泪水流下来，你想起了梭罗的那句话：说什么天堂，你羞辱了大地。

夜，醒着。城市的中巴，你靠着窗座，万家灯火的远方。

我从不怀疑自己，来自骨子里的热爱。这条通往宽阔远方的道路，我除了相信用勇气走下去，还有什么好说的呢？

你见过城市的炊烟吗？城市的炊烟像个隐居的男人。他必须经历流浪的乡村和一些你难以承受的孤独才能呈现，我想说，其实炊烟也有着她的动人与深沉。不好意思，我在这里把它修改成了她，对的，是她。她们的她，被生活和男人热爱过的她。

她有一种无法言说的着色，她在片刻之间。

美好的单曲。我被风轻轻吹着，轻轻地吹着……

工厂的窗口亮满了灯光，和我一样从乡下来的兄弟姐妹们一定还在加班吧。

　　加班的城市，加班的年轻人。他们的青春和梦想在贫血的生活里收藏了自己，压制着自己的飞翔。他们也是有理想的，但他们没有时间来谈论理想，来讲述理想，来释放理想。他们在为别人的幸福加班。这里面一定也有他们朝思暮想的亲人爱人。他们在循规蹈矩地培养自己的耐力，他们把自己单薄的命运交给了开放的城市工业。他们把身体交给了节制的衣服，穿在身上的没有一件是从家里带来的衣服，家里的衣服早就过期了。从他们的姓名填进工卡的那一天开始，他们忘记了自己。他们从来不敢在约束的空间里大声笑出来。他们必须像定时的机器一样严阵以待地转动自己。但他们与我一样，在心里埋着一缕做梦的光。

　　我想起了卞之琳的《断章》：

　　　　你站在桥上看风景，

　　　　看风景的人在楼上看你。

　　　　明月装饰了你的窗子，

　　　　你装饰了别人的梦。

　　我很喜欢坐在车上欣赏这沿途的风景。她们像家乡的阳光温暖了我。她们是那么近，又是那么地远。我熟悉了她们行走的节奏和从容。

　　我看到了一位搞清洁的大妈，大概五十岁的样子，正在仔细地清扫着路边的纸屑和果皮等垃圾，把清扫好的杂物再倒进垃圾桶。这时，有"嘀嘀"的响声传来，是手机的短信息声。大妈马上停下了手里的工作，赶紧从厚实的裤袋里掏出了一部手机来，许是眼睛老花的原因，她把手机捏在手里，却伸得很远地瞧着。刚才还是默默无言的，这一下却笑逐颜开自言自语了起来。大妈一边看着屏幕一边用手指在键盘上动个不停（她也许在打字回信息）。我放慢了脚步观察了很久，和我一块观察大妈的还有她倚靠的那棵树。只见这位大妈的笑一阵接一阵地涌上来，煞是开心啊。这使我想起了几年前我在经过中医院路口时，看见一个穿着讲究的男人非常体面地走来，边走手里边拿着手机在说话。走近了我才注意到，这个男人的手机已经很旧了，旧得与他的穿着很不协调。手机的颜色已经完全褪色了，可以看得出来这部手机与男人的年头有些深了。那么是什么原因使他一直不想换一部新的呢？

　　男人的手机可能是一个相爱的女人赠予的，因为太爱，所以一直没有换。

这个女人是现在的妻子，也许没有成为妻子。给大妈发信息的也许是她的老伴也许是她的儿子。这一定只跟粮食和理想有关。

她像镜子照出了远处的母亲。这是一个为别人活着的时代，我们都在为别人的生活加班，唯有镜子在照耀我们的内心。此刻，幸福距离我非常地近。大妈皱着脸纹，眯着细眼，还带着那鲜为人知的笑的内容。有时候，温暖并不需要太多的物质关怀，而是来自心灵的相遇。那些懂得的心灵和爱。

报社唐大姐在打电话的时候冷不丁地问我："天冷了，你有毛衣穿吗？我给你送件毛衣吧。"她使我想起了自己的母亲。这种想象是暖人的。

国外一位诗人曾经说过，世界是铜的，惟有诗人才能给予我们金的。

2

比远方更远的地方，是故乡。这是我后来才发现的。

没有人知道我对远方的迷恋，她就像一场未完未了的恋爱。我甚至都不是很懂远方究竟应该怎么去找寻？换句话说，我的远方根本不知道她有多远。很多有过生活经验的人谈起远方颇有见解。

我对水果的亲密无间，来源我家门前的那棵李子树。树上的李子还未完全成熟时，我就会光着两只脚丫爬上树去，偷偷地摘吃李子。青涩酸甜的果汁涂抹了我的童年，童年的光线照亮了水果的颜色。那是一种怎样的颜色？我不止一次从树上摔了下来，"砰"的一声，砸在松软的地上，我放开牙腔调哭了起来。母亲总要大声呵斥，叫你别去树上匪，你不听，现在晓得粑粑是米做的了。我泪眼蒙眬地看着母亲，我的手心里还捏着那个刚摘到的李子。母亲看上去并不是真生气，我把李子放进了嘴里，狠狠地咬了一口，我要咬住这疼痛的泪水。我看到母亲有了想笑的表情，在洒满阳光的李子树下，母亲的表情代表了阳光的表情。

我从来忽略了疼的感觉是童年最珍贵的部分。母亲成了我珍贵部分的记忆，我沿着记忆的路返回，我却再也找不到那个童年的自己了。而水果却出乎意料地繁荣和旺盛。经年之后，我成了孩子的父亲，在异乡尝试了许多水果的味道，每一种味道都让我无以言说这其中的艰辛。

　　水果产于乡土气息的安静之地,成熟之后却遍布于车流如水的喧嚣之城。水果孕育了生命的多情和寂寞。在我看来,水果总是与女人有种密不可分的关系。那些散发植物一样健康的清甜,消融着生活无比的美妙。对于女性的细密和迷恋,使我对于生命与生活有了更多的认知和亲爱。

　　水果在我的体内,融化为一个理想的名字。我怀揣了别处的力量和勇气。这使我想起博尔赫斯的一句话:花开给自己看,却让许多眼睛找到了风景。

3

　　身体的秘密催生了每一种命运。

　　每一种都似舞蹈,每一种都与时间融为一体,时间在旅途的大地上,歌唱着通向家乡的路。炊烟的人间,万物的人间,呈现恩泽的爱与手语。

　　学会懂得,学会感恩,学会一个人一尘不染地赞美,学会一如既往地去发现,学会去爱去温暖。在深圳,在这个与世界没有距离的城市,在这个充满机遇和梦想的大都市,我们只要不轻言放弃自己,你就能找到那个梦想的自己,就能找回那些失落的从前。的确是这样,在这里没有什么是不可以的,一切皆有可能。

　　在深圳市区,随便你坐哪一辆公交车,都会遇见这样一个镜头:上了年纪的老人或孕妇、残疾人一上车,便有人主动站起来让座。这是我第一次来深圳最大的感受。记得有一次,我因工作原因晚上熬通宵,次日又需坐一个小时公交车去办事。当时,车上人多,早已座满为"忧"。我站在车上不多久便顿感疲惫不堪,而且越来越难受,几乎快要倒下了。这时,旁边一位有座的女孩主动站了起来,让位给我坐,我几乎是整个身子倒坐了下去,坐在车上,那种轻松、舒服的感觉前所未有地重叠了我。让座女孩的爱心升华了我的生活。

　　后来,我在深圳任何路上的公交车上,只要遇见有老人或孕残人和需要帮助的,我都会主动让座。奇怪的是,我让别人坐下,心里反而轻松愉快了!

　　关爱身边的每个人,这种习惯会让你在生活里得到更多的乐趣。

当我每一次坐着班车途经像家乡一样的田野时，我就会想起田野上盛开的油菜花，我的内心总有一种莫名的感动。我喜欢把油菜花比作我乡下的妹妹。每一朵都像我的亲戚。我突然觉得大自然有着无穷的魅力，连泥土上的庄稼也让我懂得了感恩。

4

鞋。声音。在南方，越来越给人一种念想。

你为何要用到这个名字？

名字与每个人都是需要缘分的，缘分这东西说不清楚。取了这个名字，就有了责任，就有了对活着的态度，就有了对人生和命运的寓意，就有了对这个世界的梦想追求。这个名字就像上帝赐给你的眼睛，你观察着每一个人与这个尘世的关系，以及她们的良心和虚伪。你用你瘦小的念想触摸万物下的每一粒种子。这是一个接近上帝的名字，所以，你从来不害怕黑夜和寂寞。你试图用一颗高贵的心来倾听这个世界，心灵如耳。

她的心灵有着另外的蓝色。这样的蓝，让人动情。她用她小小的世界撑开了尘世的天空。她与大多数人总是不同的。

有时候，赞美一个人，你的态度决定了你的素养和真诚。虚假的赞美，内心缺乏最真实情感的人，他总能用虚怀若谷的噪音来制造美声。而大多数人却那么心安理得地接受了这样的赞美，他们身临其境，感受着庸俗无趣的热闹。这样的人，这样的大多数，他们总活在没有自己的道路上，一直向前，而前方一眼可见。

生命相融于日常的俗世。情感却在另外一种身体里抒写。你或者他。

瓦上的轻风以及暗夜里的忧愁，你还能看得见吗？夜景和梦境交错的记忆，结成了一滴月光。月光在城市里开始醒目地接近了我，我的身份和内心的秘密。而我对于她的敞开和接近有了复杂的情绪。其实，我简单得只剩下了最后的胆怯和脆弱。我以一个男人的地址，告知了她们所有通向道路的秘密。

我是缓慢的。有时候我怀疑自己停留在某个时光里的慢。以前我认为的慢是一种速度的慢，但现在我有了新的认知和理解。我的新词和分行的句子都难以抵达完美的中心。寂寞的雨已经下落不明，而念想的阳光却格外动人。走在夜色街上的自己，多么像一枚遗忘的果实。

5

我为幸福保持了沉默。

三十一区某条巷子里，有一间房是属于他的，他在写字。

房间里的男人与这座城市保持着喧嚣的静寂，偶尔会很天真地想一下窗外的事情，然后捧着一杯热腾腾的开水，深情地轻柔地喝一小口。男人向来少喝茶，无色无味的开水更接近生命的本质。你可以喝出不同心态的品位出来，它象征着纯真和简单，它更是透明的。懂得品位的人越来越多，但懂得高贵的人又有几个？

我居住在自己的内心深处，为一个看不见的梦傻傻地爱着。我觉得很美好。

上帝是伟大的神，她隐于每个人的身体。让你懂得疼痛并理解她，但不是每个人都很幸运。因为上帝给出每个人的答案是不一样的。

我宁愿相信万物之中还有另外一个身体，那就是你忽略的生命。是一种与神亲密无间的生命符号。她可能是我们的粗心大意的另一个自己。

有些人死去，是因为她重新活过来了。但我们无法去分辨无法去探索。有些人一生下来就注定是与自然万物融为一体的。她把身体交给自然的神，神给予了她天性的美。这种美是不可复制的内心品质，是一种让上帝迷恋的疼痛。她是祥和的树，是不死的，是自然的延伸。

上个月的某天，我觉得自己身体的左下部位有了不适，我去看了医生，做了个 B 超，诊断结果把我吓了一跳。我的肝内实质性病变，血管瘤待查。我又仔细地看了一遍诊断报告单上的超声描述："肝内面形态大小正常，肝实质回声均匀，管道结构显示清晰，门脉左支前方见一大小约 0.9×0.9cm 的稍强回声光团，后方回声正常。……"我的身体敏感地感到了疼痛。我一下子就感受到了生命的脆弱。

上帝此刻在哪里？她知道了吗？医生打开了生命陌生的语言，告诉我明天距离夜晚是那么近。可是那么多的星星和月亮此刻在想什么？她知道了吗？医生安慰我，你这么年轻，不怕的。正因为年轻，我才害怕，害怕的不是病，是未来憧憬的蓝图，它们都让我感到了遥远和渺茫。堂兄说他的生命与我有一定的关系和无法言说的秘密。我听了这句话，我相信了确定爱对于一个人来说是非常重要的，她直接地抵达了我们忽略的虚构。

我不相信这一切都是真的，我在回来的公交车上强忍住眼泪。我用一个男人的坚忍控制了我身上杂乱无章的情绪，在医生的建议下，我专门为肝做了一次CT增强扫描检查。别看这平常的检查，还蕴涵着小小的惊恐。做增强扫描的要先另外打点滴。打这种针需要亲人陪同才行，自己签字，由于身体的各种因素会有万分之一的死亡率，以防万一。这么一折腾后，我越来越感到生命与理想的复杂性。

检查结果出后，我在CT检查报告单意见里看到了这么一行字：肝脏CT扫描未见异常，非常干净。那么，B超照出来的是一个对我的误会，也就是说，我被无辜地开了一个玩笑。这个玩笑让我一生为之深刻。

6

她在你的心里长成一枚念想。你轻轻地吟唱。

苦，觉得它多么像中药，蕴藏了千锤百炼的秘密。每一个秘密都是一种秘方。味道很苦，但仔细去品，却又有着苦过之后的那份耐人寻味。我们隐身于生活的尘世里，你有你的，我有我的。各自在属于自己的那一份卑微里做着自己。

在巷子转悠了很久，才鼓足勇气走进了附近的一家理发店。理发师是一个女的，女人问我，剪发吗？我点点头。女人说，剪一个什么样的发型？我说，剪得短短的。这么长的头发你舍得剪吗？你不心疼么？女人倒挺关心我的头发，她边说边在给另外一个客人理发，叫我坐在那里等一下。这一等我就开了小差。我突然觉得女人的话让我重新审视了我的一头长发。对着镜子里的那个长头发的男人，我在心里问自己，你真的就不要它了么？

有一次我戴着墨镜，坐在公共汽车上太困了打起了瞌睡，有几个小偷混在了那辆车上，他们偷了很多人的钱包，就是没敢动我的，后来我想，这主要归功于我这头长发。

当然更多的是一种艺术的伪装。很多人开玩笑说，越来越像个艺术家了。我去补鞋时，补鞋的师傅见了我就喊，艺术家来了。我想艺术的气质是一种象征性的东西吗？是看上去像吗？它应该是一种内在的而不应浮于表面。有许多女生见了长发的男人多少还是会有点胆怯的，她们都会很小心地在你经过时轻盈地闪开她们的身体。

等那个女人再要来给我理发时，我却站起来不好意思地笑着说，我不剪了。

可没过多久，我还是决定了要剪。觉得不好意思，我换了另一家理发店。

我刚剪好了，理发店的女生就高着声音说，我靠，真是帅呆了。我说是不是蟋蟀的蟀呵。她说不是啦，刚进来觉得很成熟老练的样子，现在觉得精神亲切了蛮多，真的很帅气哦。看来人的感觉也是很重要的。没剪之前，头发的确很长，有时我就扎成了马尾松。去邮局取稿费，女营业员把我的身份证捏来捏去，问，他本人没来吗？我说，我就是本人啊。女营业员就笑了，不好意思，我还以为你是个女的哩！内心的东西藏匿在深处，要通过感觉才能抵达。

理了个短发，感觉真的轻快了许多，好像心里原本的许多东西都敞开了。在森林公园的环形跑道上跑步时，差不多跑了六里路时，全身已是大汗淋漓了。这时，两位美女迎面而来，对着我大喊：一二一，加油跑。哈哈。她们那么肆无忌惮地对着我笑了。

很长一段时间里，每天下午，只要不下雨，没有特别重要的事情，我都会去公园跑步。

在跑道上沿途的音乐抒情而舒缓，慢慢地凝固了空气。空气在时间表里和指针行走。它们在我敞开的皮肤里，在我弯曲或伸张的十指里行走。敞开心灵和身体，与万物交融，空气里到处弥漫着健康的生命香味。你还能听到昆虫和鸟类的演奏。整个下午，我都是一个动词。

山和石头在那里，树和云朵、阳光站在山坡上。

在路上，我唯一清晰记得的是母亲针线下的布鞋。那是一双充满泥土气息的鞋。

母亲用了一种笨拙的方式告诉我，合脚的鞋穿得安稳妥帖，他的道路也必定充满结实的气派。那是一种生活的力量。鞋与那个人息息相通，像永远的情人。

流水不懂时间的唇

她

女人越来越好看了。

我怀疑自己是不是老了？

她说，你变了。

我说，我哪儿变了？

她说，我发现你越来越智慧了。

她在这里用到了"智慧"这个词，用得妙。其实至今我都不懂好看的女人应该看她哪里。

有人说女人生来就是给男人看的。这句话曾让我沉思了很长一段时间，每个女人都是一个天使，她是每个男人心里的风景。女人的身体一定是这个世界上最美的景致了。她一定蕴藏了生活与生命的哲学。我是一个从来不隐瞒自己内心的人，我喜欢好看的女人。好看的女人也许并不见得美，也许她还有一点点缺陷，也许她的皮肤还有那么一点黑，像我楼下邻居家的小女孩一样黑，但她仍然是好看的，她并不能影响我的视觉和愉悦的情绪。

好看的女人一定与日常有着诗意的遐想。

电视剧里看到的全是美女，几乎找不到不美的女人，但她们并不一定让我满心欢喜。我面对电视里的美女，我的大脑里却有着更多的生活日常中另外的女人包围着我。她们在我的房间里弥漫了美的气息，她们与我的水杯、烟灰盒、沙发、口香糖、书籍，还有长时间静静地不出声的镜子围绕着我，这使我对身边的一本《现代汉语词典》产生了兴趣。我翻开一页，我看见了日常里忽略的解说。

在我居住的小巷子里，我亲眼看见了一些女人给出这条巷子的色彩。她们是那么随意那么清爽那么不声张，这种质感的自然，结实而又动人。

一切都还来不及准备，她弯下腰来让我看到了她的乳房。我想到了三个字：洁。净。美。

我还想到了她为什么要弯下腰来，在我经过她的时候让我看到了她的乳房？她敞开的胸怀像天使打开了一扇窗，那么动人，那么唯美。她的乳房饱满而恬静，在我的心里我的血液里跳动了一下，把我所有的青春惊醒了。她想唤起我的什么呢？我为这个问题感到了前所未有地激动。好看的女人她一定是迷人的。迷人的地方一定有着她的秘密，比如乳房，比如臀，比如……好看的女人还应当有着迷人的单纯。比如思想，比如心灵，比如……

迷人的女人一定有着她的复杂和错综，一定有着许多的迷惘和困惑，一定是震撼人心的女巫。她让你陷入不可自拔的深度，成为一种思考。她弯下腰来，在我恰到好处的眼神里，她赤裸的乳房让我的内心变得简单明亮起来。

懂得好看的女人，一定有着她自由而敞开的秘密。这些秘密里有着她深居简出的习惯和优雅。

她就坐在我的旁边，她的眼神里映照着不一般的美态。她真的很好看，我这么想的时候我控制住了满心的冲动。她就像薄如蝉翼的轻纱罩住了我，我的不动声色。她是一朵随意飘来的云，在我的眼前陡然闪开。我开始无边无际地想起了她，包括一些无边无际的虚构。

虚构可以是在一个真实的小镇上。我们都是被遗忘的果子。

她也许并不知道我的名字，但我知道她的名字。她还热爱读短短的分行的句子，那些都是我写下来的诗歌。有一些是写给她的，她读的时候并不知道，但她读完之后热泪盈眶。她的忧伤我是知道的，我此刻的心事她又怎么能知道呢？

当她知道我的名字的时候，我已经离开了那个小镇。

她在信里说，你还回来吗？

　　我在心里精巧细致地去想一个人，这也许并不见得是一件坏事。想，有时候比存在眼前的事物更深得人心，更深刻动人。她有着她的不可预知的一切，就像我们围拢而来的一场游戏，有着必然而又自然的关系，有着它遵循的某种规则。而这一切却不一定是与游戏有着多大的关系，我甚至忍不住地问自己：可这又与我有什么关系呢？是的，与我又有什么关系呢？我只不过是与她无意之中相遇在了一起。她有她的方向，我有我的方向。我们坐在同一辆公交车上，我们坐在这个早晨的速度里，我知道我是清醒的，因为我要去面对一个人对我的赏识。就像面对一个人对我的观察。这个人已经看了我的资料但还要见见我。她究竟想再看看我哪里？我并不是一个很好看的人。当然她也许并不是想看我，她也许只想感受到我身上是否有着和文字一样的气味。

　　相见不到十分钟，这个人就把一种很满意的微笑给了我。这种微笑是一种信任是一种对陌生的重新肯定。她说我的文笔非常好，很想与我合作。我只要写出她满意的文字，然后她可以给我想要的报酬。她说，只要你愿意，我可以让你赚更多的钱。她的话挡住了我前方好看的风景。

　　香梅北。我在这个很静的站台下了车。我下了车，女人的身边就空出了一个位置。这个位置对于女人来说，空出来了没有什么，但对于我来说，却有着双重的矛盾，有着她难以想到的思考。我把我的重量通过臀部的温度留了下来，成了女人看不见的身体。成了另外一双隐匿的翅膀。

　　上帝说，想要飞，你就能飞。

　　我和她的缘分也许就只有这一趟并排同坐一辆公交车的机会。茫茫人海，我和她的相见就为了等这一辆公交车，然后注定还是陌生人。谁又能知晓，也许前世她就是我最亲的人。这个世界上的每一个地方，每一个人前世有过缘分，今生肯定还会再见再识。

　　我们喜欢一个地方，往往是因为那里有你喜欢的人。

　　我一直想，我为什么要不断地穿越在这座城市？为了一个位置我要不停地转车不停地等待。等我有了位置时而我却就要到站了，有时候真想一直坐下去，哪怕错过站台。但生活的选择不允许我这么做，我必须按照生活呈现的道路行走，否则我将背离来时的路越走越远，远到一种难度。

早晨对于我来说，是一种幸福的难度。难得有这么好的早晨。

我办完了事，觉得还早，分别给几个朋友打电话，想去看看他们。这里面就有一个我一直想去看的美女。我给美女打电话，美女刚刚醒来，她的声音里还沾染着梦的气息。她首先喊出了我的名字，这对于我来说，是温暖的。这说明女人是熟悉我的，她至少把我放在了她的心里。我想到了见到美女的场景，我准备坐地铁去她那里，我们约好了在福民地铁站见面。

挂了美女的电话，我心里却又有了几分复杂的忧愁。

我最终没有去坐地铁，也没有去见美女。

阳光照亮我的身体，却有了一股辣味。我给美女发短信说，我临时有点事要赶回去，下次专门去看她。我不知道美女有没有去地铁站等我，但我知道她的心里一定有了隐隐约约的向往，这种向往成了我在路上的念想。这种念想却让我有了感动的成分。

石　头

我想到了石头。

石头在那里，几百年都不开口，没有人知道它的真相。

石头为什么不说话？石头一定深藏了生命的巨大思考。沉默是金。它在风吹雨打的最早认识里承担了一些人的命题。无人发现，石头的纹路具有生命的形象思维，这种哲学的答案是理想的冒险。

没有人知道石头的心里在想什么？对于石头来说，最坏的时候和最好的时候，孤独的时刻和黑暗的时刻，它都不会在乎。你会看见阳光的清澈照耀着石头，也会看见石头上金子般的光泽。只要你愿意，无论怎样的理想与诗意都可以围绕着石头展开。

有一天我去理发店剃头，问师傅有空吗？

师傅说，有空啊，一直在等你。

我说，坐在哪张椅？

师傅说，你是老板，愿意坐哪张就坐哪张。

师傅让我郁闷了一个下午的愁苦顷刻就散了。

他用简单的轻快激活了我心里的石头。

我剃了个光头，不说话时也学习石头，坐在房间里看书，一动不动。我翻到了书里的一句话：你今天受的苦，吃的亏，担的责，忍的痛，到最后都会变成光，照亮你的路。

石头在一个人的天荒地老生长，野蛮生长。

人很多时候常常问一些理想的问题：人为何而生？为何要死？要怎么样才有意义？有了问题马上就会有了异想天开的链接：人要是不死该多好啊！人坐在石头上妄想。石头对于人的迷信早已见怪不怪了，石头用坚固的姿态和虔诚的哑语成了不死的神话。

石头修炼了自己。七情六欲，喜怒哀乐，荣华富贵，这些之于石头是无用的。在石头的世界里，大忍于残忍，大漠于冷漠，大痛于无痛。石头没有尘世的心。于是有人就骂道：你真是长了一颗石头心哪。石头是有心的，石头的心埋藏在灵魂里。

人和石头的距离就在于：石头从未想过死亡，人却在一生中害怕死亡。人的境界到死为止，方能开悟，方能听见石头的安慰：你很快就会成为我的朋友。石头说，如果人人都活着，那石头也会感到可怕。

人只有死过一次，才能从石头里悟出不死的答案。

理想是人通往不死的路途。

它可以让你找到生命的源头，那里有着许多生与死的资料。每一份资料都需要你来思考，你要具备勇气和冒险的心态，最关键的是出于你的精神支柱，遵循了你的内心。这样，你才会感受到生命的简单和生活的丰富有着不可言说的惊喜！

理想给了你另外一个生命。这是无可置疑的。

有年秋天，我来深圳宝安参加一个笔会。参加会议的都是一些在底层打工的男女，他们在枯燥无味的工厂里坚持了有趣有味的理想，理想让他们在残酷的现实里延伸了打工的价值。这是一种精神的价值观，是精神让他们苦也无妨，累也无妨，树立了他们的信念，信念使他们变得美好！

他们像一张工卡，要每天刷新时间。

他们在空虚的时间里构筑了另外一种空虚。

打卡。打卡。打卡。打卡。打卡。打卡。

打卡。打卡。打卡。打卡。打卡。打卡。

上班。下班。加班。每天打卡十二次。最后两次是属于加班。

重复使他们变得缓慢，他们熟悉的汗水和动作痛切地告诉时间：煎熬被火灼伤。

晚上的时候，大家言犹未尽，在招待所里谈天说地居然聊到了天亮。

第二天在车站分开时，这些打工兄弟姐妹们相互拥抱，恋恋不舍时还在谈着理想。

还依稀记得有一年，春节过后不久，我在老家无所适从，不知道适合自己的生活究竟是什么。值得欣慰的是我还热爱生活，我在一段空虚的时光里分别用铅笔、钢笔和毛笔在纸上绘画，然后再把画好的画贴在凹凸不平的土砖墙上。就在我无法收拾绘画的冲动心情时，我想到了再次南下深圳。

老安问我，为什么要去深圳？你不知道那里竞争很残酷吗？

我说，我知道。

你知道为何还要去呢？

这个问题难住了我。

现在想来，当初我那么自信和狂妄，都是因为我在生活里设置了一种看不见的理想。还有那种对理想遥望的美丽，对未知生活的憧憬。这说明了理想与人的生命有着不死的童话。

人也可以成为另外一种石头。

活的雕塑。

孔子说，深则厉，浅则揭。

想想真是这样。世界这么宽阔，人生这么充盈，为何要去挖一些伤口填一些细节呢？水深了穿着衣服蹚过去，水浅了就撩起衣服来。

爱也是这样。

总有女人说，她最喜欢的男人已经绝迹了。她现在只喜欢自己。

也有男人说，天下之大，他喜欢的女人偏偏就没有呢？

我想到了人的意义所在，那就是空虚。想象力就是建立在这空虚之中。

朋友从内地来的第一句话就是：你怎么在深圳写作？

　　是啊。我怎么在深圳写作，其实我完全可以回到家乡去写作，在那个四面是树四面是云的地方写作多好，为什么要挤压在这拥塞的城市工业区里呢？那个朋友说，这鸟地方不是我们待的地方，一个咳嗽足以让我们喘不过气来。

　　我想象着绿山青水的村庄和贴近泥土的农人，他们的咳嗽健康而清澈。

　　他们从来不闪避身边的一切。植物和露水，孤独和寂寞，万物无声无言。

　　都在空虚的辽阔里漫山遍野。

　　我和他们有什么不一样？

　　你觉得这一切谁最有意义呢？

　　石头沉默不语，石头一生都不屑开口。

　　我怀疑任何出现的答案。

三十一区的文学与梦想

1

来到深圳三十一区，很大程度上是因王十月对我的蛊惑。还记得刚来时，王十月带我在三十一区找房子租，带我买家具，带我熟悉一些附近的超市和生活小区。然后把我带到他家里，做很多的菜，买很多的酒，给我一种回家的感觉。也就是从这一天开始，我和王十月开始了兄弟般的情谊交往。

友谊确实比写作来得更有力量，更让人温暖可靠。比如王十月，他多么像我的大哥。他影响我的不是写作本身，而是写作之外的真诚和态度。他平易近人的外表，给人的感觉永远是一个来自乡下的人，让我感受到了一种来自泥土的气息，这种气息是健康而美好的。

我们在一起喝酒时，他总是自告奋勇地去埋单。要是我们有人提出埋单请客时，他就会找一些最便宜的菜点。服务员推介酒店的特色菜时，王十月就对服务员说，你以为我们很有钱啊。

有次去北京，王十月去看望朋友徐东。徐东特别高兴，找了个小酒馆设宴款待。酒足饭饱后徐东怎么也不会想到，王十月居然毫不客气地把单给买了。徐东非常生气地告诉我，他怎么能这样呢？我说，王十月把你当成了他的大哥，他处处为别人着想，而自己也是多么地不容易。

苏东坡说，"人间有味是清欢"。我想，这个物欲横流的时代，有还在做着纯粹梦想的人，无疑是幸福的，像宽广的河流，保持了一颗纯净的心。

是的。王十月就是个有清欢味道的人。这种味道是因为他对于生活和生命有了新的认知。记得王十月说朋友徐东在外那么多年了，和生人在一起居然还脸红。我为王十月的这句话感到欣慰，说明他发现了爱的秘密，说明了他有着与常人不同的视角，一种巨大的真实开始被心灵触摸。禅诗有云："寻常一样窗前月，才有梅花便不同。"

第三个来到三十一区的人是卫鸦。

卫鸦是三十一区学历最高的一位自由作家，生于一九七八年，毕业于湖南大学，曾在政府部门任职，下海后做过研发工程师。他是在我来这第二年进入三十一区自由写作的，当时尚在一家电子厂打工，月薪近七千元。他能来到三十一区，还是得益于网络。他在网上贴了自己的小说，被王十月一眼看中，觉得这是一个写小说的将才，于是联系上了他，并将他一篇近万字的短篇小说删改到三千字，推荐给一家杂志发表了。卫鸦很受鼓舞，他觉得王十月是一个很有眼光的人。在征求了王十月的意见后，他欣然来到了三十一区。卫鸦这个名字，还是我和王十月在他的房间里经过一个晚上的深谋远虑而最终得出的结果。取了一个好的名字，就意味着一个伟大的开端。王十月很高兴，马上下厨做面条以示庆贺！那一晚，我们谈到了文学，得到了内心里狂欢的奔腾！

卫鸦的房子带电梯，阳台很大，光线也很好。这样的房子，在三十一区的写作者中是超豪华的。于是，他家的阳台成了我们活动的主要场地，那个夏天，我们在卫鸦的阳台上聊文学，也看楼下穿着性感的女人，还学着二流子的样子，用家乡话同那些靓妹打招呼。灵感也在这里得到了碰撞和启发。

徐东来深圳三十一区之前，在北京《长篇小说选刊》做编辑。他坐火车到深圳的时候是在晚上。我和王十月去接的站，一直等到晚上八九点钟。我们生怕等错了地方，两个人分别站在两个出口看守。饿了就跑到附近的士多店里买一根冰激凌。见到徐东时，他走出火车站的第一句话让我产生了久久的激动：我们将要揭开中国乃至世界文学的一角。

2

跑步是每天最幸福的事情。

　　这项运动成为我继写作之后的一个习惯。我曾经在跑道上开玩笑说，谁在这条跑道上坚持跑步，谁就可能成为世界大师，大家听了我的话呵呵一笑！开始都觉得是玩笑话，后来跑着跑着就发现我的话里饱含了更多的人生哲理。以至于王十月后来说我说的那句话很有价值，害得他每天再忙都要尽快赶在下午跑步前完成，他自从坚持跑步，食欲大增，也不怕增肥了，可以放开肚子吃。一个月之后，王十月超胖的体重减了七公斤。有一天跑完步，我们爬到山顶上，眺望山下的楼房和厂房，想起了还有那么多人在加班加点，想起我们还可以用这么珍贵的时间来跑步，多么不容易啊。不知是谁首先发出了感慨：深圳有一千多万人，我们应该是深圳前五十万最幸福的人。徐东修正说，应该是前五万。我赶紧补充道，前一万。后来，有人在报纸上说我们是深圳排名前一万的最幸福的人。

　　人多了不见得对写作本身有多大的作用，但可以互相打气，相互鼓励对方。要是谁的日子难过了，我们还可以相互帮助。我们笑称几个人是梦想互助团队。徐东刚来时，我们知道他有许多困难，眼看又要交房租了。我和王十月就在房间里商议如何帮助他渡过难关，还曾向其他朋友借钱来援助徐东。当我们去找徐东时，这个骨子里充满了贵族和浪漫情调的男人，居然还在房间里喝着奢侈的长城葡萄酒。徐东看到我们为他交了房租的单子，竟有了难以抑制的感动。

　　压力使我们更努力地写作，但也不可避免地面临现实的沉重。每个人都有自己的梦想。王十月的梦想是在三十一区开一个酒吧，使它成为自由写作者的沙龙。王十月说，三十一区可能还会有很多人来，也会有很多人走，但不管走到哪里，三十一区都是他们的一个精神家园。

　　徐东的梦想更为远大，他坚信自己的文学一定会成功。徐东成功后，可能会开公司，会有自己的别墅、汽车，还可能在北京有一栋以他名字命名的二十层高的楼房。卫鸦的梦想就是希望家人支持他写小说，他也梦想自己能写出世界大师级的作品出来。

　　我的梦想与他们不同，带着无边无际的梦幻色彩。我想，当有一天我的作品被全世界接受的时候，我要包一列火车，邀请全国热爱梦想但没有机会实现自己梦想的年轻人坐上我的梦想列车。每个车厢安排一两个大师为他们讲述梦想经历。火车将穿梭于美丽的城乡之间，火车行程一星期，全程费用由我支付。

3

在电视里看到了自己。那个用男低音讲述的人是我吗？

想起来我就要发笑了，从来没有像今晚这么认真地看过自己，不是看人，是看他的眼睛，看他从眼神里浮出来的语言质感。这种质感让我想到了乡下的织布，是百分之百的土质织布。不知怎的，我突然有了一种感动，是因为一个多年以来没有放弃的梦吗？

这么多年以来我一直奔波在别人的路上，有谁会想到我经历的孤独和痛苦？有谁会想到无人喝彩的寂寞和忧伤？有谁看到一个孩子的心灵深处填满了梦想的色彩？

再一次来到久违了的深圳。我和为数不多的几个朋友在三十一区开始了自由的写作，他们是王十月、卫鸦、徐东等。还有我那个堂兄五定，在另外一条巷子里满怀对文学的热爱和痴迷。他们是这座城市打动我的几个人。

十二月十三日早上，王十月就在我的楼下按门铃了。然后又跑去按了徐东的、卫鸦的。我跑到楼下，看到了被晨风吹拂的王十月。我的心里涌起了生活的甜蜜，非常清晰。那天，电视台要做我们的专题报道。

我们是坐台里的车去的。这一次专题讲座除卫鸦外，我们三人都参与了讲课。我最先讲散文和散文诗的专题，徐东谈的是小说写作与生活的关系，王十月最后讲，算是压轴吧。大家表现得都还不错，赚了几百元的课酬费，回来在爱晚楼庆贺。

主持人说："昨天，这几位打工仔出身的作家应邀登上了深圳大学的讲坛，给文学院的大学生们做专题讲座。一走进郁郁葱葱的深大校园里，只有小学学历的叶耳就兴奋不已。"

王十月说："我一直想进大学，这是我的梦想。没有读过大学，没想到第一次进大学竟然是给学生讲课，也找回了很多的自信心。"

和王十月一样，大学也一直是我的梦想。站在大学的讲台上，我除了激动还是激动！这是我第二次在深圳大学给学生讲课了。这种感觉仍然是那么新鲜动人。它一直以深蓝色的注视影响了我。我的敏感而变暖的心，有着被遗忘的表达。

我看见自己在大学的另一个角度。我站着，大学就像一棵植入我内心的大树，有着风雨和阳光纵深的根。

深圳大学中文学院一位女学生说："我以为他们在讲话的时候，会对生活很批判，其实他们是很温和的人。而且我觉得他们都是有很丰富的生活经历，才可以有这样的作品。"

这轻描淡写的话在我听来，却有了年轻华美的温柔。她们支撑起我对美向往的天空。

萨拉·蒂斯代尔说过，美始终与人相伴，它让活着的人精神不朽。

药　方

　　我独自从纷繁的人群里走来，人声鼎沸的杂音，混淆了大街小巷的角落。走着走着，也许就在角落里遇到了一个熟悉的口音。口音很纯，纯得似一小口烧米酒，呷一口，嘴里胃里心里都是敞亮的，欢腾的。他说，我晓得咧，你莫探空里闲事咯。有么个事，你先管把我探，好么哩！那好那好，另外冇得么子卵事了吧？

　　这个声音，让我看到了他的身份证写着我熟悉的地址，这个地址却被我不小心给修改了。在别处，我习惯了把自己交给忘记，交给别处的安静。

　　安静需要获得城市工业里独特的勇气。

　　在这个城中村住了很久了。

　　从那年的秋天开始就一直没离开过这里。生活就像一个圆，无论你走得多远，无论经历过怎样的曲折与坎坷，最终都归于宿命的缘。爱你的人会慢慢由爱生了恨，没有了爱，就会放下牵在一起的手，然后分道扬镳，从此不再无问西东。恨过的人，再怎么恨也会再遇见，在最初爱过的地方。两个人又该如何面对这错综复杂的重逢与表白呢？

　　这个村庄差不多是我的，我在村庄里的时间是寂寞而漫长的。我自由散漫地过着日子。在这里，很多人都熟悉了我，可我和他们并没有说过话。我和他们都是熟悉的陌生人。他们的生活和身份我一无所知，同样，我的生活和身份他们也一无所知。有些在上上下下楼梯间相遇数年的人，我们仍然是陌生的。"邻居"这个词让我感到生硬，它夹带着锈铁的冷酷。人与人在异乡是小心谨慎的，一层厚厚的生活外壳包裹着善良的心。谁都不敢露出真诚与纯净的一面。胆怯和害怕成为漂泊生活的缩影。每一扇门都是铁的，每一扇门都关得严严的，不留一点空隙。邻居给予你的只剩下了关门和开锁的声音。

咳嗽的声音，像命运。

咳嗽不止。在夜深时分，声音敲打着孤独和寂静的房间。它们震颤着我的周身，把整个瘦小的自己震颤得很疼，像一首多年遗忘的诗歌。不止咳嗽，头疼、眼累、咽喉肿痛，里面好像长有异物，非常难受。鼻炎，鼻息肉，鼻孔里被许多东西堵塞住了，呼吸变得困难了。胃也难受，不想吃东西……我想，我可能病了。也许病得并不轻。我越来越害怕去医院了，每次经过医院时，我都不敢面对它。我这是怎么了？也许，我对生命过于敬畏了，敬畏那种看不见的脆弱。

我开始变得不相信生活的抒情。我喜欢生活的真实和粗略，我喜欢不拐弯抹角地生活。它们干净有力，直面生活的本质。

所有的病痛，都是从一场不经意的感冒开始的。

服用的药单：罗红霉素胶囊、咽炎方、众生丸、板蓝根冲剂、感冒灵等。

从心灵进入日常，进入尘世浮华身后的道路。

我的道路并不见得是我独自的道路，同样属于你和她的道路。包括个体的孤独的寂寞，也同样属于你和她。我讲述的这个我，可以是每一个人，就像我讲述的那个你，也可以是另外一个人，甚至更多相似的你，这个你，也可以看成是你们。我和你们其实就是生活里日常的缩写。通常我的出现，准确地表达了我和世界每天发生的关系。你也许很难理解，在这里的我，为何要从心灵去观察和捕捉人间的趣味，去捕捉自然的风和物。

我觉得难以理解的并不是人的心灵，而是你我心灵里存放的忧伤。

当然，我是在场的。我如同一面镜子。生活里的我们无处可逃，细节呈现了日常里忽略的永恒。我告诉你的，和我讲述你的，都来自可见的真实。但这样的真实并不单单是生活里呈现的真实，它包含了心灵的真实和我的自然。我虚构了由日常生活构筑的每一种可能，而这每一种可能都从我开始去讲述，讲述人间和烟火，讲述那个你和我。

痴人说梦。说的是另一种痴，而不是愚。

思想的独立，可以看出来单个的生存体验。

　　一个孕妇在街上走着，走着走着突然晕眩了，好像快要倒下去的样子。说时迟那时快，一个身影闪了过去，一手就扶住了孕妇。好在妇女没有倒下去，妇女在原地定了很久的神才缓和了过来，许是因为贫血或走路过于劳累所致的晕眩。要不是这个年轻的男生及时抓稳了她，给了她力量，她要是真的倒在了大街上，后果不堪设想。这个细节让我感动。这说明，在异乡，人还是心存温暖和友爱的，只不过我们善良的心灵被深深地藏了起来，失去了真名实姓的无猜无忌。

　　一个疯子穿着运动衣，衣服的背面写着很大的两个数字：33。吹着响亮的口哨，在街上旁若无人地走着。他不知道自己将走向哪里？城市里的每一个所在地都有可能留下疯子的足迹。对于疯子来说，走到哪里都是一样的，城市的东西南北，角度的去向，已经失去了意义。但疯子是不在乎这些的，他我行我素，在大街上还打着呵呵，声音很锐气。他从某处突然地蹿出，一声莫名其妙的大笑，把正在等待红绿灯的几个美女吓得弹开了几丈远。疯子自然在某一刻里停留着最清醒的记忆。他好像记起了什么？而且非常清晰。疯子朝一个大肚皮的中年男人走过去，忍不住在中年男人的肚皮上摸了一把，紧接着说，你有没有买彩票？你有没有买彩票？然后哈哈大笑，潇洒地向红灯处奔去，全然不顾来往中的车辆。疯子从疯掉的那一天开始，他从来就已忘记了自己。一个把自己忘记了的人所以也就不会再害怕所谓的生命了。存在的生活对于疯子，是一种不幸的延伸，命运从来就是这样，捉住了谁，就爱跟谁开玩笑。

　　温度急剧下降，寒风袭人，天气又冷了许多。农历的岁末因为寒冷更增添了家乡的味道。大街上到处都是穿着厚外套的人，有的脖子上还围了一条长长的围巾。阳光似一幅油画，我们在油画里穿梭。发现阳光的炙热和猛烈完全失效了，取而代之的是它的温柔和温和。阳光越灿烂，一切就越安静了下来。难得这般地安静和祥和，城市在此刻尽显了抒情的魅力。

　　和颜悦色的脸庞传递着生动的部分。屏息静气的美女，在补鞋匠门口的小矮凳上翘着一只光丫的小脚，等待着补鞋师傅修补的那只高跟鞋。美女手里捏着一个精致的手机在编写着短信，最是那一低头的温柔，让阳光瓷在了她的周身。美女上衣穿得很厚，外面裹着一身毛绒的毛线衣，下身却只穿着一条短布裤，修长的大腿细腻地映射在过往的人行中。我真的很佩服她，难道就不冷么？

我的老乡蔡锷说，人以良心为第一命，令良心一坏，则凡事皆废。这话说得多好！胸怀大志的人，他怀抱了珍贵炼制的心，不管什么时候，不管在哪里，他首先想到的是一个人的良心。这个人在他理想的道路上一路行走，生命质朴得像一棵途经的树，永远动人！

在路上，我见过有着温暖气息的理想者，她们光彩照人，内心却朴素大方。她们笑起来，就像我现在沿着街道返回租房的阳光，每一朵都很生动。她们在异乡用善良温暖了我脆弱的内心与梦想。我其实很爱哭，见不得人的动情和真心，一触便疼。翻阅《红楼梦》章章入梦，吾仿佛另外一个贾宝玉。平生最爱的便是这尘世的女人。水做的女人，洗涤着尘世的粗糙和灰暗。她们用了母亲的柔软和温暖擦亮了生命的道路。凭这一点，只有热爱女人和懂得女人的男人，才具备优秀的开始。当然，内心的忠诚和热爱与现实是不同的，现实给予人的是看得见的，而内心隐藏得很深。家门曾国藩有一语句是他的自喻，他说，倚天照海花无数，流水高山心自知。

情人节。我看到街上很多的青年男女，手里捏着一朵红花。细微的小雨洒在空中，给了情人们浪漫的遐想。有些情人还撑起了雨伞，他们用雨伞的宽度挡住了浪漫的表情。我想起了邓丽君的歌和她的嗓音，她安静抒情的声调，催生了生命里美好的记忆。我喜欢她唱的每一首歌，她让我找到了一种对于远方充满了美妙的期待。

当一个人的心里盛满了温暖，他会传递一种幸福。在生活的日常里，遇见了这种幸福的人，你就会感受到心灵的美和高兴。阅读一本书如同阅读一个人，我的阅读与很多人是不同的，我很少过于挑剔地去寻找它们的不足和缺陷，我喜欢在作品里去发现一些让我温暖和动情的细节或句子。哪怕他们都说这只不过是一本平庸的书，是一个平庸的人，这都不会妨碍我去发现存在的意义。

你和她，谁也不认得谁。你们在站台等车，你们等待的是各自的方向。你有你的，她有她的。每个方向都是你们的远方，远方其实永远无法抵达。等你和她各自上了车，到了你们的站台又下了车，而你们等待上车的站台又成了各自生活的另外一个远方。你的道路永远在你的行走的路上，她的方向永远行走在她的远方。你和她，对于生活而言，就是我和自己的命运。

时间像沉寂的大海，像孤独的天空，像内心深处的大地。我们看见无数的日常生活片段和细节碰撞，碰撞我们的身体和心灵，还有理想的语言。

它们懂得而谦逊。他们繁杂而简单。

它们似箭，在光阴里射击。宁静的、透明的、身体的女巫，尘世的生活，有一种做爱的恋人住在那里。

等待你的歌唱。

与心灵亲密无间的人，她保持了朴素的气质。

她说，我只不过说出了我真实的内心。

而内心的真实却从来不在现实里拐弯，这正是她可贵的一面。这使我想到了游戏里的孩子，他们成群结队，把生活中的现实抛在游戏的身后，他们在心灵的真实世界里，马不停蹄地播种着童话和梦想。

我相信这微不足道的游戏会给予他们珍贵的友谊和信任。

巷子里三五个孩子，男女各半，他们欢笑着，她们歌唱着，他们拥抱着，她们嗓音着……

这就是孩子。在成年之外，找到了最珍贵的语言表达。

被子取暖了人间的男女。

我们躺下来，被子亲如一家。在被子里取暖的男女，其实都不过是个孩子。孩子有孩子的快乐，孩子有孩子的天真。很多时候，只有在夜晚，只有在安静的夜晚，我们才属于自己。当我们卸下了身上的束缚，当我们完全面对了真实，当我们敞开了心灵的窗户，我们就看见了清澈和纯净。简单是一种温暖。当温暖与生活的身体融为一体时，理想的友谊就从远方进城了，进入了我们夜深人静的语言。

男的说，你真傻呢！

女的说，我哪里傻？

男的说，你说太阳是白的，太阳怎么是白的呢？

女的说，太阳就是白的。

男的说，你真傻。

女的说，你才傻。

男的就笑了起来。女的也想笑，但假装生了气。

美总是这样诞生的。爱也是这样诞生的。

爱其实是两个人身体里的趣味。我宁愿理解女的说的那句话是一句诗。太阳是白的。白在这里并不单指白色，它是直觉，是现场，是生活，是俗世里的表白。就像我们生活中的语句和修辞，通常都是病句。但我们却都不觉得有什么妨碍，都很习惯，甚至接受和适应了这样的病句。成熟的人到了境界就是学会不要成熟。这样，我们就很容易懂得了别人。当一个人的心灵达到孩子般的境界，这个人的天真和想法，就成了永远的暖色。

她们很好很暖，像天使的羽毛弥漫了天空。她们用最朴素的行为构造了精神生活的记忆，对于活着的万物，因为她们，大地和天空如此美好！

我忍不住想亲吻她们，哪怕她们感到了害羞。

一棵树种在哪里，都能生长。无论何时种植它，它都能成材。在自然的光线和风雨的青睐里，它能经受热爱的自己，能品尝生活的欢乐，能承受命运的咳嗽。你看到的每一棵树，不管它在哪里都能活着。活着的树，从来没有想过是为自己而活着。它站在那里，成为自然的风景，成为天空和大地的颜色。这样的一棵树，多么地健康！

我也希望自己死后能成为一棵树，生长在心爱的人的窗前，陪伴她的忧伤和美好。如果一个人有传说中的前世今生，那么就一定会有传说中的红颜知己。前世的美满注定要用今生的不幸来惩罚，惩罚红尘中你们遇见的欢乐与泪水。命运的残酷在人的身上完全呈现了它的斑痕，每一粒都用心血浸染过，人在很大程度上来说，注定是一场悲剧。出演的人无视这样的序幕和终场，她们用了自己一生的酝酿来完成不同角色的自己。等到暮色降临，炊烟的人间，都在等待这场戏幕的结尾。她们深居简出地说着内心的欢乐，她们说出了他们背影的轮廓和结构，却没能描述内心的繁杂与多彩。她们多么幸福地发出母亲的声调，音乐的节奏却已悄悄地拉上了帷幕。她们怎么也不会想到，她们等待的其实不过是一场闹剧。她们用了幸福做的心。凭这一点，生命的高贵终于打动了经年沉默的树。

树在一种时候，是一个人的良心。

昨日有风来过

当我交出租房的钥匙，意味着我与这一切的缘分已尽。一个人走在夜色的巷子里，我忍不住笑了起来，发现人生充满了戏剧，像一场梦。做梦的那个人此刻正朝着灯红酒绿的城市中心走去，朝着现实走去。朝着另一个陌生的自己走去。别了，我的曾经和曾经的自己。都走了，我也得走了。这终究是要离去的。我站在空荡荡的房间里，有了一种说不清的孤独。相忘于江湖。没想到，留在最后一个谢幕的人是我。

许多个夜晚，我都在讲述，我讲述的夜晚是一首诗。这一首诗只不过是夜晚微小的光亮，它们曾经照亮过我和你。

我站在这个夜晚的一角，像遗忘的一段爱情。

这是一点都没有的办法。

你很快就会衰老，褪色，然后成为泥土，与大地上的植物一起生长。但我仍然沧桑地相信，相信天真，相信爱。

我转身而去。把自己的眼泪留了下来。

我点燃了一支烟，想与它交谈。

烟想了想，还是说了：我有很多话说，但你不一定听到了。

烟说，有些话需要你的开悟。你应该忘了我，抽烟对你不好。

烟说，你这样我很难过。

我笑了笑。烟燃尽了城市的寂寞。

嗯，我在心里忍住了难过的部分。

再痛也会过去的。我决定在这一天戒烟，其实中途已经戒过好几次了，但因为种种的烦躁和不安的事情让我痛苦极了，好像只有烟才懂得我的痛与苦，所以我再次深陷对它的讲述。一个人的生活，有时需要更多的冬眠疗法。上帝派一个人来这世上，终有她的缘由。戒掉烟，跟割舍真爱一样，需要勇气。把那个你曾经深爱的人彻底地放下，慢慢淡忘，其实，你会发现世界还会一如从前，没什么大不了的。

戒烟真的很难吗？并不见得。为了彻底跟烟说再见，我故意买了两包好烟，我说，抽完它们就正式戒了。尘封了好久的电脑又打开来，如果连烟都戒不了，那么还能有什么出息呢？有个年轻的健身教练跟我聊天时轻描淡写地对我说了一句话，老哥啊，别沉寂得太久了。

属于我生活里最亮色的原点在哪里呢？凭着自己的努力和无数年追寻的理想，又是从何时让我迷茫，成了低俗现实的一种。别人怎么看你已经不重要了，重要的是你应该好好思考将来了。

剃头自然不能免的了，一切从头开始，说剃就剃了。

去理发店剃头，问师傅有空吗？

师傅说，有空啊，一直在等你。

我说坐哪张椅？师傅说，你是老板，愿意坐哪张就坐哪张。

师傅让我郁闷了一个下午的愁苦一下子就散了。

剃了头，整个人感觉清爽了许多。

往事不堪回首。城市在现实的一端，像个性感十足的妞，眺望我。我深陷自己的红尘，一时难以自拔。孤独是一粒春药，循循善诱让我吞下了它。"莫名，我就喜欢你，深深地爱上你。"这句歌词唱出了此刻错综复杂的内心。

与一个保安聊天，他说，等你活到我这样的年纪再经历一些事情你就明白了，人是有命运一说的。命里有就有，没有就没有，你怎么反抗都没卵用。他跟我讲了很多退伍回来的故事，每个人都有其命运的密码，我们终其一生都在寻找答案。

前段时间做了一个游戏测试，我的作家人格居然是泰戈尔。诗人泰戈尔说，你今天受的苦，吃的亏，担的责，忍的痛，到最后都会变成光，照亮你的路。

　　生病，不见得就是坏事。

　　当你病了，躺在床上，那小小的针头插进你手背的血管里，疼痛尖锐地钻进你的心里。你望着针管里一点点向下滴落的水滴，每一滴都进入你的身体，每一滴都与你的生命融为一体。病痛使我想起了很多的东西，想到了健康，想到了爱惜，想到了爱，也想到了疼痛，想到了脆弱，想到了死。人活着，其实就是等待死亡的来临。终其一生，这是每个人的宿命，谁也无法逃脱。从某种意义上来说，人应该好好活着，好好善待爱你的人。辜负生活和生命的人，最终辜负的是自己。病痛其实蕴藏了智慧，它让我触摸到了自己的孤独。

　　病了几天。很难受。什么也不想吃，什么也吃不进。想起很多事，心都碎了。病了，世界上还会有一个人在你的身边无微不至地照顾你，在凌晨的夜里与你一起去医院，去等待漫长的夜吗？这样一想，世界上其实并没有什么真正的亲人，真正的亲人，也许就是她。那个可能将陪伴你一生的女人。你细细一想，在病痛面前，我们平时在乎的一些东西，竭力想拥有的东西，又算得了什么呢？

　　你假设了许多次，包括你经历的一些路。

　　当然，别处的生活也可以把你假设。你骑着过时的单车，在黄昏里抛下缓慢，速度成为一种新的念想。很久以来，你无法虚构手里的笔，她的呼吸如此真实，像你抛下的自己，在很长一段路里，似病了一样疼。

　　她们深爱你的忧伤，你良善单纯的心灵。椅子上打盹的阳光，正沉睡在你粗心的胡须上，你安安静静的模样，万物都屏住呼吸。她们用尘世的温柔重逢你的恬静。其实，你所有的错误就是选择了讲述。用旧时的碗喝一杯中药，有如品尝的酒。仔细擦拭远行的旧梦，那是发生在身体里的一幅美术作品。春天遗弃了你记过的词语。

　　蝴蝶围绕在了一起，她们歌唱。情人和马蹄成了窗外的风景。你守住雪后的孤烟，恰似受孕的粮草，诚实的民间。路程已不重要，你成了某人某段某行某句里的星辰。星辰下的女子，抬眼就眺望到了天真的问题，谁温暖了你的世界？

她。蕴含了许多秘密，如同美人的唇，很美好。你坐在城市的一角，感觉世界很小，小得只剩下了自己。有时，你难以捉摸自己的内心，如同捉摸不住尘世里每个人心。那些难以猜测的心灵和思想，像杂乱无章的草，在旅途的路上遍布。

这好比尘世的万物和阳光照亮了我们每个人活着的方向，却没有谁能告诉我们，哪一条道路可以抵达远方。

上半夜想想自己，下半夜请想想别人。

这句话不是我说的，是胡雪岩说的，看了我就记住了，再也忘不了。

据说我只有在秋天开始时，运气才会好转。最好的运程是在冬天和春天这两个季节。一场大雨过后，这里的空气明显清爽了些，在房间里看书和写东西并不完全需要开风扇了。但天气并非真正地变得凉爽，户外的阳光依然充沛，热情洋溢的城市街道，谁是汗水热腾腾的牵挂？擦身而过的人间和尘世，每个人都难免生活得寂寞与孤独。

当然，如果有充足的睡眠，就不会有多余的忧伤。失眠的人总是与梦有关。梦其实是一种药，她会在你的体内隐居，消融和填充你一生的岁月。

我和你，很多话原本是可以不说的，留与多余的一段空白。慢慢减少交往的人和无趣的话语，刷新过去的一段时光。每个人都会面临他阶段性的选择。成熟的种子总是要破土而出的，阳光和雨水产生的担心，大可不必。我为自己保持了最清晰的方向，我有充满生机的免疫力。所以，对我，你大可放心。

做人写字，能耐得住寂静，在寂静中修炼自己的学养，这样的人必能成器，非一般之器。想到那些达到上乘功夫的侠士，哪个不都是在寂寞里修炼内功呢？过于在浮躁里发出声响的人，大多不可能有出息。由此来看，写作告诫了我，还需要再安静一点，唯有守住安静的自己，才能更清醒地认清写作的路。

前两天晚上我正在看书，接到一个陌生的电话，我问是谁？他说是我的一个读者。我说你怎么知道我的电话？他说是去别处朋友那里要的。我说你找我有事吗？这么晚了？他说，我很喜欢你的文字，想跟你谈谈文学。我告诉他我没时间跟他谈文学，很抱歉，有什么事可以写信给我。我挂了电话。翌日，这位陌生人又发了一条短信给我，说我的文字很美，但不会再有多大的突破了……我回复了一条给他：感谢高人指点。难得。

夜色下的站台，我发现了一位黑人站在那里打望着美女，我很少在这里发现有黑人出现，只见黑人对着一位美女嘴里唱着：嘿，你知道吗？我在想你……

我忍不住笑了起来。

从一朵云到一朵云的路途，似她暗恋的家乡那么远。

光和影，片段、细节、段落、句子、词、痕迹，所有的乡村在慢慢消瘦。当你懂得害怕时，你是多么珍惜那些过去的。此刻谁给予了爱，就永远去爱。感恩的泪水，湿了南方埋下的月光。每一粒粮食的方言，让你动情。被城市伤害的每一种色彩，在醒来的南方，其实释放了失眠的夜晚。

尘世的心。风情万种的秘密与爱。当你学会了赞美，你就懂得了活着的艰辛。在别处，即使再不容易，也得好好活着。

你无法看到，本来也就不可能看到。诚实和素朴的内心对于一个人来说，多么重要。一个人要想得到满心的爱和暖，那是一件多么骄傲的事情。可惜，孤独忍不住让人轻咬受伤的唇。世界从来很辽阔，只不过你被围困在拥挤的过道里，请相信，有时候，情不得已，你也会成为一个错误的卑微者。显而易见，你羞怯的神情笨拙地呈现了你的善良，你差点把自己弄丢了。你对她说，我发现我把自己弄丢了。她说，因为你是诗人，因为你一辈子都在寻找自己。幸好我还在写着小说。我们在不断地老去，而梦想的那个自己却越来越天真。

挂满玉米和辣椒的农舍，我沿着乡村里熟悉的路走着，弯弯曲曲的农田小路一直排下去，很远，很长。我慢慢地走着，走着。田地里到处是弯腰忙碌的农人，才想起这是农忙时节，马路上晒着刚打下来的谷粒。收割后的稻草散发着乡村的气息，村里的狗摇晃着尾巴叫嚣，农人在路上看着我，用了那样诚实的眼神。

你喝着炊烟下的烧酒，你把自己的思念喝醉了。坐在庄稼和植物的中间，夜安静得只剩下满天的星星。黑暗归于黑暗，我坐在黑暗里，亲密的风安静地吹拂着，那么凉爽。我多想唱一首歌，轻轻地吟唱，轻轻地。在农家小院的别处，在另外一个异乡。你咬着嘴唇不发一言，很有情致地探究这过往的农人，也许，一位长得乖态的姑娘正与你擦肩而过，她不经意的碰撞又该如何拉开了你的幻想，引发了你的美妙。你融化于他们的生活情景里，一眨眼，姑娘不见了，消失在黑夜里，只剩下了你和痴了的风，在轻盈地演奏着一段想象……

到了这个年龄，我喜欢上了吃点苦。觉得它多么像中药，蕴藏了千锤百炼的秘密，每一个秘密都是一种秘方。

人的相遇说到底不过是因了一个"缘"字。当然，这缘不仅仅包含了缘分还包含了缘由。芸芸众生，人的相遇早就有了定数。有的人相遇陌生的茫茫人海中，只为了互相看一眼。有的人相遇在一次旅途的路上，到了终点站就分开了。

一个人走在路上，当夜晚来临时，遇到了一个人。两个人走在一条道路上，月亮爬到了山顶上，他们成了朋友。这样的夜晚无疑是美好的。一个人与一个人的道路无疑也是美好的。一个人的心里住着一个人。夜晚的道路是那么漫长，一个人心里全都是一个人。简单纯净的心灵，他们看到的都是另外一个自己。天亮了，他们却离不开了，他们成了一个人。

朋友的"朋"字是两个"月"字，一个月亮由两个人共享也的确是再好不过的事情了。可见，朋友的感情贵在分享才会有快乐！

当你去除一些生活的虚词，踏实地安顿自己的肉身，你会发现日常里的俗世和琐碎也有可爱的妙处。只跟自己去相比，会得到更多的趣味。不轻易去认输，也不简单去概论，只要不辜负了日子就成。

一个人多少还是需要一点爱好的，文字终究是有其内在魅力的，它是一枚秘密，需要真正懂的人来分享。人间的珍贵，结缘都存在于语言里。生活有时是个黑洞，让你深陷洞底的黑暗里，面对它的孤立，你无能无力。你心里的呐喊与挣扎，你心里的屈辱与泪水，它们都是脆弱的，破碎的，无力的，作茧自缚的悲伤。一个人与命运的鬼使神差，无人能够摆脱上帝对你开出的玩笑。泥土里生长的大自然，它们曾启蒙了我，我从未忘却对大地的敬畏。

无论生活怎样地彩排，春天依然如故。尽管现在的生活过得并不如意，但至少检验了生活，以及它们真实的部分。说不后悔是假的，但后悔又能如何呢？这世上从来就没有后悔药可吃。一念之间，从前与现在，被我自己弄得支离破碎，支离破碎的命运啊，想想，就很痛。时间它是怎么戳穿我的呢？

这个时代每个人心里都有一个"富"字。有的人心底里装的这个字很丑。他虽然富了肉身，却丑了灵魂。很多富贵的生活其实并担负不起富贵的"富"这个字，它们不过是一种被假想过的无限放大的生活，真实得让人不真实。

苏轼说，人皆养子望聪明，我被聪明误一生。惟愿孩儿愚且鲁，无灾无难到公卿。

这世上聪明人众多，但真正清白的没几人。想想我们曾经最初出发的地方，你会发现，其实被聪明耽误的又何止是一个人的归途呢？

底气不足的人，总是喜欢发出声响来。因为他走路并不稳重，让生活有一种晃荡的感觉。"忘恩思小过，定会反戈。开口说大义，临大难必变节"。生活和爱情也如是，兄弟和女人也如是，这个时代，你仔细去看，去听，去想，你会发现这样的真理藏身在每一个可能的人身体里。

我看见萤火虫在夜空里闪烁

在溪镇有一个人，他的财产在万亩荡。

这是《文城》开篇的第一句话。这句话很普通，但却饱含了即将展开的并不普通的讲述。很显然，文城并不是真的存在，那是阿强随口对林祥福编织的一个地方。就像小美手里最好的编织布衣的技术一样，不留痕迹，以至于让林祥福信以为真，文城在南方的某个小镇上，只要过了黄河，沿着南方的路途一直找下去，就能找到这样的一个地方，就能找到他想找到的女人。

文城不过是一个虚构的地名，但文城又是存在的，因为阿强在编织文城时，却是真实地编织了溪镇的地理风情，生活样貌。所以，当林祥福到了南方，发现生活中的文城有可能真的存在时，却发现眼前的溪镇，无论是从地理风情，还是生活习性的样貌上，这里的人说话，尤其是溪镇女子说到他的女儿："给小人穿。"林祥福突然意识到了一个清晰的印记，他的女人小美曾经在缝制完成一件婴儿衣裳时，曾对他说过这么一句话："那时候这衣裳里面有一个小人了。"

林祥福决定留在溪镇，他坚信小美一定跟溪镇有着某种联系。他要在溪镇等待小美的归来，但小美会归来吗？林祥福能否在溪镇遇见他的小美呢？

不可否认，余华讲述小说的天赋依然如故。他的《文城》是轻快的，简单的，更是清澈的。可以一口气读完的《文城》，我舍不得地控制住了这份冲动，硬是让这口气缓和了三四天的时间。一边让你的阅读停不下来，一边又不忍心读完它。这是一个作家最牛逼的地方。阅读是对余华最好的致敬。他的魅力在于，你放慢一点，你会发现词语与句子华丽的信息，会加大想象的空间和深刻的寓意。

江南水乡一些生活的气息，以及人物的习性。写作的余华，总让我自然而然地想到了我写作的客里山、湘西的山和水，那里的风土人情、民俗民风，以及传神的语言和细节，那么地近似，又那么地仿佛。

泥土和植物滋润了大地的乡村，也同样保持了故乡客里山的想象力。它们无限地生长在我创作的小说里。有一段时间，我被生活的残酷子弹击中，我退回到了大地上的客里山，一个生活和虚构的故乡。我坐在摩托车后座上，在暮色深沉的田野上，看到了已经早早照亮乡村马路上的月亮，这样的图案在我归来的很长的日子里一直迟迟不肯散去，始终萦绕在我的大脑，浮现于眼前。我跟母亲一起，学习种菜、放羊、砍柴等，熄灯后，躺在床上，窗外的乡村安静得如同梦境。我的窗户上有几只萤火虫在飞舞，它们或者从田野来，或者从山林来，或者就栖居在我家屋门前的一小块菜园地里。小菜园是母亲耕耘的，随着季节的变化，小菜园里的蔬菜也会随着母亲的想法而更替。青菜、瓜果、辣椒、葱蒜等等，母亲以一个老人的神气忙碌着，她种植的是一种口味，更是一个老人对生活细节的热爱。

我刚回来时，很不适应家里的生活。乡村让我莫名地产生了距离，很大程度上我已经依赖了城市的喧嚣和繁华。我看到屋后打工学到了砖瓦手艺的维真，清早就踩响了摩托车，吆喝着去邻村人家里砌砖墙去了，他的女人因为忍受不了这生活的清苦，已经抛下他的两个孩子远走他乡了，从未回来过，也从未再与他联系。这种情形多么像余华《文城》故事里的林祥福，只是维真的女人不是溪镇的小美，而维真更不是《文城》里的林祥福，他只是客里山的一个农民，会打鼓会抽烟会打牌会喝酒，也会骂娘打架。

他会因为一个鼓点的节奏跟你没完没了地较真，也会因为你随便甩出的纸牌跟你争论不休。他不止一次在客里山的山道弯弯的马路上骑着他的摩托车一边奔驰，一边在就着摩托车响亮的双喇叭音响唱起了那首洋气的歌：你就像那冬天里的一把火，熊熊火焰燃烧了我。他最后的人生还是被生活这把火焰给燃烧了。

他跟林祥福一样的是，他是个好人，一个对生活充满了热爱的向善之人。

我的隔壁，是邻居大朵的家，他的女儿也上初中了，到了林百家的年纪，长成了林百家一样的气质和迷人的笑。她在距离客里山十几里路远的一所乡镇初中读书。天还没有完全亮，她就在公鸡打鸣的声音里已起床洗漱，准备去上学了。父母都在南方打工，家里只剩下了眼睛几乎失明的爷爷，还有个在年轻的时候成了神经病的奶奶。奶奶一天到晚就阴沉着她阴冷的脸。想起了什么不愉快的事情，就口无遮拦地骂人，骂哪个没良心的人偷了她家藏柜里的盐，骂哪个老虫咬的害她的儿子红星。她的大儿子红星，是大朵的哥哥，也在南方打工，现在四十多岁了，还是光棍一条。他几乎还从未真正恋过爱，是纯正的单身男人。爷爷和奶奶，就像两个熟悉的陌生人陪伴在她的身边。有一天她从学校回来，我看到她居然在耳朵上打了两个耳孔，过了几天她就戴上了一对耳环。她每次经过我的屋门前，怕我看到不好意思，都是加快了脚步，一路小跑过去。她这样难为情的多次举动，一般都是在我看书的时候，因为我每次看书都是躺在屋门前的一张躺椅上，她的经过会与我不期而遇，尽收眼底。

这时，我又觉得她其实更像从万亩荡到了溪镇的小美。她长成了小美，而不是后来的林百家。碰巧的是，那段时间里，我大多在阅读余华。余华的作品写的都是过去的、陈旧的、散发着浓郁乡村泥土气息的远方。但又那么真实，那么清晰。背景并不那么重要，人物的呼吸，命运的走动，生活的细节，一点一滴都如同活在你的身边，你周身的世界里。

走到命运的滚滚红尘里，你发现其实很多人都跟林祥福很像，跟小美很像，跟林百家很像，还有更多深处低层生活的人，他们更是田大，或者田家兄弟们！

冷不丁母亲喂养的家禽会来打扰我，一只公鸡大摇大摆地跑了过来，开始啄我的脚，后来就试探着啄我手里的书。鸭子也成群结队地好奇地围拢而来，张望着它们惊奇的眼神看着我。我只轻轻地喊了一声：去。那只公鸡就展开了翅膀，夸张地跳起来发牢骚：服了。服了。服了。鸭子们也不甘示弱，它们集体发出了嘎嘎的合唱声。

很多时候，我知道我必须要沉下来了，不能再像过去那样虚浮。我要学习母亲的简单朴素，从容淡定，我要学习做一粒种在地里的种子，需要耐心和等待。酝酿的生活和日子才可以生长出持久的芬芳。

"林祥福迟疑片刻，在小美的身旁悄声躺下来，听着小美轻微匀称的呼吸，他一点点扯过来小美身上的被子，盖在自己身上，这时候小美转过身来，一条鱼似的游到他身上。"诗一样的句子，鲜活在每一个细节里。比比皆是，如诗。"与小美同枕共眠，吸取小美身上源源不断的热量，林祥福似乎沉睡在春暖花开里。"林祥福对毛驴的爱惜，像极了湘西客里山人对家畜一样的爱惜。他们都是低处生活里怀揣的善良。

又是春天，三月九日，我在南方的小溪边读《文城》，有一种置身溪镇的感觉。那时在家乡客里山阅读余华时，也是春天，不过那时已经是五月的春天了。我再一次阅读完余华的那本随笔集《温暖和百感交集的旅程》，真的是有点百感交集。

与以往读书不同的是，现在读书却如同创作一样，会让我在阅读过程中去想去悟。一个人，只有当你经历过一些生活，再去阅读那样的生活时，你感受到的一些经历，你会发现同样的一本书，在经历之前和经历之后去读时，那是完全不一样的认识。这就是时间的魅力和力量，它可以催生一粒种子的未来！

必须承认，阅读余华的确是一件愉快的事情。饱满的想象里和文字的张力从未褪色过，哪怕有重复过的痕迹，也因为是余华变成了一种重复的力量。他依然秉持了天才小说家的讲述，每一个断句都有丰富的信息，词语里尽是才情。

文城、溪镇，以及林祥福、顾益民、陈永良、李美莲、小美，这样的名字，在那个特定的时代，余华赋予了这些名字丰富的一面，也一定有他书写这些名字的用意。有些细节自然而然，活跃在你的眼前，让你持续地回味。如果余华去写诗，一定是个优秀的诗人，但会不会有后来出色的小说家余华呢？读很多一流的作品，我都认为他们骨子里一定是个诗人，他们最伟大的地方，就是只用小说的途径去探寻生命与世界的诗意。

直到十一章后，小美不辞而别到突然归来。她已经怀着林祥福的孩子了，她要回来把他的孩子生下来还给他。她为何要不辞而别，还偷走了林祥福的金条：大黄鱼和小黄鱼。林祥福问她，金条拿去干吗了？她没有回答他。她带回来了他的孩子，还没有偷完他家的金条，看到身边经历旅途疲惫睡着了的小美，林祥福感伤里夹杂着欣慰。林祥福说："你也没有狠心到把金条全偷走，你留下的比偷走的还多点。"小说的故事从这里算是开始了……

"感受着小美的手在他的手掌里倾诉般哆嗦……"这样的句子简直就是诗。什么都没有说，但又已经说出了很多。我一口气看完十三章，还是感觉不错，挺好的。一直为林祥福担心，担心小美会生事，等她真真切切地把他们的孩子生出来了后，我才松了口气。但我始终感觉小美后面还是会生出什么事情来。

在没有戒烟之前，我一支接一支地抽烟，抽得相当狠时，我一天有两三包之多，压力和孤独让我总忍不住要抽一支烟。烟在这个时候能像朋友一样倾听我心里的独白。我在堂屋门前的禾场里来回走动，朝着身前的一棵杨梅树飞起一脚，杨梅树上的枝叶被我突如其来的发力震得簌簌作响，有几片叶子从树枝上震落了下来。我抬头看了一眼杨梅树，我在无意之中发现了家门口的杨梅树竟然结出了杨梅，这个发现让我喜出望外！原本以为我家的杨梅树不会再结了，母亲前几天还疑惑，今年的杨梅树怎么没有结杨梅呢？大自然的秘密有时书写着一种难以预见的想象。一棵树的存在，不仅仅是一种记忆，更是一段时光的痕迹。在这个世界上，没有人能做到像一棵树对大地的诚实和耐心。它们有时被浓郁的雾遮掩，大雾修改了它们的去向和存在，你看见的只有虚构的烟雾。可终究虚构的雾是会被阳光驱散，很快你会看到最初的那棵树，依然如此真实地站在你的面前。

无数的失败和脆弱，远远不如一次内心的强大。

一九九二年春天，余华在北京一间只有八平方米的房间里开始写作《活着》，他是个非常诗性和对艺术有独特感受力的人。前后包括修改这部作品他只用了大半年时间。我坚信一个人只有在苦不堪言的时刻里才能写出深刻伟人的作品，三十二岁的余华无疑写出了一部伟大的作品。再次阅读余华的这部《活着》，热泪盈眶的我数年后又一次对他充满了敬意。

三十二岁的我也在南方一间出租屋里学习写小说，我写得极少，能屈指可数是三十岁写出了《花忆》，留到至今一直没有发表出版。三十一岁写出了《客里山》，三十三岁写出了《双人舞》，这两个中篇先后发表于《青年文学》杂志上。准确地说，这些作品都是在三十二岁前后完成的。三十二岁那年我基本上没有写出来拿得出手的小说来。大凡厉害的作家都在他们还相当年轻时就创作出了出色的作品。我的三十二岁跟余华相比，几乎不值一提。这意味着我的小说写作其实根本就还没走上征途。

读《文城》是一种享受，擅长讲故事的余华，把故事讲得风生水起，堪称一流的叙述。天才的余华是不会随着年龄增长而减退，天才仍然是天才，写得过于圆润、流畅、平和，比起活着的残酷、文字的锋利、热血的沸腾，写《文城》的余华确实变了，有熟悉的陌生，他温情，缓慢，更趋于一种享受自我感觉良好的平和节奏里。他放下了文学的野心，开始与后来的自己和解，通篇充盈着人性情义的底色。所有眼泪、痛苦、财富、悲伤，在人间身体的爱和情义里都是牵强附会的，所有围绕情义点燃的细节都只是躯壳。从文本与文学的意义上来说，也许《文城》是单薄的，补记的部分也无法覆盖单薄。原本余华就是想简单讲好一个中国故事，至于是发生在清末、民国还是什么时期不重要，是溪镇，还是文城也不重要，这就是余华虚构出来的一个乌托邦的南方梦境。很显然，余华写文城，老实而简化，没有炫技，没有弄斧，也没有文学经验的发力。只为了简单讲好一个好看的故事，一个男人带自己的孩子去南方寻找自己女人的故事。

《文城》是可以反复阅读的。重复地读都有其耐人寻味的东西，这就是余华的魅力，更是文字的力量。一些比喻句好到让人羡慕，细节充盈着生活的气息，生动、传神，你只需追随一些经验的印记，便能对生活的真实纹路清晰可见，包括它那种如烈火般爆裂的柴火声响，跟寒冷中命运裂开的几乎一致的声响感同身受。高烧不退的孩子，让林祥福感到悲哀，一旦女儿离去，那么他在人间的日子也就屈指可数了。但当他发现一夜之后，孩子的烧退了，好了，饥饿中孩子的哭声都是那般好听，让他不由得泪流而出。

这时，沉寂了很久、下了很长时间大雪的溪镇，屋外人声鼎沸。借住在陈永良家的林祥福，看见"陈永良打开屋门，旭日的光芒像波涛一样迎面打来"。也是完全符合他此时的心境。扑面而来的生活画面感，层层叠叠的生命色彩感，余华用他刀刻一般的笔，一点点地雕刻着大地上的人物和风景。

从黄河以北到江南小镇，溪镇其实就是林祥福的文城。《文城》里的林祥福像我们客里山的每一个人，具体起来，像我小说里讲述的老迟，也像现实中的"德国"，客里山的人也喊他"美国"。德国是他的真名，美国是对德国的雅称，是个绰号。我为何要提到美国呢？因为重男轻女的封建思想，他为了要一个男孩，不断地让婆娘生产，女儿一个接一个落地生长。生了六七个以后，惊动了乡镇政府计划生育部门，计划生育的大队人马上门来抓他时，他淡定自如地在门前的磨石上磨他的柴刀。磨砺出声的刀锋在阳光下发出强烈的光芒。上门的人问，你磨刀做什么呢？美国一脸严肃地对着磨石上推动的刀，没有言语，在他咳嗽吐出的一口痰后，说了一句：等下我好招待今天来的客人。所有的人都被他这句话给吓跑了。大家知道，美国不是别人，他就是德国，是一个敢不顾后果不计代价、什么事情都可能做得出来的人。客里山的人不止一次地看到美国拿手里的鸟铳对准了找他麻烦的人，也曾手持杀猪刀奋起直追一个跟他打架的人。这个有着湘西土匪的德国，他的血液里充满了男人的霸蛮。他其实更像那个时代生活在溪镇上的每一个人。

写到土匪明显弱了。感觉剥离了故事，只在故事的边界游走，有点牵强附会，所以在讲述的过程中也难免生硬，有点遗憾。

很多细节我读完后要停下来想一阵，有时忍不住会流下眼泪。有时也会让你会心一笑。

阅读优秀的小说作品只会给予你一种温暖的力量，从来不会让你觉得失望。当你读到一部呕心沥血、用尽所有的才情在雕刻文字的小说时，你不仅对这部作品充满了好感，对写作的作家也同样充满了好感。余华就是这样的一位小说家。

他在《文城》最后的句子，用了极多的闲笔。风物与景色的运用，也极是难得，也看出了他寓意的心思之妙笔。

通篇来看，民间、乡镇、乱世、情义、美好与温暖、壮烈与悲伤，画面感色彩感，一个个比喻如命运的河流在虚构的远方游荡。故事还是故事，但小说已然不单单是小说。经验、技艺、文本、厚重、意义等等，如果去除这些，只停留在虚构的一种，或一个故事里，只感受文字引领和讲述展开的暖色与动人。那么，读完《文城》是称心满意的。

一部有价值的作品，我们如何去评估和辨别，我觉得取决于阅读的重心。你是遵循故事的一波三折、人物命运的跌宕起伏，还是思想的波澜壮阔、语言的高潮迭起……

从我个人所获得阅读感受来说，除了土匪部分，其他都还行。补写的部分可以成独立故事，但也成就了《文城》前面的章节，后补的更添亮色。我以为。结论是，余华还是那个会讲一流故事的余华，但确实老了。可是余华内心的野心一直还在，只是像他曾经说过的那句话一样：命运的看法比我们更准确。

江南与湘西，如果余华写的是湘西的土匪，会不会有不一样的效果呢？

小美和一些细节，在那个遥远而特别的时代，一点点清晰起来，生动起来，像她眼睛里金子般的颜色。无数的细节，一如万亩荡流动的河水，在日出的光芒中照亮大地。

读经典的作品你会觉得是一种享受。你也会不由得生出讲述真是作家一生的荣耀，是光芒，更是力量！对生命最好的热爱，就是在有限的时间里，去读经典的作品，看经典的电影，听经典的音乐。不陷入浮躁的碎片化资讯的热闹，你就可以清晰而完整地找到与美好同行的安静。

她用八年前的话问小美："你犯了哪条戒律？"小美双手捂住脸，眼泪从指缝里涌了出来，她声音挣扎地回答："窃盗。"再平常不过的一句话，都能让文字的妙显山露水。

好的作品，简单讲好一个故事，干干净净地讲述。或者，故事完全是次要的，在抵达故事的同时，如何做到了通往故事的秘密。当一种阅读堆积如山的风景、如水流般清澈的轻松时，这样的文字无疑是让人欣慰而有趣的。做到忘我而又有自知之明的书写，就是真正的功夫！老老实实地讲述，远远比炫技更有力量，更让人喜欢。一部小说不在小说文本里用力，只玩太多花样，很讨厌。

同样的歌，不同的人唱出了不同的感受。有些人唱歌，是在喊叫，是一种发泄：有些人唱歌，是在讲述，是一种抵达。一首感人动听的《可可托海牧羊人》硬是给窗外绿化道上的一个妇人唱出了鬼哭狼嚎的悲催。我刚好看到《文城》里最后一页，田家兄弟拉着少爷林祥福和他们大哥田大的棺材经过西山，这声响犹如哭丧之声应景了他们的一路前行…

客里山的维真在前几年因为患了一种重疾不治离世，成了穿越西山的另外一个林祥福。德国呢，除了打打牌、吹吹牛，有时还跑起了给客里山的老单身汉们做媒人的生意。出落得像小美、更像林百家的大朵的女儿，也早早放下了学业，奔赴了比文城还要遥远的南方去打工了。在黑夜包围的客里山，爷爷的咳嗽声和奶奶的骂人声有时会不约而同地混杂在了一起，给了客里山这原本寂静的黑夜更深的寂静。

这使我又想起了余华曾经在一本书里所提起的质疑与发问：我能否信任自己。这恰好也使我想起了哲学家尼采说的一句话：在自己的身上克服这个时代。的确，诚实属于诚实，谎言归于谎言。

自嘲、自黑和装逼的人我见过，但客里山一只名不见经传的黑母鸡竟然也学会了装逼，这倒让我出乎意料。在惊叹之余，引起了我对它的兴趣，我用手机把它拍了下来，纪录这个被生活忽略的镜头。

这是一只暂时还没有生育能力的黑母鸡。它的肚子里根本就没有货，可是它看到别的母鸡总是去柴草窠里生蛋（一个专供给母鸡们产蛋和孵化小鸡的地方），它就很不自在了，也很嫉妒。这只黑母鸡看上去很强盛，还带有一点点土匪的强暴气势。你知道它都干了什么吗？它总趁着别的母鸡离开那里后跑过去占地盘，冒充一只要产蛋的鸡蹲守在那里，总要占窝。这还不出奇，等过了那么一阵子，它还要装模作样地一惊一乍地高呼：个蛋，个蛋。意思是说，它也产蛋了！

我跑去看，根本就没有蛋。它骗取了我几次的信任后，我跟母亲说，这只黑母鸡是不是不产蛋的？怎么最近总是看到它喊个蛋个蛋，却没有一个蛋呢？

母亲笑了，她说有办法治它。

只见母亲把黑母鸡的脚系了起来，系在一把椅子的脚下，并给这只黑母鸡的嘴上穿插一根它自己身上的羽毛。我问母亲，这是何意？母亲说，提醒它不要再去捣乱。我说，这样有效果么？母亲说，有效果哩！

《文城》补刀的部分我以为是让全书最出彩的地方。《文城》前部分写林祥福，后面只写小美这个人物，相得益彰，处理得极好。写小美的这部分，总让我想起沈从文《边城》里的翠翠，余华在这部长篇里做到了老实而干净地讲述，一切都做到了简单，天才的余华依然散发着他天才的气质，不会因为时间而褪色。在余华的小说世界，过于熟悉的味道，那个回来的余华，他这样的讲述有时是信任的朋友，也是危险的敌人。比起当下太多作家讲述的野心和炫技的能力，我更喜欢这样完全归于自己的写作，看似放下了更多，而更多的正在缓慢地生长…

他在一种归于平静的冷静里审视自己所熟悉的部分，不参与任何关于自己的看法和情感。只是老老实实、简简单单、干净而结实地讲完了一个故事。我以为这是合格的余华，是一个正在慢慢归来的小说家余华。

我把厨房里那把生锈已久的菜刀拿出来磨洗，先用石子在菜刀上摩擦，再在磨石上力道均匀地磨。生锈的刀如同一个人的思想，需要经常摩擦。有一些时日我的生活和思想也生满了锈，我陷入了困境深处，锈越积越厚，我慢慢遗忘了内心清澈的光亮。我轻快地磨着手里的这把菜刀，我泼了一瓢水在菜刀上，很快它发出了耀眼的光亮。我小心翼翼地抚摸着鲜亮的刀锋。

我依然清晰地记得，在客里山杨梅树下抽烟的样子，忧郁而低沉。那个夜晚我其实也在反复地与自己交谈，我看见萤火虫在夜空里闪烁，萤火虫那么小，它的光亮也是那么小。可黑暗无法左右它们的飞翔。那一点点的光亮与星空无数的星星其实没有什么不同，它们美好而动人。

第二辑　此刻你就是世界

　　刚生出来，她只知道睡，嘴里打着哈欠，然后用眼睛快速扫视你一番，马上就又闭上了。那天我忘了带装水的奶瓶去，所以不能给她喂水，我就只好拿棉签蘸了水给她舔，她舔了一口，发现这是世界上最好吮吸的东西。她这一生第一次吮吸的就是这棉签沾染的水了。她觉得很对胃口，就又舔了一下。第三下时她来了感觉，吮吸了一下后，还叭动着嘴巴，叭叭地叭出了声音。这样的声音，在这个凌晨让我充满了精神。

少年离乡记

我忍不住笑了起来。

父亲说，你笑什么？

母亲也笑了。母亲说，老不死的。

母亲笑的时候，皱纹加深了。我突然觉得，母亲老了。

母亲说，你要去那么远，过年还回来么？

父亲插了一句，过年肯定要回来啰。

动身去的那个晚上。

父母亲把我的包整理来整理去，像个宝贝一样。母亲一个劲地说要好好干。我点点头。父亲很高兴！他比母亲更懂得"虚荣"这个词。他好像不只是高兴，还特别兴奋，像一只骄傲的公鸡。父亲说，你做了编辑就是我们整个村的光荣啊！你现在是一个文化人了，你去了那儿，就是一个干部了。父亲一生没有唱过歌，可那个晚上，父亲的嘴里却哼出了气壮山河的歌来：雄赳赳，气昂昂，跨过鸭绿江……

一九九四年正月十九日。

我和勇一块儿离开了家乡。我去一家杂志做编辑，勇去念大学。

勇说，来，为你的远方干杯！

我听见了杯子在阳光里碰撞的声音。

对于我来说，选择城市，意味着逃离了贫穷和落后。

勇说，到了城市不能再穿布鞋了。

我的布鞋被我扔在了去往长沙的路上。

城市成全了我的勇气，我把母亲在夜晚含辛茹苦一针一线扎上的布鞋给遗弃了，那是母亲花了半个月的夜晚赶做出来的。我遗弃了母亲给我的布鞋，可我却忘了，一个人就算自己从来不穿布鞋，也无法逃离自己的故乡。

这是真的。

我只读到小学毕业。因为家里穷。

在那座矮小的土砖屋里，我的父亲母亲、兄弟姐妹统统围着一张桌子坐着。他们的脸上有一种平时少有的神态，严肃而可爱。他们在讨论我还要不要继续上初中。他们的声音在屋子里回荡着，像一根牛鞭在我的身上或轻或重地抽打着。开始有点痒，后来就感到了有点疼。父亲说，他还小，你看是否让他把初中念完？

他们为了我的学费还在苦想着。秋天又要来了，我的书包挂在墙上，被风吹来吹去。我说，我不读了。夜安静得像手术室。

父亲说，你想好了？

我说，想好了。

我和父亲站在一头牛的水田里。父亲想叫我犁田。

我讨厌犁田。讨厌在牛屁股的后面跟着，像个永远没有出息的傻子。

父亲的脸一直是严肃的。像很深的山，高处不胜寒。

母亲像过节一样，为我的远行准备着。

那些日子，母亲是幸福的。母亲把豆子从桶里拿出来，洗净，沥干，然后在阳光下让风吹一下，再用水浸泡起来，母亲要用豆子给我磨豆腐吃。母亲把豆子放进推磨里，母亲的手就开始推动起来。母亲一只手推磨，一只手放豆子。母亲的手粗壮有力，像一双男人的手。磨在母亲的手下变得流动起来，母亲在黄色的豆子里闪烁着青春的味道。快速转动的黄圈像一个切开的蜜橘，甜在母亲的心里。

母亲说：到了别人的地方，要合群，凡事总得忍受点。

很早时，母亲就起床了。母亲在一盏微弱的灯下为我的出发勤奋地忙碌着。

我听到了淘米和洗菜的声音。

和火柴划出火花的嗞嗞的声音，把寂静的凌晨弄得越发寂静。

母亲宰了一只鸡。是一只喂养了三年的母鸡。

母亲一直舍不得宰杀它，这只鸡为我们家生产了不计其数的蛋，立下了汗马功劳，这只鸡成了我们家庭生活的一台永动器。它被母亲用稻子一样的米粒喂养了一千零八十多个日夜，它跟母亲是有感情的。

这只鸡为了我的前程耽误了它的一生。它用不知情的伟大为我献身。

母亲说，多吃一点，吃饱了不想家。

我把一块大一点的鸡肉夹给母亲，母亲又从碗里夹回给了我。

泛着青光的凌晨，月亮还在一棵高高的树上挂着。

母亲说，去叫勇了，你们要早点赶车，怕误了点呢！我说还早呢！这个时候哪有车啊，天都还没亮呢！

我去叫勇，勇还没起床，勇说不用这么早呢！车子是定了时间才走的。

我回家跟母亲说，太早了呢，勇还没起床呢。

母亲说，那要误了点咋办？

勇说不用这么早，车子是定了时间的。

那就再等等吧。我说姆妈你去睡吧。

母亲说，不睡了，陪你说说话。

母亲打了一个长长的呵欠。

母亲站在村子里望着我远去的方向。

她在想什么呢？母亲的头发白了。

我一直不敢回头。

我终于离开了家。

姆妈黄元淑

1

在客里山，我们喊娘都叫姆妈。

我的姆妈今年八十一岁了。自从父亲离开了我们，姆妈便真的老了。姆妈老了，可姆妈热爱生活的心却从来没有老，她照样学着年轻的神气下地锄地、挑担，去山里砍柴、喂羊，在家里喂鸡鸭鹅，还爬到屋门前的树上去摘杨梅。我每回打电话给姆妈，都会苦口婆心劝她，莫要太操劳了，小心自己的身子骨，没事停落来歇息。姆妈呢，总是那么硬朗的口气说，晓得的哩，再说我身子骨好着哩！我这些年过得并不顺心，心里的苦痛姆妈是看在眼里的，我每每跟姆妈聊天时，她总有意无意地宽慰我鼓励我。有时，我忍不住像个孩子一样在姆妈跟前哭了，姆妈就假装笑起来，说，没么个大不了的，莫躁急，会好起来的。我知道姆妈心里也是难过的、伤心的。姆妈为人善良，从不计较，对别人慷慨大方，我的印象里姆妈在客里山一生从未与别人相过骂，吵过架。她能忍的一定会忍，她能让的一定能让。难得的是，姆妈还是个从未踏进过学堂门半步的女人，准确地说，姆妈连自己的名字都不会写。就是这样一个干干净净的文盲，姆妈却用她汗水劳动的一生喂养了五个儿女。

姆妈叫黄元淑。我们都喊她姆妈，只有二哥是个特例，他喊姆妈叫娘，叫一声娘不心甘，还叫娘娘。姆妈的名字在户口簿上是黄元叔，不知道是哪个粗心大意的人在登记户口时把黄元淑的"淑"字写成了"叔"。本来很淑女的一个名字，却演变成了男人味的阳刚之气。好在姆妈根本不在意这些，对她来说，元叔也没有什么不同的，反正她又不认得字，只认得别人喊她的声。客里山也有人喊她，元淑阿姆。这个称呼既亲切又与姆妈直接区别开来了。

黄元淑，直到今天我仍然对这个名字感到陌生。

我从未叫过姆妈的名字。在我的印象中，父母的名字只有在填家庭成员的表格时才会想到。每次听到别人大声地叫姆妈的名字时，我都会觉得很不好意思。

姆妈没有文化，体力劳动的扎实苦干是她这一生最荣耀的事情。姆妈在劳动中表现的力量是我至今也无法想象的。听姆妈讲，为了赚几角钱，帮人家挑担，从几十里路远的地方挑回来。饥饿的程度、劳累的程度我无法用笔来描述。姆妈说，有一次挑担回来，刚到家门口便昏倒了过去……姆妈严重贫血，姆妈在床上躺了好长日子才缓和过来。

乡村的夜是寂寞的。儿时最爱看姆妈在一盏暗淡的煤油灯下纳鞋底，一针，一针，一针。犹如穿过这寂寞的夜，让我有一种说不出来的滋味。

姆妈在电话里说，她到了深圳。电话是小姨妈打过来的，姆妈是深夜到了石岩，那是深圳市郊外的一个小镇。我还清楚地记得这一天是二○○五年十月九日。

姆妈来了深圳，这是我的意思。一直想让姆妈来一趟深圳，她一直空不开身。这一次，她终于来了！我很高兴！我还小声地吹起了口哨来。

姆妈把家里的母鸡捉来了三只，带来了四十一个鸡蛋，一瓶酸辣椒酱，一大袋落花生。姐姐给即将出生的孩子做了几双小布鞋托姆妈带了来，还为她做了一双毛绒布鞋。姆妈也买了鞋子和袜子。带来的还有零碎家常干腊食品：腊豆角、腊菌朵、猪油、辣椒粉、腊猪肠、腊红薯片等。

离开久了，再见到姆妈时，感到姆妈瘦小了许多，姆妈的头发又添了许多的白发。姆妈一到我这里就用客里山的方言很气壮地讲述她的到来。一些问题让姆妈变得年轻了一些，也让我觉得温和。

我带姆妈去理了一个发，染了头发，花了六十八元钱。理完发后的姆妈一下子年轻了十几岁。这是十四年前的姆妈，比起现在，自然要年轻得多了。

那时的姆妈才六十八岁，身子骨跟现在几乎没得相比，可以用得上"身轻如燕"这个成语了。姆妈看上去根本不像一个六十八岁的人了，而更像一个才近五十岁的人啦。嘿嘿。给姆妈理发花了半个上午的时间：洗头、修剪、吹发、染发；按理发程序本来洗完头还要给姆妈按摩的，但姆妈拒绝了。姆妈露出缺了席的牙笑着说：冇要按哩！在她的辞典里，理发就是理发，是单纯的，哪有这么多的名堂。姆妈怎么也想不到，理一次发，花掉了我几十块钱。姆妈说，怎么这么贵啊？差不多可以买半担粮食吃了。末了姆妈又说，唉，早知道这么贵，就别给我理了。我问姆妈，在家里理一个发现在是多少钱？姆妈说，三块钱。

逛超市时，我带姆妈乘电梯，姆妈一生都没见过这种自动就能把自己带到楼上的玩艺，姆妈的脚不敢上前，那像水流一样的电梯总是流动的。我试验了几次给姆妈看，姆妈才鼓起勇气一脚就踏了上去，手却紧紧地抓住扶梯不松劲，但身子却是向前进的，我叫姆妈把手松一点，人才能自如地上楼。姆妈把手一松，人就跟着上去了。姆妈又把她那缺了牙的嘴张开来笑。呵呵呵。

姆妈笑起来，有几分孩子的羞赧。

2

在我始终如一的骨子里，彻底地善爱着自己的父母。父亲比姆妈整整大十四岁。在那个小名叫"唐阿冲"的村子里，在那个叫"客里山"的院子里，父亲跟姆妈一样也都是个文盲。与姆妈不同的是，父亲算不上是个纯粹的文盲，父亲当过兵，扛过枪，父亲在部队的时候因天资聪慧斗大的字也识得了好几箩筐，从来不会写字的父亲却能工整地签下自己的"大名"。父亲唯一骄傲的理由便是在朝鲜血战上甘岭最后凯旋。父亲是我们家族中唯一出过国的中国农民，我为父亲而感到自豪。

父亲没识得几个字，却一生酷爱看书。父亲看的书不多，但看得特别仔细。他喜欢看书时一字一字地读出声来，像在跟自己交谈，又像是在跟书本说话。有不懂的字、词和句子老爱来问我。问得多了，我便有点不耐烦：一大把年纪了，还假充读什么书。父亲便会带点神气地笑着说，哈宝崽呀，人老了，可心不能老啊。

要是姆妈在场，准会数落父亲，还看书哩，莫悔过了。

一直觉得父亲是一个天才，而姆妈应该是一个经济学家。姆妈不会算数，可姆妈对于钱的计算却厉害得让我目瞪口呆。父亲更是让我近乎到了崇拜的地步。一个字也不会写的他竟然能看完一本完整的《三国演义》和全套的《毛泽东选集》。而更惊奇的是他竟然不会查《新华字典》。在我看来，父亲是一个童话，包括他的爱情。父亲出身不好！爷爷早死，奶奶改嫁，父亲很小就没了爹娘。跟着一个姊娘过日子，天天放牛、砍柴，受尽了没有母爱的苦。直到十几岁参军入了伍，才开始真正独立起来。姆妈对于父亲的好，在村里是出了名的，在院子里是打了喊得。有什么好吃的总要想着父亲，姆妈长得并不高，也不标致，可姆妈有一颗善良的心。

父亲是个对爱情并不细心的男人，所以很多时候总是惹了姆妈暗自流泪。比如姆妈看到父亲身体不好，把送猪仔的钱破费给父亲买了很贵的补品，一听钱贵了，父亲便大发雷霆，声嘶力竭的样子让我现在想来都感到难过。父亲说，你怎么能背着我随便败这个家呢！那有什么补的，还不如多呷两碗红苕呢！

姆妈听了，不吭声。一边烧火煮饭一边掉泪。

故乡的寂寞，故乡的贫穷，姆妈总能够平淡、朴素、美好地踏着山道弯弯的路儿到田地里去干活，到外面的村子里赶场。用微薄的零花钱换回一些十分廉价的物什回来，往往会记得给我们买香蕉、甘蔗、苹果、橘子等等，当然，这些水果都是破烂不堪的，但我们却吃得津津有味。

我说过，只要姆妈来深圳，我就一定要让姆妈在深圳好好看看。

在这座精彩的城市，我不知道该怎样去讲述姆妈的欢喜，还有她神气的表情。在像森林一样的公园里游玩时，我给姆妈拍了很多的照片，有一张经典的照片是我故意让姆妈这么做的：我让姆妈戴上了墨镜，站在足球场旁摆了一个 pose，我"咔嚓"一声，就拍下了一个很酷的老太婆。她的表情和姿态让我笑疼了肚子。这时，有一架飞机正清晰地穿越我们的头顶（这里的飞机有时飞得很低，看上去很庞大）。姆妈抬头看到这个金属的庞然大物出现在头顶，激动地说：哪。飞机飞机。姆妈的声音渗透了乡下人的泥土气息，让过路的人都投来了难以避免的微笑。我从姆妈的兴奋里看到了她身心健康的另外一种力量，这是一种藏在劳动里的幸福。会飞。

三哥听说姆妈来了，特意请了假从另外一个小镇街道来看姆妈。三哥给姆妈买了一身衣服和鞋子，拿了五百元钱。那时，五百块其实也算不少了，在工厂打工一个月加班加点也就千把块左右。三哥在光明街道的一个木器厂上班，从早到晚，还要长期加夜班。干的是苦力活，也是很不容易的。三哥的头发也越来越稀疏了，这与他长期没有很好的睡眠有关，与工作的压力有关。

大哥和二哥也分别来看了姆妈。我的三个哥哥都在深圳打工，他们都在最底层里深居简出，为自己的命运加班。这清苦的生活像一枚细细的银针，渗入了这无尘的想象里，渗透了他们的病痛哲学的根。

大哥和二哥的工资加起来才一千二百多块，还要起早贪黑地忙碌。大哥和二哥都没有发工资，大哥跟同事借了两百元钱给姆妈。大哥觉得有点愧疚，嘴里不停地重复着这句话：要等我发了工资就好了。二哥来看姆妈是请了两天假的，这两天假里只有一天的时间是属于姆妈的，因为二哥还要把另外一天的时间给予远在几十里路远的二嫂，二嫂在东莞市的一个小镇上打工。二哥提了一个大袋子到了我这里，袋子里装着一些奇装异服。还有一个小塑胶袋里装满了大大小小的西红柿（这些西红柿都快有点烂了，可能是临时在路边小摊上买的处理价的柿子）。二哥说，这些衣服是一个老画家送给他的，是老画家的老婆平时穿的。"都是上乘的布料，都很新哩！"二哥随手从袋子里掏出一件看上去很新的衣服给姆妈看，"你看。"姆妈布满好看的皱纹检验着二哥递过来的衣服。那份神采让我想到了上帝给予生活的隐语。二哥没有吃晚饭就告别了姆妈，他还要赶着去东莞二嫂那边。临走时，给了姆妈五十元钱，这五十元钱都是十元一张的。二哥说还没有发工资，身上一个家业才两百块钱，还要去看二嫂，听说她生病。但二哥走到楼梯口又折了回来敲我的门，说是怕身上没零钱坐车，抽出一张百元的票子喊姆妈过去拿，叫姆妈把那五十元零钱退给他。这样一来，二哥身上只剩下一百块钱了，等他七折八扣到了东莞二嫂那里，身上基本上就没有多少钱了。二哥的这一个细节让我看在眼里，心头一紧。这个内心藏善的男人，他用一种无比笨拙的方法在修补着一个孩子对于姆妈的关爱。我的心只是在那一刹那间，回到了青黄不接的故乡，那青灰的瓦房下，那高过墙壁的狗尾草，那代表无限可能的恩泽的山和水，还有阳光下的万物。我的眼里有一种翡翠的绿漫上来，加深了我所有想象的颜色。

我在沃尔玛大超市给姆妈买了衣服和其他的东西。

我得让姆妈在这里感到温暖！哪怕我眼下是多么艰难。

姆妈说，她待几天就回家。我说，先住下来看看再说，我带你到处去看看，看看深圳与家里的不同。我知道这一次姆妈出来后，以后出来的机会就少了。因为姆妈已越来越老了。

3

行走在别人的城市，我总会想到自己的村庄和姆妈。

姆妈是我人生的哲学。还会有谁像姆妈一样更爱我？我就像果实一样，掉落在文字含钙的核里。除了湘西南和湘西南以外的歌声，唱歌的人，一定是我前世的最爱。

像我这样的同龄人，大多混得非常好。只有我，因为自己的天真和理想，一直过着落寞的生活。每一次面对自己的贫穷和正在消瘦的青春，我都忍不住眼眶发潮。在那个到处都是石头的小山村里，姆妈的话让我再一次落下泪来。姆妈说，莫躁急嘛，靠运气再好点，你运气还没到，写书哪有那么快。

每一次出远门或者从远方回家，姆妈总要宰一只养肥的家鸡给我吃。

在我们那儿，宰杀一只鸡对于客人来说已是一件很了不得的事情，对于自己的亲人来说更是一件幸福的事儿。而姆妈首先总要把那两个大大的鸡腿夹到我碗里。我就会埋怨说，我已经不是小孩。姆妈就扬着白发的脸看着我，在她的眼里，我永远是个孩子。

同样每一次出远门，姆妈总要去送我，走出村子很远了，她还要跟着。姆妈一边走一边说个不停，我说，姆妈，我知道了，您回去吧。姆妈就停下了脚步，站在那里远远地看着我，直到我翻过故乡的那座山。

姆妈从来没有看到过海，姆妈来了深圳怎么能错过去看海呢？我带姆妈先去了大梅沙大海边，看到了海，姆妈联想了很多。姆妈说，这海怎么看上去越远越高，像座山一样。姆妈看到处是柔软的细沙，忍不住捧了一捧在手心，像个科学家一样研究了好一阵，后又撒了回去。我带着姆妈沿着海边走了一圈。姆妈说，这海真是宽阔哩，这海里的水会流到哪里去？海那边是哪里？我告诉姆妈说，海里的水会流到很远很远的一个地方，还会流到外国。海那边是香港。

遥遥地，那无边无际的不可企及的大海啊，无数的方向都是不可确定的道路。姆妈又怎么知道，在辽阔的海平线上，那些像每一座山的远方就是我们每一个虚构的城堡。在宇宙的浩瀚里，我们每一个人都是一朵浪花，在人生的大海里遨游，在深蓝色的宁静里飞翔，朝着我们怀抱梦想的光，自由而孤独地飞翔。

姆妈就是这大海里一条宽阔的路。

我还带姆妈见识了深圳最高的地王大厦，它位于深南中路，高四百二十米，共八十一层，是全国第一个钢结构高层建筑。看到这么高的楼，姆妈嘴里一直"啧啧啧啧"个不停，啧啧，别个喽好高哩！

回来时已是华灯初放的晚上了。深圳的夜晚是迷人的，我们沿着深南大道一路返回。到世界之窗。姆妈又发现了许多的秘密。看到那朝天喷出的七彩的水花，姆妈问这个是用来干什么？我说，用来好看的。姆妈又咧开她那缺了牙的嘴笑了起来，嘴里重复道：啧啧，用来好看的。

深南大道沿途的灯红酒绿和温馨的霓虹灯夜景，让姆妈赞不绝口。姆妈说，当真是深圳哩，照一夜电不晓得要照多少钱哩。啧啧，不得了。

姆妈重复发出的"啧啧"声，让我从身体上感受到了这种声音的磁性和温馨。我能联想到幸福正在以一种珍贵的速度抵达姆妈的内部。抵达她隐匿太久的秘密。

从下午三点多钟出发，回家时是晚上九点多了，行程七个多小时。姆妈这一次的行程是愉悦的，非常感谢好朋友开车载我们一路兜风。姆妈回来后对小姨妈她们说，要不是真心朋友，哪有那么尽心尽力的啊！姆妈说，你要记得把车子的油钱算给人家，到哪里找这么真心的朋友？

4

有一次回家，我是无意之中听姆妈说起，她说她那天感冒了去村卫生站打针，医生说她的血管太粗打不进去。我问姆妈那以前为何打得进呢？姆妈说，我从来还没有打过针呢！姆妈的话把我噎住了。

父亲已经离开我们六七年了，姆妈还是舍不得离开故乡。她觉得留在那里，可以离父亲更近，她一个人孤独的时候还可以去父亲的山上说话给父亲听。每次家里煮了好吃的菜，或带回了好喝的酒，姆妈都要点几炷香，烧几沓钱，再在桌子上摆上好酒好菜，面对父亲的遗像嘴里念念有词……姆妈在叫父亲呷好菜，喝好酒呢！很多人都说姆妈在家里真是个苦八字啊。我就装着开玩笑的心情说，谁叫她要那么操心呢？心里却很难过。不过有时候想想，就算我们把她接出了那个小山村，姆妈也不一定会跟我们在城里生活。她还是会回去的，因为她把自己的一生给了那个生命中的地方，还有一个男人。

父亲的酒是戒不掉的了。父亲到死都没能忘了他的酒。

所以，姆妈总要忍痛割爱买些酒回来给父亲喝。尽管父亲每一次喝了酒就要虎视眈眈的样子，乱讲酒话，但姆妈还是照旧地顺从着父亲。姆妈从来没有叫过父亲的名字，在我的印象中，姆妈总是叫父亲"哎"。这个词蕴含着另一种"丰富"的爱之情愫。那是姆妈对他的一种亲昵的称呼。那个年代这个称呼是"别致"的。

父亲的名字是姆妈终生的秘密，藏在心里，不轻易地使唤。他们身上永远有一股浓浓的泥土味，在我的眼里，土气是一种健康的气质。

在家里，我就听说姆妈身体越来越不如从前了。我一直叫姆妈去医院看看，姆妈说，没事的，我不是每天都照吃两碗饭嘛。我知道，姆妈对她的身体总是自信的，因为这种自信，使她一直和家里的植物一样，健康地生活着。

　　来到这里后，姆妈在我的引导下才答应去医院看医生。去医院的路上，姆妈还是坚持她的看法：没病看什么，浪费钱啊。我带姆妈去了深圳市第八人民医院看了内科，做了检查。姆妈的话没人听得懂，她讲的是地道的客里山方言。我只好给姆妈做了翻译。姆妈说一句我重复一句，医生问一句我也跟着问一句。我用的是双语，在这座城市，姆妈只能通过我的语言才能够准确地认识她自己，包括她的身体。

　　检查结果出来后，我才知道姆妈原来一身是病啊。姆妈身体里有无数个她忽略的答案。病历日志栏写着颈椎病、脑血管弹性减退、胃病、风湿病、贫血等。有这么多病的主要原因是由于她操劳过度，缺少休憩。

　　这些散发药味的文字，像我小时候见到那柄银亮的剃刀，一不小心就剃伤了我的泪水。这锋芒的剃刀此刻在我的眼前晃动着记忆深刻的银亮色，它会不小心划伤姆妈吗？许多警惕和逃避的问题汹涌而来，站在我并不强大的幸福出口。我迟到的姆妈她是否意识到了疼痛？我看到了一些细小的声音在我的体内孕育成一粒忧伤的种子。

　　医生给姆妈开了三天的打针（点滴）药和其他口服的中成药等。姆妈这一次花了我不少的钱，我的心情也很沉重，出门在外，我一直靠自己微薄的力量独自一人打拼生活。我没有上过多少学，没有文凭，没有专业的技术，我唯一能养活自己的就是靠这一支小小的笔。我廉价的文字在打发我珍贵的青春，思考我整个青春的梦。我心里能不烦恼吗？我心里窝着的火以一个正当的理由表现了出来，我说，叫你在家里不要干活，不要太操劳，你不听。现在好了，你花了这么多钱，你心甘了。你喂那些猪干吗？你种那么多落花生干吗？你做这些值几个钱？你看，你这一下就花足了你辛苦干出来的那些钱了。咳——姆妈知道我也是挺不容易的，一直没有吱声。

　　其实我烦恼的不是姆妈，而是我自己在生活里的弱小。

　　我去窗口划价交费时，姆妈从身上把那些卷成一团的百元人民币想给我交。我知道这些钱都是我那些亲兄长和亲戚给她的。我挡回了她递过来的手，她把钱捏得很紧。我说，不用了，你拿着自己用吧。我知道姆妈刚才的心情。这个瘦小的女人，让我感到一种说不出来的疼痛。我强忍住眼里的泪水。

5

故乡对于我永远是忧伤的。

我隔三岔五都会给姆妈打电话。我也欢喜跟姆妈聊天，哪怕是鸡毛蒜皮的事，也仍然聊得愉快。在姆妈面前，我可以任意说出我的心里话，真话。无论我经历过什么，无论我有过怎样的委屈和泪水，她从来只会说，没紧，莫躁急。姆妈尽管已经八十一岁了，她的音色还保持了青春的质感和神气。因为生活上的不如意不称心，我一直未给姆妈打电话，我怕我不好的心境影响了她。其实我有很多的话跟姆妈讲，我心里的苦和难过。姆妈问我，怎么那么久都不给屋里打电话？我告诉她，不管我打不打电话回来，我时刻都在心里记挂着姆妈的，姆妈放心。姆妈笑了，说，我也一直在心里记挂你的。姆妈还说，你要赶紧再找一个姑娘了，已经不能再耽搁了啊。姆妈说这句话时，声音明显有了伤感的气息。

那个白发苍苍用尽一生来爱我的姆妈，面对她，我是愧疚的。姆妈穷尽了自己的一生，像故乡的那块土地，严重缺乏"营养"，可她却"营养"了我一生。

那天早上临时有事我要出去一趟，我让姆妈一个人待在家里。本来不用多长时间的，但因为路上塞车，我一个上午都不能赶回。而姆妈连早餐还没有吃的。她从来没有使用过煤气和电锅煮饭菜，更不会去外面买菜，她一句普通话也不会讲，谁知道她要买什么呢？就算她买到了菜，她还认得回家的路吗？这里房子可不像家里的房子，都是一个模式的。巷子又多又一个样，转几圈就晕头转向了，不迷了路才怪呢。我赶紧在车上给姆妈打了个电话，说要晚点回家，你饿了吧。姆妈很阔气地说，我不饿哩，莫要紧的，等你回来。

到了楼下，我忘了带钥匙，按门铃。门铃响了很久都不见姆妈开门。只好按别人家的门铃把大门开了，才得以进得自家门口。我在门口用力敲门，姆妈在家里听到了，帮我开门，但就是开不了。我一步一步地教她操作，她才好不容易学会了开门。我说，这些都不会啊。姆妈说，这城里的门怪得很，太麻烦了。我只好一脸苦笑。连过马路也让姆妈摸不清怎么一回事，怎么车突然就停了呢？我就跟她解释红绿灯和人车之间的关系。但说了半天她还是弄不清红和绿之间的关系。不过，这对于姆妈来说，弄清确非易事。弄清了也没多少作用，因为在那个遥远的客里山，连一条像样的公路也没有。

那一刻，我突然觉得那个在客里山无比强大的姆妈，来到了城市她却成了一个孤独的"孩子"。她对于城市一无所知，对于这里的一切是陌生的，也是不适的。因为生活在这座城市，这座城市是敌对她的，她会让城市给出她太多的警惕，她的举动会让这座城市备受关注，因为她是这里唯一的"敌人"。

只有那个让她生活了一辈子的故乡——客里山，才是她自由呼吸的天空。那里有她熟悉的语言，亲密无间的土地、素菜，同甘共苦的战友父亲。那里才是她的城堡。那里没有她的敌人，只有她的战友。父亲是她唯一考验时间最长的好战友。那里的植物和土地，以及那些活动在天空之下的动物、昆虫，汗水都是姆妈的战友。

姆妈来深圳那会，父亲还在。姆妈舍不下父亲，在我这里停留了十几天就急赶着回家了。姆妈回家的那天是早晨，从来不叫嚷的母鸡，那个早晨在姆妈临走时，拍着翅膀咯咯咯地喊了起来。声音从窗口传得很远，好像在叫：哥哥喽，回家咯。哥哥喽，回家咯。

我这才发现，这些被姆妈从家乡带出来的母鸡也是熟悉她的，原来它们也是姆妈最好的战友。

姆妈呢，姆妈是这个世界上最美的女人。

深爱你的忧伤

我越来越喜欢安静了。

哪里都不想去，在家里看看书，听听音乐，兴趣来了就写点东西，觉得这样挺好的。有时候就带着孩子去冬日的阳光下漫步，孩子刚从乡下老家接来，很快就适应了城市的生活。我牵着孩子的手，在街巷子里走着。孩子走得多欢啊！她总想挣脱我的手，她想自由地奔跑，她喊叫着，激动得直喘气。我说，宝宝慢一点，是散步不是赶路。孩子对一切事物总充满了好奇，小脑袋活泼地东张西望。我忍不住蹲下去，双手把她抱在了怀里。她像一只小鸟雀，我闻到了她身上奶香的气味。我非常喜欢这种气味。让日子有了迷人的内容。我很喜欢孩子天真的眼神，她让我找到了潜伏在身体里的美好，它们让我情不自禁地想歌唱。歌唱此刻的一些路径，一些片断，一些想法。

很多时候，我都是待在房间里，从早到晚。我无法确定我生命里隐藏的孤独，是怎样触摸我的内心，以及繁杂的思想。我几乎忘记了时间对我的注视。我开始频繁地抽烟，一支接一支，一包又一包。很长一段时间，我老是失眠，内心里被一种什么东西撕咬着，折腾着。我不知道自己怎么了？我躺在沙发上，寂静得只剩下烟灰散落的声音。

我在自己虚构的梦里审视光阴和年华。我的胡子逐渐粗糙起来，越刮越长。原以为我很难有胡子生长出来，在剃须刀的耐心培养下，它们多么愉悦地长了起来，呈现了岁月的成熟。它们慢慢明晰起来，而我却慢慢变得老练。很多珍贵的东西在删改着一种过程，一种方向。从来的地方来，到去的地方去。很多人就活在起步和结束的情节里，只有一小部分的人特别迷恋细节，细节见真情。我想到了跑步，我天天下午去山里跑步，每次都跑三公里，有时跑六公里，跑得大汗淋漓，把衣服都湿透了。跑步让我释放了一些偏爱，一些情绪。我不再抽烟。一支烟也不愿意再抽了。

孩子回到深圳已是秋天了。秋天是一个收获的季节。我出生于秋天的月光下，乡村给予了我内在的安静和温柔。秋天，秋天，我这样在心里轻唤。秋天是多么开阔和充实。我喜欢这个秋天。

身体是柔软的。秋天的光泽透过玻璃射向身体，这个秋天的一切也变得了柔和。但我看见的是生命在现实里撒播坚韧的刺，像一些可有可无的思想，到处都是。别说出疼，我只会想到疼爱的疼。

在城市的异乡，在秋天的夜色里，我真想看到窗外有一棵树，真想。就像对一个人的故乡心存简单的温暖，这种简单只能属于故乡。我的故乡究竟在哪里？是那个可以回去的地方吗？可我到了家里，我还是有一种怀乡的冲动促使我继续行走在路上，我想，对于我们这种选择心灵物质财富的孩子来说，故乡是虚幻的，它只不过是我们内心深处的一个梦幻。她让我们沿着她一直走下去，直到醒悟。我们的故乡在我们虚构的旅途上，我们因此一直选择了在路上。在路上，是的。我们有着一个熟悉的乡村，有着柴米油盐的炊烟，有着砖木结构的农舍。我们都在天空遗弃的山里，天蓝得让人想哭。我们背井离乡，离开了庄稼和植物。那些幸福的外乡人，他们都是这样，在路上，唱着多么心酸的歌曲。他们的调子里含蓄了无边无际的忧伤，但是这些忧伤是向内的，是安静的，是一种哀而不伤的声调细致地延伸，像家乡木门裂缝里生长的青草，细微地抒情。

秋天有秋天的颜色。看得见的和看不见的都在不同的心灵里蔓延……

秋天是让哲学冲动和矛盾加剧的时节，当然也是让人脆弱和柔弱的时分。街巷里有小贩的高声叫卖，有收废品的唱腔声，有小吃店炒菜的锅碗碰撞声，楼下还有打麻将的和男女吵架的声音，有小孩子的哭闹声……有很多的声音都在每天的日常里混杂，它们有时很近，有时很远。就是这样的一个地方，我不动声色地生活着，居住着。我住在这里，却干着与这个城中村背道而驰的事情，自由写作。谁能想得到呢？在这个根本不适合写作的城市工业区里，我却安安静静地写了多年。连街巷口那个补鞋的师傅都认出了我，有一天，我去补鞋，顺便把一部打印出来的小说稿拿去装订。他接过厚厚的书稿，随便翻了几页，回过头来说，原来你是一个作家啊。的确，作为一个专事写作的人，我写的作品实在太少了。我非常羡慕那些下笔如有神的小说家，他们以质量和速度在坚定不移地完成他的虚构。我虚构了自己的生活和梦想，一个想让汉语更加生动的男人在别人的城市里埋伏无根的故乡。我来到这里是一个人，住了几年就多了两个人，一个是我的老婆，一个是我的女儿。现在我和我的老婆，还有女儿，都住在这个叫三十一区的地方。我怎么也想不到，在这里一住就是四年。从一个外省的秋天到另一个外省的秋天，为了在家照顾女儿，我放弃了再去找工作的想法。我知道这么多年以来，写作生活的艰辛和难度，在很大程度上，老婆的鼓励和支持给了我坚持不懈的信心。孩子和文学都是我路途中的风景，为了抵达理想的远方，我忍受了寂寞和清贫。很多个这样的秋天，一家又一家的单位找到了我，给我打电话，想让我去工作，给出的薪水也不菲。我想到女儿和老婆，我觉得应该让她们过得更好一点，我对自己说，我是不是该去上班了？上班了意味着一切的可能。我问老婆，是去还是不去呢？老婆说，你这么多年都坚持了下来，还怕再坚持一下吗？老婆的回答，是个意外。这个小女人，这个被我忽略的平凡的小女人，却说出了一句令我动情的话。是啊，她说得真好！这么多年都过来了，还怕再坚持一下么。老婆的话让我看到了异乡的秋天有着多么清澈的蓝色。这种蓝，让我看到了秋天的高度。

这个小小的愿望让我突然想到了忧伤。

忧伤多么美好。

雨果说，他是一个被富人遗弃的孩子。这话说得多好啊！

我向往一种纯粹的方向，那里有我永无休止的梦想和追求。我活在我虚构的生活里和生活的虚构里。我向往回到古代，那时我想自己一定是个书生。我的要求是那么简单：有我心爱的书童和我一起经历红尘的河山，赶一辆马车一路吟诗作画。书童是个知性的女子，书童终生未嫁，和我的青春红颜白发。"纵浪大化中，不喜亦不惧。"她时常会在我无比疲惫的时候对我说：先生，你该歇息了。我作的诗词，书童甚是喜欢。她会在静静的清晨朗诵给我听，书童是懂我的，她的每一粒微笑都落到了我的心灵深处。

房间里的孤独是永远未知的疼痛。想想自己，想想这不可言说的现在和未来，生活在秋天里变得无比悲伤起来。

这种充满纯真的时光，它弥漫我时，我的眼泪一定有一种别致的碎。

你是那碎裂的花朵吗？

我看见的这个秋天是那么高，那么空阔，像触摸不到的故乡，在母亲的身后永远是那么陌生。这个与泥土一样深厚的名字终究有一天会隐埋我脆弱的疼痛。

行走在城市的旅途上，我无法预知到一些事情的发生。在客里山，那拥有着许多像男人的双手的女人，有一个便是我的母亲。客里山的阳光和雨水都很欣赏这个女人，它们很多的时间里都是与母亲在一起。母亲在劳动中的微笑是阳光的，母亲在雨水里忙碌的身影是忧愁的。客里山的泥土是健康温馨的，母亲喜欢打着赤脚在庄稼地里走来走去，步履轻盈。小时候，我喜欢跟着母亲去地里干活，我从来都爱偷懒，母亲却从来不会讨嫌我。我没挖几锄，没挖好宽的面积就累得受不住气了。我就把锄头一扔，坐在地里看母亲挖锄。母亲就笑话我，说我一点苦也吃不了，只怕将来难娶媳妇哩。母亲一锄又一锄地耕耘着地里的庄稼，全神贯注的样子使我有了感动。现在想起来，母亲在劳动中给予我的细节，竟然让我有了幸福里的感觉：劳动真好！

母亲叫黄元淑，这个名字朴素大方，有着永远的贤惠和聪慧。我很少想到母亲的名字，在我眼里，母亲就是母亲。母亲的名字藏在了我遗弃的乡村，我差不多忘了这个名字。直到有一天，在病历单上，医生写下"黄元淑"这三个字时，我的泪水一下子就涌了出来。我从来都不敢去触摸这几个亲密的汉字，母亲一辈子不懂得汉字，但这几个字与母亲有着天才般的灵感，她居然能够唤出声来。医生问，谁是黄元淑？母亲口音很朗地说，我叫黄元淑。

母亲有着一双多么男人的手，这是因为劳动锻炼出来的。母亲的手粗糙有力，血管也是粗糙的，一根根暴露在皮肤里，非常充沛。我喜欢看母亲劈柴砍树，母亲的手可以拒绝一切柴丛中的荆棘，发挥得那么自如。每一次我小心翼翼地把柴草弄好时，我就叫母亲帮我把柴捆绑上，好挑回家去，母亲放下手里的刀，吐两口唾液在手里，三下两下就把我的柴给捆绑好了。用扦担帮我扦好，用手试了试重量，便放到我的肩上。我就把柴草担回家去。有时候，我几乎是去担柴的，而不是去砍柴的。母亲在树林与草丛里不停地忙着，我就坐在母亲旁边一边观赏一边说话。我有说不完的话，总是围着母亲转来转去，母亲就会说，你要是不读书读出来，你以后怎么过啊。现在才知道母亲的勤俭持家和吃苦耐劳是因为什么？这个上了年纪的母亲，有一天，我特别看了看她的那双手，到处是粗糙裂痕，手掌如木板，除了手心的温度是柔软的，其他的都是坚硬的，我很难去找出一些词语来准确地形容她。但当我的双手和母亲的双手握在一起时，我的手给硌疼了。

不知道该怎么去面对这个矮小的女人，我给予她的是一生的伤痛。包括那永远穷尽的回去的路。

天空之下，到处奔跑着拥挤的孤独。这个忧伤的时代，谁可以忽略与大地交谈的内心。

你和你的世界，再也没办法藏身了。

这么多年，我一直和秋天在路上漂泊。而家乡的秋已经老去，连同老去的还有地里的庄稼和植物。我一直害怕在深夜醒来，怕醒来后听到落在暗处的泪水。

凌晨的三十一区，巷子里还是醒着的。有哭泣声，打架声，还有麻将和炒菜的声音。那高低不平的喊叫声时常把我从凌晨的睡眠里惊醒，我被这种声音感到了生命的惶恐。这种让心灵加压的带着哭腔的声音，长长地从巷子里传来，就像碎裂的玻璃划开了我的心。

我总是那么脆弱地想到了死亡。

我想到的首先是我的父亲和母亲，这两个让我担惊受怕的老人，在裂缝重重的矮土砖屋里一直住着，他们也许会住到死。多么可怜的人啊，他们的生命让我感到了永生的悲伤。每一次我房间里的电话响起时，我一看是家里的号码时，我的心里就会有几丝紧张和不安。我什么时候变成了这样？是因为我看到太多的人在我意想不到的时刻去了，是那么突然和不可预知。何况这两个身体越来越瘦弱的老人，他们单薄的身子叫人多么难受。一阵风，可以把我的整个故乡吹得悄无声息。

父亲真的老了。瘦得只剩下了骨头，像一块铁。家乡的阳光晒着他，我想起了"趁热打铁"这个词语。父亲的一生，像一滴眼泪，流淌在母亲眼睛的光线里。光阴是线，在父亲和母亲之间缝补着生活的不幸和磨难。他们穷尽了自己的青春和理想，养活了我们的青春和理想。父亲是一个苦孩子，他是不幸的，他吃过太多的苦。他又是有幸的，他在吃过的苦里尝到了生命的恩赐，他八十五岁了，还健康地活着。他打牌讲笑话还是那么精神，他活在了自己的趣味里，这种趣味一定是精神的源头。

父亲真的老了。母亲说，他吃的东西越来越少了，有时候每天就只喝一小口米酒，什么菜也不想尝一口。就在前几天的一个晚上，母亲打电话给我，说父亲病重。这次只怕要倒下了。母亲说，父亲已经几天没吃东西了，连酒也不喝了，喝一点点水也会噎着喉咙，天天在床上呻吟。母亲急得在电话那头要哭了。母亲说，你爹想让你们回来，他想见见你们，他怕过不了这个年。母亲的话，让我忍不住哭出了声。其实，我一直害怕这样的时刻到来，我也知道这样的时刻迟早是会来临的。每个人都会在这个世界上老去，生老病死是人的宿命，这是逃避不了的现实。父亲是一个已经熟透了的果子，果子熟透了就自然会从树上掉落下来，这是自然的规律。尽管我心里明白得很，可我还是无法面对这样的时刻，面对一种生命的悲伤。

我们兄弟几个商量，决定带父亲去医院全身检查一番，我们想得很简单，只要有可能，我们想让父亲再多活几年。活着，父亲和我们的世界就不会丢失。

活着，意味着世界的辽阔。

在三十一区，我经历了两个秋天。一个是我的少年，在二〇〇五年之前；一个是我的成年，在二〇〇五年之后。二〇〇五年之前的秋天我还是个孩子，而二〇〇五年之后的秋天我已经是个孩子的父亲了，我结了婚，很快也有了孩子，成了孩子的父亲。那个浪漫的青春从此不再有了，秋天露出一身的蓝色。这种蓝让我起了许多的人和事。

过去的一些秋天里，我常常做一些天马行空的梦。梦想自己如果有一天成为世界级的优秀作家，我的作品给我赢来了很多财富，我第一件要做的事情就是出钱承包一列长长的火车，让所有爱好文学的梦想者乘上这列火车，每列车厢安排两到三个大师给大家讲述梦想。列车将沿着祖国的大好河山行驶，行程一周。本次列车全程免费，列车上所有人的费用全由我一个人支付。

梦想让我在整个秋天变得恬静。

那些秋天里，我还想到若干年以后自己一定要有个女儿。我会好好爱她，疼爱她。

我会让她看到母亲的另外一张脸，像母亲一样动人。她是个让生命骄傲的人，这种骄傲是一种方向，是一种纯净和阳光交替的道路，是一个男人内心的全部颜色。

没想到，几年以后秋天过去不久的冬天里，我真的有了一个女儿。这是多么神奇的事情！我抱着她，亲了又亲，想起了她就是我的生命时，内心里是多么激动。

二〇〇五年的某个秋天里，我看见一些年轻人的幸福是那么单纯和简单。

两个刚从工厂打卡下了班的男人，在三十一区的一条巷子里窥见了那个时尚的女孩。女孩洁白的胸口里耸动的奶波让两个男人的眼神变得轻柔而优美。这个秋天里，我想到了我亲爱的三哥，那个曾几次出现在我的诗歌里的曾德葵，他的爱情以及他善良孤独的内心。这个曾经拿着铁棒和菜刀敢在流氓中挺身而出的英雄，这个曾经让许多女孩亲近的有性格的年轻人如今去了哪里？三哥在一个大型的木器厂里一干就是多年，与一些上了年纪的男人们安分守己，吃苦耐劳。这个眼神里充满爱和温情的年轻人，却一直没有结婚，说来不怕你笑话，连一个女朋友也没有。这些年，三哥的内心一定被一种孤独弄疼了。我从来没有看到过他的眼泪，但我每一次想起我亲爱的三哥，我的泪水就会在心灵深处汹涌起伏。有一次，家里给他介绍了一个姑娘，他回到家乡，姑娘没谈成，把工作却给搞没了。他只好又从这个厂跳到那个厂，做的仍然是木工的活。只是厂名换了，原来的叫椿昇，现在的叫何群。

这个秋天，我为三哥许下了一个愿望。祝一切如愿。

几年以后，我在另外一个秋天遇见了一个姑娘，知道她还没结婚，她人很好，我马上想到了介绍给三哥。因为我的牵线搭桥，三哥和这个姑娘走到了一起，他们结了婚，生了一个白白胖胖的儿子。这是我一生当中惟一的一次做媒，没想到是给自己的亲哥哥做媒。这使我想到了二〇〇五年的秋天，想到了我在秋天里给三哥许下的愿望。那个秋天接近一个人的高度，不再回头地越来越远，越来越深。

像个秘密进入了我的身体。

我想到了家乡的秋天为何那么安详和宁静，那么干净和晴朗？

因为在家乡，每一个生命都孕育着泥土和植物的清香，他们散发着善良的气息，这气息沉浸在朴素的幸福里，让人想起了忧伤。

一位父亲的观察手记

——女儿十个月内的生活点滴

　　我的佳人在南方，那一定是你，我的宝贝。凌晨三点十分，你来到了这个世界上！你的出生体重六斤，身长五十厘米，头围三十四厘米，胸围三十三厘米，从此成为我最亲爱的人。我用了几个晚上给你想好了一个名字：曾子悦。这个名字的意思就是我和妈妈的意思，我们不仅希望你健康平安地生活，更希望你在生活里无处不在的坚强和充满自信，一切都与美好结缘，做一个幸福明亮的人。

　　那个永远爱你的男人。爸爸。

　　晚饭后，妻子说肚子有点疼。我说是不是要生了。妻子说，没这么快，这是正常反应。妻子是个护士，她比我懂得多。妻子这么一说，我也就放心了。可过了一会，妻子疼得更厉害了，我决定把她送到附近的妇幼保健医院。

　　去办理住院手续时，才发现妇幼保健医院住院部缺床位，到处是临近生孩子的妇女。走廊里还加了不少的临时床位。没办法只得换地方，最后决定换到妻子上班的医院——西乡人民医院妇产科。我和妻子打的到了西乡人民医院，又是经过一套检查的程序，才推进了产房。为了孩子的健康，产房不允许外人进入，我只得在走廊里等待着。

　　我看着走廊里的电子计时钟，心里却在竖着耳朵倾听。其实我又怎么能够倾听到产房里的声息呢？我倾听到的是爱婴区附近房间里孩子的哭声。过了几个小时产房门开了，闪出了一个人来，喊我的名字。是产房医生，她说，你爱人就快要生了，你不要着急，慢慢等着。说完又把门关上了。我还以为生出来了呢？早听说过，生第一胎的时间是最长的，需要十几个钟头。生第二胎自然就容易多了，快的一般个把钟，慢的也只需要两三个钟左右。过了不久产房医生又走了出来对我说，你爱人遇到了一点点麻烦，小孩的头部位稍微偏差了一点，生起来不是那么顺，可能时间会长些。我说，没事。但又过了一会，医生说，小孩的颈部被脐带绕在一起了，而小孩又用力往外顶撞，担心小孩呼吸受阻，加之顺产还没到时间，这样小孩的头部会水肿受伤，不利你的爱人和小孩，为了安全，建议做剖宫产手术。医生说，你跟你爱人商量一下，如果同意就请在手术单上签个字。我真不知道该怎么选择，但我看到妻子满头的大汗和疼痛交织的形态，还有她安静的眼神和点头示意。我只得遵从了医生的建议，在手术单上签下了自己的名字。

凌晨三点十分妻子顺利生产，是一个女儿。

医生把女儿抱了出来给我看，我一下子眼睛就湿了，女儿刚生出来是那么像我。很多护士小姐都说跟她爸一个模子呵！她哇哇的哭声是那么动听，真的。我还是第一次听到了这么好听的声音，她直接抵达了我生命的内部，在我的体内激情澎湃。

我真想抱抱她，她软绵绵的身子却又让我不知如何抱才好。这就是我的女儿了，这就是我的女儿了。我心里有了一种甜蜜有了一种喜悦，还有一种温暖。

刚生出来，她只知道睡，嘴里打着哈欠，然后用眼睛快速扫视你一番，马上就又闭上了。那天我忘了带装水的奶瓶去，所以不能给她喂水，我就只好拿棉签蘸了水给她舔，她舔了一口，发现这是世界上最好吮吸的东西。她这一生第一次吮吸的就是这棉签沾染的水了。她觉得很对胃口，就又舔了一下。第三下时她来了感觉，吮吸了一下后，还叭动着嘴巴，叭叭地叭出了声音。这样的声音，在这个凌晨让我充满了精神。

没有哪一种精神能让我一夜不睡，还精力旺盛。唯有女儿的出生让我的一夜无比激情。

　　时间就是这样，说快也快。去年春天她还是个姑娘，到今年的春天她却变成了妈妈。从姑娘到妈妈，她却给了我五年的流水日常。这五年里，从相识到相爱，我几乎把整个黄金的时光输给了她。生活中我一直以优雅的姿态在表达我的情感，以及梦想。在她的眼里，我只不过是一个要尽男人本色担负一切的人。直到今天我一直怀疑自己，我们的开始也许就是一场误会。尽管这里面蕴含了一种难以言说的幸福。但我的幸福来得措手不及，来得千头万绪。她用一种恬静柔美的母性完成了一个作品。不可否认，这是一个我无法抵达高度的作品，她将成为我一生的高度。这是她给我的作品，也是我创造的作品。她给出的作品当然有着她的意义。我从来没有想到，她从姑娘变成妈妈，却蓄积了她一生的才华和心血。这当然是一个非常重要的作品。我忽略了那个她，比真实的我强了多倍。

　　这个作品就是我们的女儿。

　　自从女儿出生以后，我发现了女儿的妈妈有了越来越多的灵感。她学会了不断地创作新的作品，这些作品都让生命与生活紧密相连。

　　女儿悦两个月的时候，悦的妈妈给她按了手和脚的印图。以作纪念。

　　我分别在手和脚的印图旁写上一行小字：

　　　　悦悦两个月后右手印，悦悦两个月后右脚印。二〇〇六年三月二十七日，深圳。

　　我叫悦的妈妈写几句话。我说，你既然创意了这么好的作品，那你就再来写几句话吧。等悦长大了，她再看到这些时，她该多高兴！

　　悦的妈妈就开始歪着脑袋在构思了，眼睛聚精会神地盯着我，嘴里自言自语地说：我写些什么话呢？我写些什么话呢？亏她想了那么久，悦的妈在印有悦的手脚印图的纸上却写下了这样的文字：

　　　　宝贝，你欣然来到这个世界，我还来不及给你准备迎接的礼物，就让这个手脚印来伴你一路成长，当作你一生珍贵的礼物吧。祝你健康成长快乐。

　　当这些完成以后，我突然觉得这是一幅非常重要的作品。我说，这个要保管好，可不能弄丢了。这是真正的关于生命的艺术，是可以探索出她的秘密的。

另外一幅作品是悦悦妈妈的专业作业题，题目是《婴幼儿辅食添加顺序表》，内容如下：

2—3个月龄，辅食种类：鱼肝油、钙片、青菜汤、果汁、红萝卜汤，作用：预防佝偻病。

4—6个月龄，辅食种类：蛋黄 1/4—1/2 个，米糊、米汤，作用：补充铁质，预防贫血。

7—9个月龄，辅食种类：饼干、全蛋、肉末、肝泥、豆腐、菜末等，作用：帮助孩子练习咀嚼，促进牙齿生长为断奶做准备。

10—12个月龄，辅食种类：肉末、烂面、烂饭，作用：为断奶准备。

今年闰七月，我有幸过了两次生日，这是我长这么大的第一回。母亲和姐姐来接悦时，碰到我第一次生日。一家人到乡村大碗菜餐馆去吃了顿饭，以示庆贺。自然把悦也带了去。这家餐馆有特色，里面的服务员都是穿着军人的装束，女孩子穿着这一身的服饰，觉得特别好看。我们进去时，那些像红军一样的服务员两边站着，一看到人近了眼前，马上把一只手举起来敬礼，然后说，你好！欢迎光临。母亲和姐姐从未见过这样的阵势，想不到吃顿饭还这么好玩，她们觉得很来兴趣，笑得合不拢嘴。悦的妈妈怕也是头回见到，她也觉得有趣好笑。

悦却不笑，她拿两个大眼瞪着看。对于她来说，一切都是新鲜未知的。所以她看到什么都觉得是新奇的吸引人的，她总要瞅了好久好久才肯罢休。服务员被她看得逗笑了起来。她们欲伸手去抱悦，悦不肯。敢情她看出来她们与妈妈穿得不一样，在她的印象里这样的穿着是空白的，她的思维像羽毛和空气还未进入想象。这种延迟的想象把她给捉住了，让她有了别致的欢心。悦赶紧把身子缩了回来，嘴里却大声地嚷道：咯咯咯。声音和速度都呈现欢腾。

吃饭时，悦还不停地朝着她们看，我说，悦悦看什么？悦就冲我咯咯地咧开嘴来笑，口水自然流了出来，非常干脆。我把悦抱了起来，逗她。她咯咯地乐着，笑得很迷人。我没料到的是，不一会儿，她在我的身上尿了一泡厚重的湿度。

第二次生日时，还是选择了去那里吃饭。这次悦没了上次那样好奇。我低下头去，拿眼直直地对着悦，佯装很生气的样子，说，现在你不会再在我的身上撒尿了吧（因为悦的妈妈刚给她把了尿）？我抱着她，她在我的胸怀里像只小鹿样地乱踹。她多么像另外一个我，我把我抱在了怀里。她和我之间的关联是血肉相连，是一脉相承，是温暖如春的感觉。这次我没留意，悦来势更猛，在我的身上先是尿尿，然后居然又拉起了便便，把我的牛仔裤涂抹了一身的臊臭味。我真恨不得在她的屁股上啪啪两下，可真气坏了我。大家一见这情形，笑开了。悦不明就里也笑了，还呵呵地发出声来笑，满不在乎的样子哩。

　　我想把女儿悦接回老家去，让姐姐带她。这里环境太差了，空气也不好，我住的地方连一棵树也看不到，除了嘈杂就是喧嚣。放到农村会更好一些，多呼吸一些清新自然的新鲜空气。我让姐姐带悦，曾经犹豫了很久，怕悦回去不适应，怕姐带不好她，怕我们太想念她。

　　母亲和姐姐一块来了深圳。母亲染黑的头发又白了。见到姐姐发现她也老了。她们都老了。她们是从二十九日出发的，到了我这里已是三十日的凌晨了。我在石岩街道车站等了她们几个小时，然后在凌晨一起搭私人的小车回到宝安。

　　母亲和姐姐在这里住了几天后，我就后悔叫她们来了。我是真的舍不得让悦回家，我每天只要空闲了都要抱抱她，亲亲她。这已经成了我和悦日常生活里亲密无间的习惯了，她回去了我怎么办呢？那几天悦又感冒了，我心里就更舍不下了。怕她病了我不在身边怎么办呢？因为这，姐姐还和我生了气，她和母亲回去时还流泪了。姐姐心里一定是难受的，可我想她会明白，我是真的用全部的心在爱悦了。

　　女儿悦八个月了。八个月的悦越来越可爱了，也长了两颗门牙，笑起来迷死人了。会爬会站了，还会唱歌了。她只要见了我抱了她，就拿两个小手手抓我，有时还抓我的头发。抓的时候发出很大的欢快声，咿咿呀呀。她还拿她的嘴咬我的手，咬得我痒痒的，咬得口水都流了一身。我有时候亲她，她就把嘴张开来亲，我的两片翘起的嘴唇刚挨近，她的口水就哗地滴进了我的唇上，这小家伙。害得我打她的屁股，她烦起来了，就撒起娇来，嗯哼哼地哭喊起来。只要不是想睡觉、饿了或尿尿，她一般是不哭的，这倒让我生了十二分的疼爱。

当然也有她哭闹的时候，是找不着原因的。这也会让我心烦，如果我正好在房间里写作，她又哭闹不止，我是会很有怨言的。而这时，悦的外婆就会出来辩护，说像悦这么听话的孩子已经很不错了。有些人家的孩子哭闹起来你还没见过那个样，那才叫真正心烦人哪！

悦见了我有了一种特别亲近的举动，我一伸手她就想向我这么扑来，扑到我的怀里来。我发现她对很多东西都有着她特别的视觉发现，我觉得她的眼睛里有着我的气质，这说明了她跟我一样，也将是智慧的。我在抱她时，口袋里一个硬币不小心掉了下来，在悦悦的面前旋转了几下，她见了特别好奇。这一下激发了我的灵感，为了引导她的好奇和锻炼她的爬行运动，我在隔开她的一段距离里旋转起硬币。硬币旋转起来像花，在她面前盛开。悦悦看到这枚小小的东西不停地旋转，觉得新鲜有趣起来，开始她是静的，后来看到我重复旋转了几次，就动了起来，有了想亲近的感觉。在她的眼里这旋转的硬币像什么呢？我一边旋转一边口里念念有词："悦悦，悦悦，快抓住抓住它。"悦悦听到我喊叫，她拿两个眼看一下我，我又用手在旁边引导她，指向旋转的硬币。她马上有了意识，来了劲，两只手马上爬起来，朝旋转的硬币靠近。我的声音越快她就爬得越快，待到了硬币旁边时，我就说悦悦抓住抓住哈。悦悦就两个手赶紧拍下去，她拍的力还真大，啪的一声就把那个硬币逮住了，像闪亮着的萤火虫，被她给拍熄了。她有时爬得急了，一下子爬不动，两个脚朝后高高抬起来，屁股翘得特别高。圆润白嫩的屁股我真恨不得波一下了。她怎么动都不能爬动，急起来就大声哭喊起来。哇呀哇呀。惹得我把嘴咧往一边笑。是那种善意的坏笑。

从这一枚硬币的快乐里我发现了一个秘密，快乐无处不在，看你怎么去发现和创造它。有时候对于自己的孩子，只要你用心去贴近她，简单的创造也可以让她一样快乐。

悦这两天一张口就是爸爸爸，然后就有口水滴了下来。悦想说话了，我很高兴。她一说话就叫我，毕竟说明女儿是懂得我的辛苦。从出生一个月后，我天天几乎就在家里带她，一带就是近九个月。悦不知不觉地就大起来了。想想不可思议，像我这样在家带孩子的男人恐怕在深圳是没有的了。我给她喂奶、把尿把屎、换尿布、哄她睡觉等等，整个日常生活就被她给捣乱得七零八落，可忙坏了我。很多人都说我这样的男人是打着灯笼也难找得到了，像我这么细心的男人也就更难找了。

悦一张口就喊我爸爸，对于同样辛苦的妈妈，是会吃醋的。人家说，女儿是父亲前辈子的情人，这话说出来是有道理的。要不，我的宝贝女儿悦怎么一开口就是爸爸而不是妈妈呢？也难怪了，我抱悦时她总是有着一种很配合的亲切感。有时候她妈妈在阳台忙着洗衣服，悦就爬行到阳台那里，嘴里喊着爸爸爸。她妈妈就很有意见很生气地说，不是爸，是妈。叫妈妈。妈妈对你那么好，你总是叫爸爸，不叫妈妈不理你了。孩子已经到了能听话能认人的时期了。妈妈这么一说，先是不吱声看着妈妈，看到妈妈佯装生气不理她的样子，她就哇的一声哭了起来。

妈妈一见她哭了马上就多云转晴，干净地笑起来。嘴里甜美地轻唤：妈妈爱悦悦，妈妈爱宝贝，我的乖，来。说到哭，这几天可真是尽了她的道，哭闹得一举成名了。只要不见你了就哭，只要不高兴了就哭，只要有一点点的不如意就哭，有时候无缘无故地就哭。我说这孩子怎么越来越不听话了呢？哭得让人心急如焚，心烦气躁。我想，可能跟她长牙和有了感性的认识有关。也许还与她在这里的环境气候有关。她一哭我就说，你还学会了撒娇呢？娇滴滴，只知道哭，爸爸不要你了。她就哭得更厉害了，哄她也无济于事了。给她玩玩具，刚开始她还蛮来兴趣，玩过一阵子就提不起兴趣了。你怎么把玩具摆在她的眼前，她都视而不见，老拿眼睛不安分地东张西望。她开始对新鲜的事物产生新的好奇。

只要到了外面，悦就老实了听话了安静了。她的眼睛在观察着这一切未知的东西，她觉得这些对于她来说太神奇了。只要一抱她出门，还在楼梯口，悦的两个小手就不停地抓我的脸我的脖子我的肩和胸。两个脚不停地踢啊蹬啊。嘴里发出一长串脆亮的笑声和拉长声音的歌唱声：啊——噢——

在公园里，悦看到了天上有一架很大的飞机飞过她的头顶，她眼睛一眨不眨地仰着头来看，飞机飞远了她还把头转过去看。看了好久，飞机不见了，悦才把眼睛移开。她还要叹一口气，然后口水就流了下来。

在梦里，我常常梦见悦爬着爬着就站起来了，还能走路，醒来方知是梦。

转眼间就是秋天了，天也变凉了。悦也不觉之间就八个月了。到了"七滚八爬"的冲动期，见到新鲜的东西就要用手去摸，见到高一点的东西就要拿手去攀。抱也不愿意，放在学步车里也不愿意坐了，总是要下地来爬。近段时间爬得越来越快了，越来越好了。她老远看见我，我一叫她的名字：悦悦，来。她就高兴地笑起来，赶紧欢喜地朝我这边爬来。看着她可爱地爬行，我的心里像透着了蜜。爬吧，爬吧，我的乖。

这几天悦还能手扶着床和沙发椅子站起来了。这家伙胆子真够大的，抓住什么东西就想站起来，有一次抓到沙发上的一本书，她以为是抓扶着沙发了也想站起来，结果砰的一声摔了个狗吃屎，吓得哇哇大哭。我在一旁又是好笑又是心痛，但我不能马上去抱她起来，这样会形成依赖性对小孩成长不利。还好这家伙很坚强，哭完了又自个爬起来，爬到我身边时，把头抬起来望着我，眼里还汪着晶莹的泪水。我对悦笑一下，悦就像捡到了她的喜悦，也欢喜地笑起来，照玩不误，根本就不把刚才的摔倒当回事了。是从悦学会了爬站以后，她摔跟头的次数就越来越多了。每摔一次就放大声音哭，那种哭喊真让人心疼。终于深刻理解了父母亲说的一句话：孩子都是摔跟头长大的。

当真气人的是悦晚上总是闹夜。许是她刚学会了爬，觉得很新鲜，竟连睡觉也觉得没有爬着走有意思，晚上十二点多了还不睡，哄也哄不睡，还要发牢骚，哭呀闹呀，没办法只好把她放在地上。一放地上，马上不哭了，她就呼呼地爬起来，真是受不了。昨晚更过分，都凌晨一点半了，还要在地上爬，还很兴奋，还一边唱歌一边爬，声音大得很。我把所有的灯都关了，黑乎乎的，她吓得叫起来，我把灯一开了她又手舞足蹈起来，来了劲地爬。满屋子乱爬。看到那个灯亮亮的，就往那个灯盯着看，好像很有思想的样子。

等悦爬得真是够了瘾，两个小手开始去揩眼睛了，才开始不耐烦起来撒娇哭。这时候通常只要给悦冲一瓶牛奶喝，她喝了就能睡了。悦一瓶奶还没喝完就在我的怀里睡着了，看看时间，已凌晨两点多了。悦很快就进入了睡眠，她有时也会在梦里偷偷露出微笑来。有经验的母亲说，小孩在梦里笑你要制止她。我问为什么呀？母亲说反正你不让她笑就行了。我没有按母亲的话去做，我倒是觉得悦在梦里笑，一定与她刚才的爬行有关，一定与她白天的快乐有关。也许梦里她还一直在爬哩！看着自己的小孩一点点地成长起来，尽管很累也是很幸福的一件事。

悦在家里越来越像个"小少爷"了。每当我从外面回来，她一高兴了就噘起嘴来：啧啧啧。悦的妈妈说，这哪里还是个小公主嘛。悦其实在听话这一点上是蛮乖的，她只要吃好睡好，就不会乱哭乱闹。但听话并不代表她没有脾气和个性，她撒起泼来，那真是像湖南土特产的小辣椒一样辣得你没法收心，让人无法安静。不仅要哄她，还要面带喜气的脸色耐心地安抚她。给她唱歌，给她扮演眉飞色舞的不同表情，给她传递肢体语言。久而久之，我们就摸清了她的性情和脾气。只要她闹时就给她玩其他的玩具或给她其他的东西，以此来转移她的视觉，调动她的情趣。慢慢地她就忘记了自己，有了悦心的欣喜。

近来，悦学会了攀爬窗户的铁管，手一攀缘上就蹦跳着双脚想往上爬呢？力大得很啦。她用起力来咬着四颗小门牙，许是力用得过量，冷不丁打了一个小颤。有时，悦踩着枕头去攀铁窗，爬到窗前，高兴得双手欢拍，却忘了自己还不会站立，咚的一声就碰到墙上了。悦的妈妈说悦是个勇敢的家伙，悦的妈妈说得对。悦摔倒了很少哭叫（摔得特别重除外）。悦还会开着凳子当作车向前走，推着走得很快。悦见什么都爱爬，见到凳子也爱往上爬。有一次不小心没爬稳，从凳子上摔了下来，哇哇大哭。后来就不敢再爬了。她明白了不是什么东西都可以爬。

我发现悦越来越会享受了。睡觉时，要么拿个枕头垫在胸下趴着，要么仰躺着成个"大"字形。有时在地上爬得累了，也要拿个枕头垫一下。喂她吃东西时要抱得舒服了才安下心来吃，脚还要一摇一摇的。悦特别爱让妈妈给她剪指甲、掏耳朵，要妈妈先试剪一下，悦才肯把手伸过来，她要看清楚妈妈是不是骗她的。妈妈帮悦一只一只地剪，悦就很认真地看着，有时看着口水都流下来了。这只手没剪完又伸那只手来，调皮得很。悦妈妈就对悦说，乖乖别急，一个一个小指来。剪完以后还要磨一下，磨得光滑些，这是悦最喜欢的，磨起来悦觉得舒服。给悦清洁耳朵时，悦都会很听话地把头趴在悦妈妈的腿上，一动不动地让妈妈弄耳朵。悦妈妈就会很小心地旋动着小棉签掏着。很多时候悦趴着趴着就睡着了。每当此景悦妈妈便朝我放消息：你瞧你家的小公主，这家伙小小年纪就这么会享受了。

月光照进阳台，悦就出神地望着它，很有思想的样子。过了好久她又用眼睛看看我，然后像发现了什么重大的秘密一样快速爬到我的怀里，用手和脚不停地踹我的腿我的肚子。我一喊她的名字：悦悦。悦悦。她一用力还真把我的肚子踢打得疼痛交加。悦妈妈总是说，悦的力真是大，踢人抓人疼得很啦。我看以后怎么管得了她呢。我说，有我嘛。家里有老爷难道还怕个"小少爷"不成？

二〇〇六年一月十六日，悦的出生日。这一天悦就挨了护士小姐的两针预防针：乙肝和卡介苗。前者是预防乙型肝炎，后者是预防结核病。悦一来到这世上，首先就受到了疼痛的滋味。这样的滋味对于悦来说，有着一生的新鲜。悦怎么也不会想到疼痛原来是这样的感觉。当然悦更不会想到这样的疼痛是因为我们想给予她生命的保护。是一种爱。

二〇〇六年二月十六日打第二针乙肝。（满月针）

二〇〇六年三月十六日服第一颗糖丸。（预防小儿麻痹）

二〇〇六年四月十六日打第一针百白破。（预防百日咳，白喉，破伤风。服第二次糖丸）

二〇〇六年五月二十六日打第二针百白破。（服第三次糖丸）

悦服第三次糖丸时，推迟了十天。是因为悦感冒了。小儿感冒了是不能打预防针的，会加重病情，而且预防效果将大打折扣。悦那次感冒了，在医院打了三天的吊针呢。那些天悦一直咳嗽发烧，不肯吃东西。把悦抱到了医院，悦不知道医院是干什么的，在注射室里，我把悦按倒在打针专用的床时，她还以为要让她睡觉呢！两只眼睛到处乱看，充满了好奇。

当护士小姐拿起针来说："宝宝乖，打针了啊。"悦两个脚不停地踢动，根本不在乎哩。待护士小姐的针扎进她的头上时（周岁内小儿从头上打针好一些），这时悦才意识到了这不是个好玩的地方，大声哭喊了起来。用尽了吃奶的力气。我和悦妈妈怪心痛的，还好，一会儿悦就不哭了，又呼呼大睡了。那次悦一直打了三天的点滴针才好转。

二〇〇六年六月二十七日打第三针百白破。

二〇〇六年七月二十七日打第三针乙肝。

二〇〇六年九月十九日打麻腮二联。（预防麻疹和腮腺炎）

二〇〇六年十月二十一日打乙脑。（预防乙型脑膜炎）

到此，先告一段落。又要等到一岁半的时候才接种。

悦妈妈是个护士，而且又是专业的预防接种高手。每次要到悦打针时，她就从医院里拿药回来帮悦打。每次都是我抱着悦，悦妈妈来打针。刚开始悦还不懂，不知道是要给她打针，只是两眼直直地看着妈妈，眼都不眨一下。悦妈妈就拿着针逗悦，说要给悦糖糖吃了。冷不防一针就扎进了悦的手臂里，悦不知道反抗，针都打完了还没来得及反应哭，等妈妈抽出针了才反应过来。放起泼来哭，娇气的声音让人心疼。

后来打得多了，悦也就精明了。一看见妈妈的针筒就使劲往我怀里钻。两只脚乱蹬，身子一扭一扭的，两只手想动却被抓牢住了，动弹不得。悦妈妈说，你以为往爸爸身上藏就不打你了。悦就吓得哇哇地哭了，往往这时不能手软，稍不注意针头就会脱落，会造成注射失败，是很危险的。悦妈妈趁机就是一扎，干净利落。打预防针是很痛的，但为了孩子的健康成长，痛点也是应该的了。

小儿预防针要打到四岁才基本算完成。

女 儿 悦

女儿悦三岁了。

女儿是我和妈妈的天使。

我和妈妈总轻唤她，悦悦，悦悦，悦就眯起眼睛来，把嘴噘起来，笑。女儿有时候也会很温柔地回应一声：哎。我很喜欢女儿的笑。悦笑起来清澈、干净、一尘不染，她用笑传递给了我们那么多的想象内容，妈妈也许忽略了这内容里还含着信息。这散发生命活力的信息，在小个子男人的眼里，在小个子父亲的梦里。悦用她独特的笑语表达了她此刻的心情，以及她难能可贵的天真和心灵的美。与俗世中成年人不同的是，悦的笑从来没有伪装。她开心愉悦的时候，见到谁都会笑，露出一小排洁白的幼牙。她不高兴时，不喜欢你时，管你是谁，哪怕是她的爹妈她也不屑一笑。在成年的世界里，则完全不会这样了。见了不喜欢的人，我们一样要对他展露笑容，我们用笑遮掩了身体里的不快，身体里的情绪，身体里的烦恼和不安。从某种程度上来说，我们的笑不仅有了装饰的痕迹，还有着章法。很多人的笑其实是一种生活里虚空的浮躁。悦的笑让我寻找了一种生命里的真。这是一种天然；一种原味。

有一天，女儿在楼梯间见到了一个伯伯，呵呵地笑了。伯伯很高兴地问她，小朋友笑什么哩？悦很大声地说，你的牙齿好黑喔！伯伯没想到悦说出了这番话来，抑制不住地笑出了声。悦从来不在心里藏住自己，她用笑完全敞开了自己。悦的话毫不留情，却能让人愉快。在几十年以前，在我还是一个孩子的时候，我也有着悦这般天真烂漫的笑。只可惜这样的笑随着岁月的沧桑而慢慢褪色。我竭力想保持着内心的童真与纯粹。我幻想了成年的世界也是有童话的，而事实证明。在残酷的现实生活里，我无法寻找到那个数十年里遗失的自己。生活无时无刻地在削减我体内的纯真我体内的幻想。生活告诉我，成年的世界里没有童话，而我则是一个渴望童话的男子。我希望自己永远像个孩子，永远是一个简单的人。

女儿的笑是一种绵延的暖色，填充了我们日常生活的烦忧。悦拽着我的裤子，要我喊她宝宝。我就喊宝宝哎，悦就答一声哦。她接着又喊，爸爸哎。我没搭理她，她说，爸爸要答哦。说完她又开始喊了，爸爸哎，我答哦。她就欢欣鼓舞地往妈妈的怀里钻。妈妈就假装很讨嫌的样子说悦，当真是个小乖巫。悦就伸直食指跷起拇指，用手做成手枪的模式对着妈妈说，宝宝开枪打你！妈妈说，反了你，还敢打妈妈了！等妈妈也用手做成手枪的样子回击她时，她就飞快地溜跑了，发出欢腾的咯咯笑声。

悦高兴的时候，就像家乡田野里的风，刮一次，落一曲庄稼的戏。

悦是我和妈妈在客里山种植的一个萝卜，一个开心健康的萝卜。我是天空和泥土，而妈妈则是阳光和雨露。我们的身体里浸染了乡村的温暖，呼吸着淳朴的风情。我们和生命的万物流淌着恬静的忧伤。忧伤不是忧愁和伤感，是一种怀有泥土和植物的健康，是一种对生活和生命的亲善珍爱。忧伤是微笑的，是阳光的，像我的母亲。我的母亲今年七十一岁了，比父亲小整整十四岁。父亲今年八十五岁了。再过三年，父亲就八十八岁了。在我们那里，通常说一个人老得八十八了，就意味着这个人真的很老很老了。我的父母双亲已经老得接近了大地的心脏，每一次跳动都波及了疼痛和泪水的抒情。即使这样了，我的父母亲仍然充满着对生命的崇敬，充满着对生活的期待。我每次打电话给他们，让他们多保重身体，多注意自己。他们却一身轻松地说，我们好哩，你们别太惦念。你们在外面不容易，要多保重身体，要带好悦悦。我叫悦悦跟奶奶说话，悦悦就说，奶奶保重身体好！爷爷保重身体好！奶奶在电话那头乐呵呵地笑了。奶奶问悦今年想回来过年么？悦说，想回来过年。想回来吃奶奶喂养的鸡腿鸭腿。奶奶在电话那头的语气明快而激动，看得出来，悦悦的话颇具深情的魅力，深受奶奶的欣赏和动心。悦的妈妈至今也未在客里山结结实实地生活过、历经过，只是跟我回了几次家乡，在客里山做了短暂的停留，又匆匆而去。悦和妈妈一样，也只小住了一些夜晚。而我，这个从客里山土生土长的男人，却一别就是数年。长年的漂泊和异乡生活，让我错把他乡当故乡了。可我的血液和骨子里蕴藏着客里山永生永世的风景和忧伤。每一次离开客里山，父母亲总要去送我，送到山下很远的公路上去坐长途客车。此情此景，使我想起了白居易老先生的一句诗：劳师送我下山行，此别何人识此情。现在，我的户口迁到了南方深圳这个大都市里，而客里山一下子就离我远去了，变得陌生了起来。客里山不再有属于我的田地和植物了，那里的一切都与我切断了关系。而在深圳，我只不过是一个靠力气养活自己和家人的男人，又没有钱去买房子，一直租住在四周都是工业区的城中村里，喧嚣而嘈杂。当夜色覆盖了这座美丽的城市时，我却待在别人的屋檐下独自浅唱。现在，我成了一个没有故乡的人了，以前我还有一个可以回去的地方，而现在，我的家却不知道在哪里？

妈妈上班去了。悦就在家里念叨妈妈个不停。听到楼梯口有上楼的脚步声，隔壁有人开门锁的声音，她就欢喜蹦了，说，是妈妈，是妈妈回来了！哪怕是妈妈刚上班去了，她也对这样的猜想乐此不疲。妈妈要是上一整天班，悦长时间没有见到妈妈，有时候就会很不耐烦，一脸委屈的样子跑到我怀里。撒娇地喊道：爸爸，爸爸。我说，干嘛？悦说，妈妈把我放在家里，不要宝宝了。我说，妈妈下了班要回来的。她就重复着我的话，说个不停，妈妈下了班要回来的。妈妈下了班要回来的。一肚子的委屈。

妈妈有时候要上夜班，会很晚回来。我就给悦洗澡，每次洗了澡，我都会给悦冲一瓶牛奶。这已是一个习惯了。给悦洗完了澡，她就提醒我，爸爸给宝宝泡牛奶吃。我只要把奶粉盒打开，她就高兴地欢蹦乱跳了。围着我叽叽喳喳个不停。嘴里说着，爸爸给宝宝泡牛奶了，宝宝想得很哈。我问她，爸爸对宝宝好么？悦说，对宝宝好。宝宝爱爸爸么？爱爸爸。喜欢爸爸么，喜欢爸爸。等我把奶粉一调羹一调羹舀到奶瓶里时，泡上水摇均匀后准备给她喝时，她就马上去找了一条凳子，搬到她经常喝牛奶的地方，很听话很乖地坐了下来，两个手不停地来回地轻拍着，等待着美味的到来。对于牛奶，这是她的最爱。等牛奶一到了她的手里，她马上就背诵那句熟练的台词：谢谢爸爸！谢谢妈妈！不用谢！然后就迫不及待地把奶嘴放进了她的嘴巴里吸吭起来，眼睛眯起烂漫的线条。有时吃了晚饭带她去外面玩，玩得久了，玩得累了，抱着她一回来就睡觉了。一直睡到深夜。澡也没来得及给她洗了。她一醒来就哭鼻子。问她怎么哭了？悦说，宝宝要喝牛奶，宝宝要喝了牛奶才睡觉。妈妈就说，小乖巫。就是这一曲你怎么也忘不了。

悦是一粒在夜晚闪烁的星星，恬静美丽地闪耀着我和妈妈的天空。妈妈在俗世的柴米油盐之间穿梭，我则沉浸于心灵的高处独自吟唱。我真奇怪自己怎么选择了寂寞的文学，我为自己的坚守和勤奋而惊叹。这么多年以来，我一直沿着这条路走了过来，个中的滋味也只有自己最能体味了。这使我想到了父亲为何一辈子对他的土地和庄稼怀有了那么深的感情和兴趣了。他的喜怒哀乐全部给予了他劳作的一生。风霜、雨雪、阳光、月夜，他熟悉他身体里的抒情是因了一种男性的力量。这种力量源源不断地探寻着他隐藏的梦想，无人可以去猜测他的内心里隐藏着一个怎样的梦想，包括他自己也无从知晓。他的青春和浪漫在锄头和柴刀的气味里隐姓埋名，剩下的沧桑聚拢在他衰老的身体里，他举起斧子，对着一截结实的树木砍去，树木无动于衷，而他弯下去的腰却闪了一下，差点摔倒。父亲已经老了，这是事实。父亲的这个小动作却给出了我对他猜测的答案。父亲是一个永生做梦的男人，他遗传了梦想的基因给我，还给了我坚忍执着的勇气。今年春天我应邀去广州一家文学杂志做三个月的特约编辑。杂志主编在会议上突然问我，你为何不去做歌手？你要是去做歌手该多好，文学既寂寞又清贫，要是去做歌手你早就出息了，生活上也一定过得潇洒极了。我不知道主编为何突然说出这样的一番话，他的这番话把我给难住了。说真的，很小的时候我就梦想过去做歌手，常常一个人在放牛的山坡上歌唱。我还记得我唱的《十五的月亮》《在希望的田野上》曾经在村里名声大震，倒不是因为我唱得有多好，而是因为那时我的声音的确很高音，也很明亮。村子里的人在很远的地里都能听到我的歌声。村子里与我一同去放牛的人，一看到我把牛赶到了山顶上，就提醒我说，歌唱家你该演唱了。我至今都发现我的音质特别好，有着特别的一种磁性。我当初要是坚持做歌手的梦到今天，也许我真的是一个优秀的歌手了。我不知道主编是因为看到我的年轻还是我身上有着某种艺术时尚的元素呢？或者又是他听过我唱过歌？也许他一开始就从我口音的叙述里探寻到了音乐的气息？文学从最初的朦胧到如今的明晰，它给予了我难以言说的情感和经历。它让我学会懂得了生命与生活。张爱玲说，因为懂得，所以慈悲。的确。文学赐予了我一颗善良的心，让我去热爱和倾听这个世界。月光总是那么干净地照亮每一个活着的生命。这对于日常生活的尘世，我们对于它的光亮我们想到了什么？而月亮对于有梦想的人又意味着什么？妈妈为生活打工，而我则为梦想加班。我问悦，妈妈叫什么名字？悦就说妈妈叫黄彩云。我问悦，爸爸叫什么名字？悦就说爸爸叫曾野。我又问，妈妈是做什么的呀？妈妈是个医生呀！爸爸是做什么的呀？爸爸是个作家呀！我还问，黄彩云是爸爸的什么人呀？悦就很认真地看着我，在想。是爸爸的妈妈？不对。是爸爸的宝宝？不对。总是不对，悦就不高兴了，她噘起嘴巴，用不悦的眼神看着我，两只脚不停踢蹬着地面。我就告诉她说，黄彩云是爸爸的老婆。悦就仿照我的话说了一遍。黄彩云是爸爸的老婆。说完就跳了起来。咯咯地笑出了声来，在床上疯了似的打着滚。这个我不经意创作的作品，将成为我生命旅程里最出彩的作品。她的神采，她的风格，她的语言，她的思想，她的情调，她的……她的一切都如此美不胜收。她讲述，她表达，她照耀了我内心里埋藏的许多时光和细节的记忆。

上帝真是一个神奇的智者。

让我遇见了她。几年后，我又有了女儿，有了悦。这个有着客里山习气、有着我的生命的气息、有着那盏在暗夜里点亮灯光的温柔、有着一身农民生长的血液和蛮劲、有着小地方庄稼人的胆怯和善良，也有着诚实的勇敢和力量、给予我新的生命的宝贝，她简直是一个小女巫。她拥有了我和妈妈一生的秘密。每一个都耐人寻味，都很动人。

悦还在妈妈肚子里时，就分外调皮了。她用小脚踢妈妈，把妈妈踢疼了，疼得妈妈都受不住流泪了，很快妈妈又笑了。我心爱的宝贝，你像一支温暖的曲子，只演奏给妈妈一个人倾听。当你哇的一声啼哭时，你才华横溢的曲子才被爸爸倾听到，被世界倾听到。这是一支多么美丽的曲子，悠扬悦耳。我完全被你独特的歌唱所俘虏，所陶醉。我和妈妈成了你一生的欣赏者、崇拜者，甚至是你的粉丝。这是一种多么震撼人心的音乐，她在我和妈妈的血液里流动、繁衍、生长，在我和妈妈的周身变幻出无数的韵律。韵律里有着妈妈的温馨，有着爸爸的激情。

女儿刚开口说话，第一声就是"爸爸"。这让我感到意外，也让妈妈感到意外。通常来说，孩子刚开口说话，第一声都是发出"妈妈"的声音来。没想到，我的女儿悦喊叫的却是爸爸。悦双手趴着地面欢腾地爬过来，嘴里喊着爸爸，就是不喊妈妈。悦喊爸爸时嘴里就有口水从一边淌了出来。女儿的妈妈很生气，就拍打她的小屁股，很轻地拍打，但用了很重的姿态。叫她喊妈妈，悦就是不喊，弄得女儿的妈妈好难过。更令妈妈气愤的是，悦总是要我抱她，给予我一种特别的亲密和友好。悦要是哭闹时，只要我一哄她，悦就立刻止住了哭闹。妈妈就搞不懂了。她说，同样是辛苦地带她，同样是对她好，她为何就只认得了你呢？就只对你这般呢？妈妈不但生气了，还动了醋酸气味。人们常说，女儿是父亲前世的情人。不知是谁最先说出的这句话，说这话的人，一定是与上帝关系密切的人，她有着卓越的气质和对生命的别致理解。说这话的人也许就是前世的圣灵，她在今生照亮了万物和生命的神采。细细一想，其实并不奇怪。作为男人，我一直深爱生命里遇见的每一个女人。我的外婆、母亲、姐姐、妻子……以及一切有着干净善良的心灵的女人们。女儿是我遇到最让我着迷并百看不厌的一个，她是所有女人中让我准备了一生去为之动心和亲爱的人。当护士阿姨抱着她从产房出来给我看的那一眼，她的模样她轻柔而甜美的呼吸，让我感觉到了生命的神话。她让我对生命有了新的认识。那一刻，我真想大声歌唱，我不知道要唱一首怎样的歌曲。我没有来得及准备歌词，我只在心里排山倒海地放开了嗓子。妻子和女儿都躺在床上，安静的房间，安静的气息，安静的夜晚和灯光。她们在享受着她们的睡眠，我在享受着我的失眠。走廊里，我和着夜晚的时间来回地踱着步调，每一步都接近了无限的想象和深度。天亮了，这个世界像所有过往的夜晚一样醒来。而我，只有我真正地懂得，我的世界已从此不同了。

我抱着女儿，抱着悦，是那么爱不释手。我亲了她的左边脸，又亲了她的右边脸。不过瘾，又对着她小小的嘴巴亲。把她亲得哇哇大叫，放泼地哭了。妈妈就埋怨我说，你看你，你看你，有你那样亲孩子的嘛。一直想象自己有了孩子的情景和内容，等真正有了她才发现，想象远远抵达不了真实的滋味。那是一种怎样的滋味呢？我无法用笔来描述这样的一种滋味。只有每个拥有了孩子的人才能体味得到。这真是只可意会不可言传的复杂的情感交织啊！女儿从出生一直到周岁，差不多都是我在带着她。为了她，我几乎停下了写作的速度。我敢肯定，在这世上很难找到一个男人像我一样如此地照看小孩了。产假过后，妻子就上班去了，留下了孩子和我。我的工作相对自由一些，除了写作就是读书。很难想象，在深圳这样一座浮躁而又物质的城市，我却选择了写作。这对外人看来，简直难以理解，说出来谁也不信。有人问我，你现在是做什么工作的。我从来不会说我是个作家，是个写小说的人。我说，我是个保姆。听到我的回答，对方常常露出惊愕的表情来。的确是这样。我主要的工作是照看孩子，其次才是写作，孩子不哭不闹了我才能静下心来做自己的事情。只有孩子睡着了我才能打开电脑开始我的创作，几个月大的孩子其实是很好带的，只要吃饱了舒服了就会很听话地睡着，而且这段时间的孩子主要就是睡觉，睡眠是促长她最好的方式。她睡眠的时间又比较长，这正好帮助了我的写作。

　　五六个月的悦相对就比较难带一点了，总是爱哭爱闹，不好好睡。有一次，睡得好好地突然哭了起来。开始我以为是饿了，就赶紧泡了一瓶牛奶给她喝。悦含着奶嘴，眯着眼睛不声不响就喝完了，喝完了没几下就又哭了起来。我想，难道是没喝饱？就又给她加泡了一点，这回她不要了。难道是要拉尿了？对，是要尿尿了。就捧着她去尿了尿，可还是哭。我想，难道是要我哄她睡觉不成？对，一定是没睡好还想睡觉。我就抱着她嘴里轻柔地唤道：噢噢噢，宝宝不哭，宝宝要睡觉了。我一边抱着她一边轻轻摇晃着她，越这样做越这样说，她哭得越厉害。事情也越发糟糕了，这下可把我给难住了。这可怎么办呢？这叫我如何是好？我想是不是她身上哪里被什么蚊子叮了不成？我小心翼翼在她身上到处检查，也没发现什么地方被蚊子叮咬的痕迹呀。她哪里不对呢？我问她。宝宝，你究竟哪里不对啊？我这一问不打紧。悦好像是听得懂我的话一样，立马哭得比先前更凶了，更声嘶力竭了。嗯哎嗯哎嗯哎。她越哭越凶，越哭越来了脾气。我一下子找不到东南西北了，就给悦的妈妈打电话求救，说悦老是哭个不停这如何是好？悦的妈妈说，是不是病了？你摸摸她有没发烧？我说没有啊。那就奇了？你再哄哄看。悦的妈妈忙着给别人打针，就把电话挂了。悦越是哭，我心里也就越是乱，越乱就越容易有情绪，越容易来脾气来闷火。我气不打一处来，把她扔到了床上，在她的屁股上我狠狠拍了一下，这一下她更不耐烦了，哭得泪珠儿哗哗而下，我看得又心疼又气愤。这一刻，我才真正体会到带一个孩子确实是多么不容易啊。气归气，疼归疼，还是要把她哭的原因弄清楚。这时我看到她的两只脚在蹬来蹬去的，脸蛋涨得红红的很用力的样子看着我。我不知她这个样子是想要干什么，要给我说明什么？突然，她放了一个屁，很响亮。这个不经意的屁让我一下子找到了问题的所在，这无疑是一个深刻的问题，它在瞬息之间给予我灵感。原来，女儿想拉大便了。悦吃的是奶粉，很容易上火，有时候会拉不出大便来，需要人工帮忙。因为这，妈妈还特别给悦从医院拿回来了开塞露润滑剂，专给婴幼儿排便不出使用的一种辅助润滑剂，只要在肛门里滴上几滴润滑剂就能立刻见效。我就照着悦的屁股里面滴了几滴润滑剂，马上就立竿见影。果然一泡屎便从悦的屁眼里腾空而出，等她把大便彻底排尽了，悦就舒服了，也就止住了哭闹声。不一会儿，就安然地呼呼而睡了。看来，带孩子也不是那么简单的。对于孩子我们不能有情绪，不能去打他。孩子哭闹一定有着他的自身原因，只要找到了原因，解决了问题，一切也就变得容易多了，轻松多了，孩子自然也就听话了。很多时候，父母是看不到孩子真正想要表达的内容的。因为孩子最想表达的语言一定就在你的眼前，需要你去细细研究，去认真地对待她呵护她。其实这样的问题是非常简单的，并没有我们想象得那么复杂那么难，难的是有一颗细腻懂得的心。看来，带孩子也是一门大学问。

　　以后的日子里，女儿只要一哭我就能找到原因，而且很快就可以解决掉，让她感到舒服。因为我与悦在一起的时间多了，对她也就有了更深的了解。从某种上来说，我比妈妈更懂得了悦。所以，只要我一抱起悦来，悦就不哭了。妈妈说，这就奇了，悦那么听你的话呢？孩子的动与静，梦与思，在我的心田里有了更大更宽的天空。

　　我的母亲和父亲因年纪过大，无法来深圳照看悦。尽管他们说很想来，但我知道这很难。父亲的腿又是残疾的，根本无法出门，全靠母亲一个人在家里照看他。家里的儿女全都在外面打工，就剩下了他们两个老人了。空荡荡的阳光和风照耀着他们吹拂着他们，他们在暖洋洋的散发泥土气息的屋檐下宁静而安详。他们坐在那里，无限风情。他们老了，老得让我不敢回望故乡的方向。其实我知道，父亲的身体越来越不好了，但父亲却精神抖擞地在电话那头说，没么子事的，你放心好了。父亲的经历谈不上曲折离奇，也不见得浪漫动人，他用自己的力量和朴实书写了一个苦中作乐的男人。父亲一生是个乐观的人，是个有趣的人，是个幽默的人，我发觉父亲还是一个蕴含艺术细胞的人。可母亲还是忍不住把他的担忧告诉了我，你爹几天没吃东西了，就只喝一点点酒。母亲还告诉我父亲这里不好那里不好。母亲说，要不，过年你们兄弟都回来吧，我担心你爹的身体哩。我知道，母亲的心里一定受尽了委屈。父亲是一个苦了一生的人，没想到他把苦留了一半给予了身边爱他的人。母亲用她的善良承载了这个苦心经营的老头，他们感同身受，相濡以沫。

父亲的咳嗽声给了我无尽的忧伤。我一直有个梦想就是想让父母亲过上好的日子，让他们去到城市看看大世界。可这么多年以来，我一直在路上流浪，无法实现自己的梦想，而父母却已渐渐地老去。前两年，我把母亲接来了深圳，可没过几天，她又回去了，因为家里还有父亲。父亲这一辈子也离不开那个村庄了。以前父亲还能拄着拐杖去山下的村里开会，去乡镇的街上赶场，歇歇走走基本上是没问题的。可现在，他哪里也去不了也走不了，他只要走上几十步路就气喘吁吁了，腿开始疼了腰开始酸了，根本走不动了，父亲已衰弱得连自己的村庄也走不出去了。不管我怎么地努力创造。我想，父亲将永远走不出客里山了。也许，这就是他的命运。

在外面打工，有诸多的不便，加上我们租的是工业区围困的城中村，这里主要是外来者密集暂住的出租屋。环境的恶劣对小孩子的健康成长可想而知了。妈妈要上班，我也有我的事情要做。女儿的出生，把我们的计划全部都打乱了。在没办法的情况下，我想到了我的姐姐，这个只念了初小就远嫁了他乡的姐姐，姐姐是我们家族里唯一的姑娘。按理说，我们兄妹五人，姐姐应当得到宠爱才是，贫穷和落后的生活以及当时环境等诸多因素，姐姐并没有得到父母太多的宠爱。相反，打懂事开始，姐姐就承受了她那个少年时代的重担。砍柴、放牛、扯猪菜、种地等等，听姐姐说，我们家后来新修的土砖房子，姐姐也参与其中，都是用肩膀一担一担挑起来的，才有了后来我们的家。生命里姐姐与我有着一种特殊的亲情，我很小的时候，就是姐姐带大的。姐姐背着我去放牛去割草去扯猪菜……姐姐说，有一次我发高烧哭，她背着我去找赤脚医生。我沿路蛮了劲地哭，她怎么哄也哄不住我，把她也吓得快哭了，等找到村里的赤脚医生才发现我在她的背上拉了尿还拉了屎，把她弄得一身的臊臭味。可以想象到当时姐姐的情景是何等地狼狈不堪，多年以后听到这些话，我的心里是感动的，有着那样的一种情感在我的心里。没想到，多年以后，我有了孩子，还是姐姐来给我带。这其中从一开始，上帝就给予了我和姐姐之间那份难以避免的生命的友谊关系。我打电话给姐姐，姐姐二话没说就答应了，并立刻启程来了深圳。姐姐是坐长途汽车来我这里的，到的时候是凌晨了。我在汽车站等了她几个小时，姐姐见到我瘦了很多，就问是不是老熬夜？她说，文章哪里写得完呢？你要多注意自己的身体。姐姐还给我带来了很多的家乡特产：落花生、酸辣椒、红薯、竹笋……姐姐还给悦织了一双毛线鞋。姐姐见到了悦，说悦很讨人欢喜。姐姐在我这里只住到悦悦满了周岁就回去了，悦悦也随姐姐带了回去。姐姐嫁了以后也是生活在湘西南一个山村里面，姐姐的村庄叫油岭村。姐姐说，你放心好了，我会把悦当自己的女儿对待。姐姐是一个善良的女人。悦刚满周岁，也刚好是准备开口说话的时候了。把她送走，我和妈妈是割舍不下的，可生活告诉我们，割舍不下也得割。姐姐抱着悦走的那一天，悦嘴里爸爸爸地喊着，把我心里喊得很疼痛。悦的妈妈忍不住落了泪。悦刚回去的那阵子，老是喊着要爸爸，有时梦里也喊着爸爸。后来跟她的姑姑完全打成了一片，她完全熟悉和适应了姑姑的家庭，才慢慢习惯了把爸爸转唤成了姑姑这样的一个过程。光阴在悦的身体里迅速地生长，悦说的话也越来越多了。当悦完全学会了使用家乡湘西的口音时，女儿就已经完全会熟练表达了。悦的母语就是我家乡客里山的母语。湘西客里山的母语使悦名副其实地成了一个湘妹子。悦和姑姑的亲密无间，又让我的心里有了些许的动情。姑姑用她的客里山语系一点点地赢得了悦，修改了悦。悦对这种原始的语言有了全心地投入。她用尽了她的纯粹和简单，用了她心灵的呼吸。悦从我出生的湘西南，从姑姑存储在身体里的客里山气息里，一点点打开了自己，发出了那样耐人寻味又独具风情的口音。这就是我亲爱的小女儿吗？当悦在电话里用湖南土话喊妈妈叫姆妈时，妈妈说，这下好了，女儿成了另外一个人了（悦的妈妈是广东人）。对于我来说，这样的口音是生动而激情的。她无数次催化了我体内的幸福，我因此感到无比美好！我的生命有了另外一种鼓舞。这是一种宿命般的鼓舞和爱。悦悦的生命里也将永远无法抹去她与姑姑的爱和友谊。她们的交流就像泥土和庄稼的语言。通过心灵通过真诚通过朴素通过神情混杂在了一起，交织在了一起，生长在了一起。

她们有了源远流长的初始密码。悦以后再怎么修改，也修改不了她和姑姑的原本意义。

两年后，女儿又回到了深圳。女儿快三岁了，我们准备送她上学了。

当我和妈妈再见到悦时，悦已不认得我们了。我去抱她，她不让我抱。姑姑就说，这个是你爸爸你也不让抱呀？悦说，我要姑姑，不要爸爸。妈妈去抱她，她也不让抱。姑姑就笑了，你看，现在孩子都不要你们了。这使我突然有了一种难以言说的忧伤。长时间的隔阂，这对一个孩子的心灵有着多么重大的影响。我想起了那些留守在边远山区的孩子，父母亲长年在外打工，有的三年五年没回过家，有的七年八年甚至更长的时间没有回去。这对于孩子来说，她的心灵早就与父母的情感没有了任何关系。这样的后果对孩子以后的生活是一种障碍，是一种威慑。

在悦看来，我们只不过是两个陌生人。是啊，两年了，本来刚开始说话时可以通过语言来交流时，我们却把悦送到了乡下，与我们隔开了一个世界。尽管有时候我们在电话里与她不停地交流过，可毕竟那只不过是她的一个虚幻的、虚设了的爸爸和妈妈，因为从来就没有见过爸爸和妈妈呀。那个晚上，我试图想办法去说服悦去抱她，她就是不肯，死活不让我靠近，我一靠近她就大声喊姑姑。此情此景，我有点想哭了。后来过了一天，我要去抱她，她还是不肯干。姑姑就说，你不是天天在电话里喊爸爸么？爸爸等下给你去买好多好吃的。听到姑姑这么说，才小心紧张地慢慢靠近，我一把就抱起了她，想亲她。她把脸别过去不让我亲。想想看，要是时间再久，我们之间的距离不知道还要隔开多远？慢慢日子久了，悦就与我们近了，也就融入了我们的生活。

姑姑刚带她到了这里，开始不说话，只拿眼睛观察着我和妈妈，注视着我们在房间里的一举一动，等她观察完了之后，才开始天马行空地发出她的声响来，说东道西讲个不停，当然用的是客里山的土话。妈妈在似懂非懂之间听得一头雾水。带她去洗手间里尿尿，她看到墙上安装了洗澡用的不锈钢花洒管，大喊有蛇、蛇，吓得赶紧跑了出来。我只好把淋浴花洒管撤了下来，用编织袋装好偷偷藏了起来。我告诉她蛇被捉走了，她才敢去洗手间。进去四处张望，果真不见了。悦就很兴高采烈地说，蛇不见了！蛇不见了！

姑姑在这里又待了一段时间，我们用了很多的方法和计策才使悦慢慢地接洽了我和妈妈。先是妈妈和悦亲密了起来，悦跟她学说普通话，有了交流。又带她玩给她买好吃的东西。悦很快就被妈妈收买了。晚上睡觉也肯跟妈妈睡了。

我带她去公园，去超市，去坐会唱歌的马嘟嘟……悦好高兴，满心欢喜地跟着我，牵着我的手，还让我抱她。在外面玩得久了，玩累了悦就不想动了，我喊她回去了。她却要我背她。悦说，爸爸背宝宝。

很快，悦就喜欢上了我和妈妈。

姑姑看到我们和悦差不多完全熟悉了，融洽了，就提出要回去了，她说，家里的农活太多了，等着我回去做哩。我们是留不住姑姑的，她迟早是要回去的。我们就顺了姑姑的意思，姑姑又小留了两日，便坐长途客车返回家乡了。悦悦发现姑姑不见了后，哭得汹涌澎湃，嘴里大声地喊叫：我要姑姑，我要姑姑。把我和妈妈的心都给哭碎了。

后来的一段时间里，只要悦一安静下来，就会莫名其妙地说一句：姑姑不要宝宝了，姑姑把宝宝放在这里不要了。或者说，姑姑去给宝宝买糖，等下就要回来的。

我和妈妈跟悦在一起时，发现三岁的悦有了许多自己的想法，说话也有了许多意想不到的乐趣。

吃糖时，悦看到我剥糖吃，就欢快地跑过来跳着说，想死了。宝宝想死了。我剥了一个糖给她后，她就说谢谢爸爸，谢谢妈妈。吃完糖后，就歪着小脑袋来看我，每当吃东西时，她还会说给妈妈留一点。

妈妈给悦买了一身衣服，刚买回来悦就要迫不及待地穿上去，待给她穿上去了后她就不肯脱下来了。妈妈说这衣服还要洗一次，晒了太阳才能穿的。悦就是不肯脱下来，任你怎么说就是不脱。妈妈强迫她脱，她却大喊大叫大声哭起来。后来，在我的哄劝下才肯脱了下来，泪眼蒙眬地说，洗干净了宝宝才穿。

妈妈有天教悦学习辨识动物的图画。在老家的时候，悦只认识猫和狗。那天妈妈教了她认识了很多的动物：鹅、小鸭子、兔子、孔雀、啄木鸟、猴子、狐狸……小家伙学得很快，教两次差不多就记住了。妈妈告诉她一些比较特别、好认的特点标记。比如小兔子的耳朵大大的，猴子的尾巴长长的。妈妈说狐狸放的屁很臭。她就拿鼻子凑上前去闻。嘴里说，很臭。下次指着画上的狐狸一问她，这个是什么动物呀？她就记住了是狐狸，并且每次都要去闻一下狐狸的屁股。

妈妈教悦背唐诗，教她读《春晓》：春眠不觉晓，处处闻啼鸟。夜来风雨声，花落知多少。悦刚开始读得好好的，后来就不耐烦了，还有了自己的创意，故意把诗读歪：冲凉不洗脚，处处蚊子咬。妈妈和我听了，真是哭笑不得。

早上一起床，先要看一下妈妈在不在。若不在，马上从床上爬起来，哭着说妈妈下了班要回来的。要是看到我不高兴说了她，她就改口说，宝宝要尿尿了。

我知道她早上一醒来要看人有没有在身边。她妈妈一起床上班后我就代替她躺到悦的旁边。她醒来一看，妈妈还在，发现又不对劲，就用手来用力拉。我则用手挡住脸面，不让她看到我的脸。她却很来劲。一拉我，发现不是妈妈就哭了，并且用手指着另外一张床说，去那边，去那边。

在外面玩，看到一对男女抱在一起亲嘴，悦就站在那里看，流着口水和鼻涕在看，直看得人家又生气又欢喜。回来时，悦总是走走停停。走一阵就说个不停：妈妈下了班就要回来的。到了家里打开门一看，不见妈妈就说，我以为妈妈下了班就要回来的。

　　给悦买的雪花膏，她不小心打烂了，赶紧自己捡到了垃圾堆里。我明明听到有东西被打烂的声音，却怎么也找不到打烂的东西在哪里？我翻来覆去地找，找了好久都找不到。悦这时才开口说：宝宝放到垃圾桶里面去了。我往垃圾桶一看，果然打烂的东西在里面，是一瓶护肤的雪花膏。这小精乖，原来她早就把打烂的东西弄到垃圾桶里去了。

　　女儿快三岁了，有了许多想说的话。她有时说给我听，有时就一个人自言自语。有些语言就是她的心灵。有月亮的一个晚上，女儿对着窗外的月亮说，月亮月亮你下来，你下来跟悦悦玩好吗？你怎么不作声？你说话呀？

　　我觉得她说出来的话多么像一首心灵的诗。

此刻，你就是世界

有人说，女儿是父亲前世的情人。说这话的人一定是通灵的，是美到极致的人。

女儿是我的另一个生命。她将延续我的生活与梦想。有了女儿，我觉得其他的一切都不重要了。以前，我认为生命里最重要的是写作，有了女儿后，我突然改变了主意。我对生命里原本看来特别重要的东西有了重新的定义，有了新的认知。生活里隐藏了太多的秘密，像幸福般让你措手不及。在我看来，所有的写作都远远无法超越女儿的高度。她才是爸爸一生最好的作品呀！

我创造了女儿，而女儿创造了另外一个我。我有一种感觉，女儿将成为我最好的女儿，最好的知己；她将是我唯一的佳人，远远胜于天下所有的女人。当然这么说，女儿的妈妈多少是会吃醋的。

自从有了女儿，我的整个世界就变了样。我无法用笔来描述，所有的语言在这里都是多余的，我难以找到更好的词语来描述她。在女儿面前我所有的语言变得笨拙，唯有心感受到了尘世刻骨铭心的温暖与美。

北方有佳人，绝世而独立。

一顾倾人城，再顾倾人国。

我想我的女儿也一定是个佳人。她赶在即将过年之前来与我们团聚，多么会选择幸福的日期呵。那些漂亮的护士小姐们都说她的皮肤很好，说她五官长得标致，说她将来肯定是个美人。作为一个喜欢美女的男人，我将以父亲的眼光审视女儿以后的美丽！也将以一个男人的优秀来呵护她的美丽！

我有必要告诉女儿，我从她妈妈临产的那个晚上开始一直到次日出生以后的早晨，我一直没有睡。我的大脑里装满了女儿，只想着她，只拥有她！和我一样没有睡的还有女儿的外婆，女儿的妈妈。我一个人在产房的走廊里来回地走动，外婆在我们等待她的房间里。时间的每一分每一秒都拨动着我的心弦。妈妈的疼将和时间融为一体流动在我们每一个人的心里。妈妈躺在产房里，躺在将要大量流血的床上，她要用一生的疼痛来完成女儿！在疼痛的最初，妈妈的肚子里装满了对女儿的骄傲。她会记得定时去散步，会按时吃饭，滋补自己的一些美食。她说，这不是给我吃的，是给孩子吃的哩。每一次孩子在妈妈肚子里踢她时，妈妈就骄傲地喊我的名字，说快来摸摸这里，孩子在踢我哩！我就用脸贴到老婆的肚子上去探动静，哈！小家伙还真在踢她妈妈哩。其实每一次孩子在肚子里踢动，妈妈是会很疼的，但妈妈还是咬着牙脸上带着笑。她和我一样，心里是甜的美的乐的，那是一份难以描述的幸福，我们的房间里到处流动着喜滋滋的气息。

妈妈尽管怀着女儿有诸多的不便，连睡觉都不能乱动，有时走一小步路都气喘吁吁，但她就是高兴得很。她说，为了孩子所有的辛苦我都不怕。妈妈总是保持着愉悦的心情，她总要问我，你说咱们孩子会是一个什么样子呢？她在想象里充满了对生活的憧憬和神往。这个难得的作品的确让我和妈妈对生活生出了从未有过的热忱和激动。我发现妈妈那个时候还成了歌手，总是抚摸着她心爱的作品，情不自禁地轻唱道：

　　　小燕子，穿花衣
　　　年年春天来这里
　　　……

可是，女儿给妈妈出了一道难题。她让妈妈流泪了，妈妈感到了撕心裂肺地疼，妈妈喊出的痛是那么具有深度。这种深度让我们为之难过而担心，那些帮助女儿出生的阿姨们说这叫难产，如果时间久了，不只是妈妈会很疼，女儿也会遇到问题的。妈妈决定动手术把女儿从她的肚子里直接取出来，医学上说这叫剖宫产。取出来的不单单是女儿，还有妈妈一块从此无法忘却的记忆，还有爸爸和外婆的担心。外婆围着将要被推进手术室里的妈妈，眼泪汪汪。女儿她可否知道？爸爸那时候在心里也悄悄流泪了。

宝贝，我的女儿，你是想给我们留下爱的记忆吗？

我和外婆在手术室门前一个写着很大的"静"字旁，都不敢说话。此刻的夜晚，这个世界一切都是为了你。人真是很奇妙的事情，有一天活着活着就突然多了一个有着你的气质的人，这个人就是你的孩子。

女儿将来就是我最亲的人了。

自从妈妈怀着了女儿，她晚上睡觉也不敢乱动了，生怕伤着了女儿。为了有一个健康的女儿，妈妈对自己的身体总是百般地关怀和呵护。她生怕自己感冒了、生病了。有一次，妈妈晚上睡觉不小心感冒了，全身乏力，头又痛得厉害，鼻子也塞上了不通气，有点低烧，妈妈为了女儿的健康着想，硬是没有去医院买药回来吃。接连几天感冒加重了，妈妈痛苦极了，但她还是坚持了下来，一直到感冒彻底好了。她不停做一些有益的运动，像爬楼梯呀、听音乐呀、按摩太阳穴呀、去户外的阳光下散步、吸收新鲜的空气呀等等，说这样有利于临产。多么伟大的妈妈呀！

我还特意去买了好听的幼儿音乐曲子给女儿听。音乐手册里还提到了，幼儿听了这类音乐会变得聪明。她调皮的时候听到这样的音乐会变得安静和乖顺。也许真是这样，女儿后来果真聪明能干，很惹人欢喜！

为了女儿，我和妈妈准备了一生的疼爱。

当护士阿姨抱着女儿出来了，我看到了女儿！女儿知道我内心的激动和幸福吗？我用手机给远在湖南的家人打电话，已经是凌晨三点多了，父母亲不知道发生了什么事情，这么晚了还会有谁打电话回来呢？母亲的声音是从睡梦中醒来的，母亲问：哪个？当母亲确知是我时，母亲又问：出什么事了？这么晚还打电话？母亲的语气是那么小心翼翼。我说，是大喜事，你有孙女儿了。刚生出来！母亲一下子和整个故乡醒了。母亲的语气一下子就开阔了，洋气了，蕴含惊喜的气息里却有了别开生面的情调。我听到了母亲在电话那头叫唤爹爹：呃，你醒醒，呃，你醒醒。你有孙女了！母亲的声音触动了幸福的羽毛，它们柔软而飘逸，在房间里光洁而动人。我可以想象到母亲和父亲，这两个被幸福唤醒的老人，他们醒来了就不会再瞌睡了，他们一定在床上拉着家常，想象着远在南方的我，想象着我的女儿，他们一定在黑夜里偷笑出声。夜晚和故乡，思念和愉悦，就在他们的言辞之间，绵长，深远，滋味，有趣。

有一段时间，我总是睡不着，我把所有的灯打开，躺在床上想，为什么就睡不着呢？那段时间里，我的生活充满了烦恼，有了这样或那样的焦虑，心里莫名地孤独和悲观，我正在朝着青春的另外一个向坡，越来越老了，老了的不是身体，是身体里的忧伤。我害怕。我的眼泪越来越少了。

这使我想起了母亲的牙齿，也是越来越少了。她几乎关不住了疼痛。风从她的嘴里告诉了我有关家乡的消息。这个矮小的女人，像一块结实的石头沉浸在我想念的远方。

我心里的烦，心里的郁闷，母亲却从电话里感受到了。她小心翼翼地问，近来是不是过得很难？母亲温柔的声音里带了粗壮的气息。我说，一般。她说，要不你回一趟家吧，我们挺想念你的。母亲用一种巧妙的方法在试探和宽慰着我，我从来忽略了这个矮小的女人是有着智慧的。

只要家乡有人来深圳，母亲总要捎一点家里的特产给我。随着季节的不同，花样也不尽同。落花生、菌朵、四季豆、辣椒粉、干竹笋、红薯、腊肉……还有家里喂养的鸡鸭、土鸡蛋等等。母亲比现在年轻一点的时候，总要给我们纳一双布鞋捎来。母亲说别看这布鞋在城里不显眼，可穿上去舒坦暖和着哩！当真蛮经事（用）哩！

母亲笑起来的皱纹，多么像她寂寞的一生，填充了客里山的大地和阳光。就是那么一个小地方，母亲却用了她的一生去爱。只因为那里有了她的男人。

这个男人就是我的父亲。母亲从来没有喊过他的名字，母亲总是喊他"哎、哎"。除非在很生气的时候，母亲才会改口喊他"老不死的"。父亲的名字像我小时候的一颗糖，在母亲的心里是甜的，可母亲却因为父亲，穷苦了自己的一生。

三嫂说，尽管妈妈是个文盲，一直待在偏远的小村子里，一辈子也没见过大世面，但她并不比身处城市里的妈妈差。妈妈其实是个很温柔很贤惠很善良的女人，妈妈真的是很有智慧的人。三嫂几乎是以赞美的语速在说。她一点也没想到，妈妈还是一个非常讲究卫生的女人。只有我知道，母亲是一个有着贵族气质的女人。

　　母亲节那天，想打个电话给母亲，但电话通了一直无人接听。我猜想，她一定又去地里干活了。她难以停下的踏实和勤劳，让大地无言。

　　阳光和时间在她的身上，催生了岁月的优雅。我所有的赞美，都不过是一件穿在她身上的外套。唱歌的人沿路返回，那个深藏美声的女子，她从来不轻易启声，但她在你一生的旅途里答复了这个宽阔的天空。

　　女人只有做了母亲，才能呈现她真正的美。女人只有当了母亲，才抵达了女人最高的境界。这种境界就是疼。

　　每一个女子都将成为母亲。

　　我的妻子在认识我时，还是一个小女生。那时，她还在珠海一所学校读书，我在深圳一所小学就职。她每个周末都会来深圳，我都会给她做可口的饭菜吃。她什么都不会，什么都不懂，总是傻傻地问：为什么呀？我做饭菜的时候，她就搬一把椅子坐过来，安静地看我洗菜、切菜、炒菜，她每次回学校时，我就骑着单车去送她。她坐在单车后面，用手环抱着我的腰，唱着我似懂非懂的粤语歌曲。那个时候的她，是天真而单纯的！后来，我们结了婚，生下了女儿。她也从一个什么都不懂的小女生成熟到了什么都会的母亲。人们常说，闻香识美人。女儿就像妈妈生命里的香味，她让妈妈成了尘世里的美人，成了她的美人，也成了爸爸的美人。

　　每一个母亲都会在孩子的中心把自己的才华耗尽，没有理由不去珍爱。母亲，的确是这个世界上最美的女人。

　　可我的母亲毕竟不是我当年的母亲了，她一身的病。近来又是这儿那儿的许多小问题，这些问题加在一起是个大问题。母亲在临夜的时候还能小睡一会，然后就是整夜地失眠。她的胃口总是不好，这也许跟胃本身没有问题，母亲说，胃也有点胀，口是苦的。苦让我想了两秒钟。含在苦处的，不是母亲一个人。父亲到了苦的高度，不断扩大的苦引人向上，父亲越来越瘦了。母亲说，他一直打着点滴。父亲想吃很多东西，但什么东西都吃得特别少。这对父亲本人来说，是一种米芯般的痛感。我的语言很多年就已经显得苍白了。面对两位老人，面对与家乡的方向，我想了什么，什么也想不了。我听着，然后挂了电话。一个人静静地抽烟，一支接一支，坐在房间里。

女儿出生后满一周岁，我们就让她姑姑来接了回去。

我们给女儿取了个小名叫悦儿。后来我又给她取了一个小云朵的名字。她说她很喜欢这个叫"小云朵"的名字。

回去那天，我和妈妈去送悦儿，女儿用小嘴亲吻我的脸颊。左边，右边，还有我的唇。我拥抱着女儿。

再见时，悦儿的小手挥得那么招人喜欢！妈妈别过脸去，泪水润了她的眼。

我们的悦儿住在湘西南乡村，住在油岭村她姑姑家，由姑姑带她。油岭村与客里山隔了一个县，但并不是特别地远，才七八里路程。母亲说，她有时候想看看悦儿，每去一次油岭村，回来后双脚就要酸痛好几天。母亲七十多岁了，母亲真的老了。

出生于深圳的悦儿在老家亲眼看见了两场大雪。年年相似，岁岁不同。有了女儿，我发觉时间过得真快，悦儿已两岁多了。会唱歌，会跳舞；会扮丑，会撒娇；会打架，会放泼；她甚至还会模仿大人的语气讲话了。姑姑家的邻居有一个媳妇的名字跟悦儿妈妈相同。每次有人喊彩云彩云哎，悦儿也跟着喊彩云彩云哎。姑姑就跟悦儿说，不许喊这个名字，你妈妈也是叫彩云。后来只要妈妈打电话给她，她就在电话那头喊：彩云彩云哎！把她姑姑逗得笑逐颜开。

我可爱的宝贝，她多么幸福，可以看到那么美不胜收的雪花，每一朵雪花都是天使，在她的周围歌唱跳舞。听到母亲说外面下了好大的雪，我首先想到了悦儿。这个让我无比心疼的孩子，她是我现在最满意的作品。没有孩子之前，没发现最动人温暖的声音，就是孩子的声音。奶声奶气的，沾染着母亲乳汁的气味，香甜且悦耳。悦儿还没有带回家去时，我只要空闲了，就会去抱抱她，亲亲她。她细腻柔软的呼吸，让我的身体变得舒畅，很生动。有时候，我会轻咬她的脸蛋，不小心用了力，把她咬哭了。妈妈就会生气了，说哪有你这么亲孩子的呀！她的屁股也是我和妈妈亲得最多的地方。

烦恼疲惫的时候，只要抱抱女儿，什么烦恼都没有了。她就像生活里的磁铁，把所有的美妙和轻快吸引了在一起。

在孩子身上，爱让我变得快乐。

　　母亲说，悦儿当真是蛮很哩，很招人喜欢，比别的孩子名堂多多了，油岭村的人都很喜欢这个小不点。说起悦儿，他们用的词语是泼辣、胆大、霸蛮、耍嘴巴等等，用一句话总结就是，这个孩子匪得很不同道。她现在可是油岭村的名人。没有哪个孩子是不知道她的。她连那些比她大两三岁的孩子她都敢去打。每次姑姑打她，她就说，你敢打，我去告诉爸爸，叫爸爸回来打姑姑。

　　有一次母亲去油岭村姐姐家办事，因为临时走得急，没有给悦儿买糖果类的零食。悦儿看到奶奶不说话，只拿眼睛看着，好像很不高兴的样子。奶奶要抱她她也不肯，奶奶知道了是怎么回事。就说，原来是奶奶忘了给悦儿买糖果果了，奶奶给悦儿钱去买。母亲边说边从身上掏出来了十元钱。悦儿眼睛一下子就亮了。她一把抓过钱来，高兴地喊了一声奶奶。还主动让奶奶抱，嘴里欢喜地说着，悦要买娃哈哈，悦要买饼干，买纸包糖。嘴里说个不停。母亲在电话那头跟我讲这些时，语气变得明快而神气。看得出来，悦儿已成了母亲幸福的重要部分。

　　悦儿走路很快，她几乎是在跑了。人小小的，却跑得飞快，也不摔跟头。她姑姑说她就是太匪了，在家里翻了天。是东西就乱扔，碗都被她不知打碎了多少，连开水瓶也用脚踢烂了好几个了。奶奶在家里给悦儿积攒了很多鸡蛋，拿去给她吃。她却用脚去踢。奶奶说，不能踢的，踢烂了就不能吃了。悦儿就是不听，拿脚去踢，还跟奶奶说，我要踢烂它，让奶奶再担来。

　　有时候，晚上睡觉都想到了女儿。她叫着爸爸，把我的心里叫得一阵又一阵地暖。悦儿妈妈老是跟我说她好想悦儿，她有个想法……其实我知道她想说什么，我知道她是怎么想的。但我却用其他的话题转移了。在外面打工，因为太多的不方便。把孩子放到身边，真的会影响工作，无法去照顾好孩子。去请一个保姆还没这个能力。自身都难保，哪里还有钱去请别人呢？

　　想念女儿时，我们就给她打电话。高兴时就跟我们说很多话，不高兴时就一句也不出声。有一回我和妈妈给女儿打电话，女儿在那头用力地亲我和妈妈，发出"吧吧"的亲嘴声来，把我们的心亲得一阵又一阵地酥软，是美的妙的甜的。女儿真是聪明啊，她用触景生情的"艺术"打开了我们所有的河流。悦儿，悦儿，我轻唤你。你与我是那么难以割舍。你在我们的河流里。

远方的女儿，想念就像一场重感冒。在点燃的香烟里生出男人的咳嗽。咳嗽在别处，我感到难过。

下雪了。湘西南的夜晚会很美。悦儿在这美丽的雪山里，她是我们最美的小公主。等悦儿再大一点，就把她接到南方来，接到爸爸妈妈的身边，我们天天和女儿在一起。

我越是对故乡想念得紧，故乡越是离我更远。远得如一粒雪。

下雪了，客里山下雪了。

那天早上打电话回家，才知道家里下雪了。雪下得很大，我已经很多年没有见到雪了。雪就像我们的初恋，它让我的心灵清澈纯净。那时，在山林里，在石坡上，在田野里，我们都拿雪当武器打雪仗。你追我赶，玩疯了，都不觉得冷。那时，我们天真无邪，像雪。有着天真的明亮。

第三辑　一朵花的意义

对一朵花说出自己，这是一种自然的表达，更是一种灵魂的交谈。花从来不需要给诉说的人回答，她只安静地倾听，她站在那里，什么都没有说，而她却读懂了你，以及这人世的酸甜苦辣。你也许发现了，在这里我把一朵花原本的称呼它，又写成了她。她，是温柔的，是可爱的，是迷人的，像她一样让你热泪盈眶。

一朵花的意义

我骑马归来，一切都已改变。

——格丽克

1

你站在那里，生活燃烧着自己。

对一朵花说出自己，这是一种自然的表达，更是一种灵魂的交谈。花从来不需要给诉说的人回答，她只安静地倾听，她站在那里，什么都没有说，而她却读懂了你，以及这人世的酸甜苦辣。你也许发现了，在这里我把一朵花原本的称呼它，又写成了她。她，是温柔的，是可爱的，是迷人的，像她一样让你热泪盈眶。

她也是她们中的一朵，听她们讲述生活的碗。生活就是一只碗，柴米油盐，人间悲欢都在这一只碗里。她们是生活中的镜子，像母亲一样良善，像姐姐一样温柔，像隔壁的邻家阿妹一样是清澈的。我们置身其中，照见的是完全不一样的自己。我们从那个地方出发，可否还记得出发的地址呢？我记得很清楚，母亲以往都会给爹酿酒喝。爹喝了酒，就有了一身的神气，没完没了地数落粮食与蔬菜，数落家禽与飞虫，甚至会数落屋门前的一株竹子，以及竹子上的雨露和阳光。种植了一生的男人，最终在我的另外一个远方，种植他的虚构。模糊和清晰的并不是镜子的外壳，而是镜子里的灵魂。

机会向来只留给有准备的人，这话说得真是一点儿也没有错。我并不急于去寻找答案，但我清楚什么可以宽慰我，治愈我，这已足够了。我写过的诗与句子，我见过的人和事物，我熟悉的泥土与路径，在一个人悟空的世间，在归去来兮的路途，在她熟悉的身体里。嗯，是这样，我好奇地打量过一个行人在人行天桥上发呆，我也跟着发呆。太阳的光打在我的脸上，又落在了我的肩上。公路上奔跑的不是车，是马，也不是马，是流动的河流，它们消失又出现，他们是直立行走的太阳，编织着南方个人史。你见过在细雨中与藤蔓攀谈甚密的种子么？还有噪声？我觉得只有噪声和种子才会反复猜谜，猜什么才能打发这无聊的境遇。一只鸟雀的姿势，让我想起了几何的城市数学。

我从小学五六年级就开始讨厌数学了，应用题中的那个从甲方到乙方，还有题目中老是出现的小明，这个全国著名的名字我一看就头痛。数学老师在台上讲，我就在大脑里天马行空地展开想象，无数匹来历不明的马都在我的宇宙中奔驰，我整个人的心思都跑到九霄云外去了。那时的老师特别凶，会随时打我们，我记得数学老师看到我流着口水在发呆走神，随手抄起一枚擦黑板的刷子朝我扔过来，扔过来的还有数学老师一句惊心动魄的话：我打烂你这个哈脑壳！数学老师说得对，我就是哈脑壳。

每当数学老师在上面讲课时，我就在下面看课外书。这种枯燥无味的读书，对我简直是对牛弹琴地煎熬。我实在无法再待下去了，我就跟学校说拜拜了！可是语文课成了我整个少年经历的硬伤，经历的语法与病句并存，也与人间的疾苦并存。逃离学校的少年在社会的丛林吃尽了生活的苦，对饮尘世的米酒，我在粮食的归途琢磨一种欢喜，是钢筋水泥翻新之后的欢喜，是城市呼啸而过的火车的欢喜。

生活也熄灭于燃烧。要怎样的辣，才能征服故土与风情。只有那种小米椒才够得上客里山的辣劲。昨日的雨雾还在弥漫，锅碗盆勺也在厨房里默不作声，默不作声的猫和老鼠也在厢房的一隅，它们更清楚炊烟的袅绕。使劲地挥动锅铲，使劲地挥动。挥动。挥。动。不出声的事物与植物的思维也辣辣，方能辣出湘西的感觉。也只有小米辣椒能精准找到隐身的生命，一个人的出生地是永远的气质。挑担的肩膀从左到右，再从右到左，水田中间的那口井在马田、在蚂蚁塘、在对门岭的柏树山下。你对着一口井，照出了天空中的自己，你笑起来，水就荡漾开来。把水桶放好，扁担熟悉了你的力度，也同样熟悉了水缸，水缸里的水也在灶台，箩筐和扫把在厨房的角落。关于围裙，那是生活的常识。人人有责的围裙，以及小锅里的灰烬，都不可避免地照见了窗上的光线。光和线都浸染了太阳的虚构，这种子一般的光啊，我用了非虚构的柴米油盐，它们是粮食的无数粒梦境。我的角度刚好能把这一切看得明白，真的看得明白么？我甚至开始怀疑往事是否也是虚构：红薯应该早已对忐忑的命运烂熟于心。

太阳停在那里，太阳停在一只蜻蜓的羽翼上。

太阳翻来覆去地修补着每一根窗木，太阳顾及周身，也从不畏惧。太阳啊，这何以辽阔的阳光，仿佛我手里捧着的诗集翻过了一页，一页。这一页是月光，也是繁星的街头，八卦一路，美食街上的消息层出不穷。城市里漫步的男女，随手摘下一朵夜色。

散步的人，听从脚步的指引。在散步的路上遇到一家花店，无意看了一眼它，有点喜欢。我问老板娘，这是什么植物？老板娘说，碧玉。我突然脑海里涌现出了唐代诗人贺知章的《咏柳》一诗来："碧玉妆成一树高，万条垂下绿丝绦。不知细叶谁裁出，二月春风似剪刀。"可贺知章这诗里的碧玉除了跟我眼前的"碧玉"名字一样外，几乎没有什么关系。有一点是显然的，在古代很多诗人愿意把碧玉用来形容长得好看的女人。由此可见，碧玉隐喻了美人。美人的碧玉自然是灵性的，也是温暖的。摆放在窗台、茶几、书桌上，碧玉温润鲜艳，一身生气，文静而优雅地看着你。

这样的碧玉，哪怕只是小小的一盆，也盛开着一年四季的生机与自然的祈福。就当她是个小美人吧，她的美有自然的清澈，也有温润的可爱。如果我对着她轻唤：小美人，小美人。她一定会笑得更美了。

我就忍不住笑了。我还记得去社康（社区康复站的简称）打了第一针疫苗，没想到给我打针的竟然是以前打过电话给我的一位护士。她打针的技术确实好，一起前去打的朋友说，他原来最怕打针，怕痛，现在怎么一点感觉都没有哈，说明这里的护士真是有水平。

从社康返回时，发现天气冷了很多。我穿过人行通道，在拐弯的一个出口旁，看到一个用竹子在编织花朵与虫鸟的手艺人，他编织的鸟活的一样，跳动着，他编织的花朵盛开了一样，在摇曳。一对年轻男女忍不住停住了脚步，看着手艺人在编织，女的用手指着立在地摊上的一朵编织好的花，赞叹不已。男的就只是笑，看看女的，又看看手艺人，还是笑。

他们准备走了。手艺人叫住了这对年轻男女，他站了起来，从地摊上拿起一朵编织好的花，颤着身子走近了女孩，把他手里的花递给了女孩，他说，看你喜欢，我送给你吧。女孩不好意思地接在了手里，又看了一眼男孩，男孩也不好意思了。手艺人又对着男孩说，看她喜欢，我送给她吧。

等我完全走出了人行通道的出口，我就朝着外面湖水的石子路一直走，一边感受刚才手艺人言辞诚恳的语气，一边想起了女孩难以掩饰的微笑。我突然觉得手艺人编织的不是手艺，而是一枚生活的诗篇，动人心荡。

站在地铁出口，我经常会错觉地置身于那一列南方的火车。我奔跑，奔跑，奔跑，我模仿晚年的母亲站在连绵的雨水中。我的梦境一会儿在现实中，一会儿在现实的梦境中。好听的歌，除了词，还有可以循环的旋律与感伤。现实是一条慌乱奔跑的小狗，让奔跑越过黛青的树影，母亲要赶在暮色降临之前去喂几只鸡鸭。门前的白菜和辣椒，还有杨梅树，偏厢房不远处的一块菜地母亲落下的锄头，泥土散发着多么朴素的光芒。

2

雨在昨夜究竟下了多久。

大地上的泥土，一棵树的命名以及鸟巢的路径。

通常是这样，你看到什么，什么便已经展开。你看那想从楼台上取景的云，她也是你心里的一朵。她抬起头正好撞见了你、静默的树枝和不见其踪的风。从早到晚，你究竟在构思什么呢？南瓜与豆角，以及植物的去向，一种角度的展开。错过的已然错过了。是啊，想想还能想到哪一种程度：原本想爱的却未必认真去爱过。

我不相信命运的眷顾，但我愿意信任宿命的热爱，包括我小心翼翼的善良，我在努力行走的每一步。我希望上帝能够像我的名字一样，带来生活的吉祥和美好的祝愿！那辆在斑马线上停下来的小汽车，她的等待，对于穿过人行道的我，有一种莫名的感动。

　　与什么样的人有交集，这需要机缘。强求不得，也强求不来的，那些酒局上所谓的朋友们，举起杯子来称兄道弟的，好像在座的个个都是兄弟。殊不知，这个时代适宜孤独。独处是治愈这个时代的一剂良药。

　　地铁上的男女，时不时发出欢笑。她用一种眼神，亲吻了鼓荡的风。风也有它们的颜色，但并不是每个人知晓。一座楼和窗户下的豆角藤，紧贴钟声的呼吸。她们的笑声刚好经过。

　　我喜欢独自骑行。城市的风还是这般春风荡漾，愿意任它们尽情地吹拂。路旁的树木和野草，从来不排斥这喧嚣的白与黑，树站成树，野草拥抱着野草，唯有这看不见的风啊，在召唤着不动声色的它们。孤独吗？寂寞吗？忧伤吗？

　　只要你愿意抬起头来朝月亮看看，你一定会看到她在冲你微笑。

　　它们编织的金黄，只有大地上的翅膀知晓。我隐隐担忧的已无关紧要了，白云自有它的白，彩云也自有它的雕刻般的花朵和沉默。它们是房子周围的交谈，有时候枝与枝叶，草与草地，风与风筝。从空间的纬度生长着一座山，我忍不住推开它们的眺望。

　　当别人不理解你时，你把这种不理解当成一种动力。生活的暗黑时刻总是考验一个人的耐心，如何能够真正地突围，其实只能依靠自己的耐心和忍耐力。

　　我们能成为怎样的人，环境是有干扰，但真正影响你的还是我们自己。别人怎么看你，只能是一孔之见，你如何渡过自己的不安与羞愧，我们问心无愧，努力去做一个更像自己的人就可以了。有些事情和人，看破不说破，看透不说透。难得糊涂才是真见，才是境界。

　　镜子是我们身体里的另外一个罗马，只要你愿意，都可以抵达你的罗马，你有多久没有刮胡子。你看一只鹅的面积，都保持了菜地的一角哈。你看看鹅掌有几种写法，这个不需要标记问号的句子，回答需要怎样地宽慰。栽种数年的树们不过是时间，你还在等什么呢？与铁有本质上的相似，它们根本不屑拥有悲伤。隐忍的它们，铁。它们是动人的羽毛。

为什么我们不坐下来，好好地聊聊这天气呢。

一个人偏于低处的生活越多，有趣的共情就会生长得越结实。深刻并不见得要赢得什么，而是自我交谈的一种虚度方式。享受孤独的人，生命最终会以丰盈的个体经验抵达灵魂的高处。

还有更重要的东西。江河日落的灯盏，一条船与另一条船，它们会在太阳落下的水上，那样黄昏也无法伤感。建筑的大地与远山，美术作品展览的日期很醒目。覆盖的水彩与田野上的耕作，作品从未抹去错落有致的晚霞，晚熟的人和楼房，万家灯火和星空。对我来说生活是绵延的现实，关于南方的雨水和阳光，关于生活的热爱和热爱生活的你。波澜的美术与你展开了交谈。时间，钥匙，你，还有亲人，以及河流中生长的事物。

从城市到剧院站台，最后一班地铁，我们是否又读懂了自己。

停靠了一个星期的渔船，码头上的雾都去了哪里。在生机勃勃的万物中，我仔细想了想一个他们的问题：她调成太阳的频道，会发现有哪些不同，朝霞与夕阳都源于太阳，又有什么不同呢。真，是生命最优质的醇种。不惑，是因为清醒地认识了自己和自己的生活。通透的生活在你往后的岁月，越成熟就越羡慕真，珍惜真，热爱真。社会的残酷和现实远超我们心中所谓的生活理想纬度。但只要心向光明，微笑面对，也没什么大不了的。太阳照耀我们的地方，一定也有阴影的存在，那又如何，孤独与煎熬的时期，调成太阳的频道，你会发现完全能拥有不一样的自己。

你看见那只蝴蝶了吗。

一只布谷，或者南飞的燕子，更多时候一缕阳光停在窗边。我站在成人的院墙，正苦恼着，我伤透了这难得的想象。

对不起，我应当清楚的。你应当清楚昨日小寒，她在今天挑着事物的担子。扁担坦诚地接受了她一生的命运。即使我脚踩泥土行走，也无法学会她的神气，也无法成为庄稼地里的她。我不是个务实的农人，这一点我愧疚滋养我的大地和庄稼。树枝上的鸟，我也无法知晓它们的名字，没有一只停下来的意思。飞吧，树枝上的翅膀；飞吧，漫长的一生都是爱的戏剧。好多故事已经错过了日出的台阶，你不得不承认自己的停顿，面对人间的另一种寓言。

我们生来彷徨，我们生来悲伤。一只鸟与她们的对视。

热爱的事物，哪怕是虚度，都会有生命的刻印与虚度的美感。我们原本以为熟悉了生活和生活里的自己，殊不知这样的熟悉不过是时间给出的一种假象。等到真正具体的事物和人出现在你眼前时，你才发现，你所经历的种种就像一个梦境。醒来，你会感到一种前所未有的孤独，那是一种陌生而遥远的感觉。我们熟悉的生活和人物，也许仅仅只是时间给出的错觉，我们从来就没有真正地去审视和读懂过自己。

孤独，隐忍，虚度。我应该再沉静一点，再耐得住寂寞一点，要在生命的深度中去虚度自己，而不是在俗世的一地鸡毛中沉沦。真正的虚度与孤独，都应该是生命的隐忍。而隐忍，就是自然而然、无为而为罢了。

生活的铁，南方的铁，我们身体里的铁。

五号路锤打的部分，每一块铁都散发出了金属的火焰。打铁，打铁，打铁。寂静围拢的铁，算不上真正的铁，我们只不过模仿了铁的品质。这两块铁是忘记不了的：张得恩和陈路军。这两个来自内地的大学生，跟我比起来，一块是炙热的，另外一块也是炙热的。我不过是炙热中难以理解的炙热，难以理解的一种炙热。对啊，他们也各自怀揣了一块铁，我无法知晓铁的坚硬和炙热，我以为我读懂了这锤打的生活，五号路过去就是六号路，转身即是松坪山。铁皮棚上的铁皮跟铁没有关系，门上的锁是铜的。

夜晚喜欢这样重新认识他们。重新认识她们。

搬运的体力，活跃了莫名的欢腾。吃苦耐劳的吃，同吃饭的吃，意思当然不同。你要是愿意重新认识它们，可以不同程度地去搬运一些杂什，去吃一些苦。广告牌在铁的背后。站台，报刊亭，宿舍楼上的女工衣，在快餐店就着自来水龙头喝水的我们，口渴的正午讲述着去年的流水与往事的汗颜。她们手里的工卡，也是握着的一块炙热的铁，她们用身体修补了铁的漏洞，南方的铁，注定了她们的热度。从一块炙热的铁开始，科技所引发的沸腾，是荷尔蒙无法抵抗的工业。她们后来也成了铁。

晚娘和她的那座低矮的屋檐房也是一块铁。

那是一块怎样的铁呢？两棵稠树下，那座低矮的瓦檐木屋土砖墙的房子是我晚娘家的。村子里的木房子土砖屋基本上都已经拆除了，都盖了新房子，只有我晚娘的房子还是我们小时候看见的那般模样，从未改变过。晚叔也早已过世很多年了，晚叔原本是大队书记，肚子里也装了不少墨水，但到了晚年和晚娘两个人的生活境况让人感伤。晚叔的性格让他很不讨人喜欢，很快也不再做书记了，他们的女儿老皮得了肝癌离世。两个儿子，一个叫老丁，一个叫老乐。老丁已经六十多岁了，一直打着单身。老乐呢？近五十知天命了，也是光棍一条。老丁为了照顾家里八十多岁的晚娘，也一直在家里干点农活，打点零工维持生计。老乐呢，就长年混迹于南方的城市，没有人知道他具体在做些什么？我还清晰地记得小时候我还在念书的时候，老乐从南方打工回来，戴着黑墨镜，穿着喇叭裤，扛着双卡录音机在屋门前的土塘上，洋气得让人羡慕。后来，我就很少再见到这个如此洋场一担的老乐了。他就像一个谜，存在于南方的城市里。这就是生活的命运吧！每个人都有着他不可绕过的宿命，你不得不承认命运的残酷。

晚娘屋门前的两棵稠树，多么像如今的老丁和老乐。他们站在那里，什么都不说，但又感觉到什么都已经说了。这使我想起了鲁迅先生写的一篇文章，我家门前有两棵树，一棵是枣树，另一棵也是枣树。

托尔斯泰说，每个人的心灵深处都有着只有他自己理解的东西。想想，确实是这样的。就像老丁和老乐，谁又能真正地去理解他们内心的孤独呢？

锦花路上的树，从新安四路排到新安二路，从新安一路再到公园。比公园还要清澈的寂静，它们找到了我。我刚下班回来，我手里的这枚钥匙，是打开南方的钥匙。从未离开过的南方，我一直在南方。我在眺望小学与工业区，会有一个怎样的场景与名字，穿过苍茫的自己。

3

在低处交谈的灯盏，它们错过了经历的人。

几个人在诉说什么，八卦的事物是人们所迷恋的章节。岗亭立在广场的一侧，它是我戒下的烟雾，饱含一种昆虫的心事，在后半夜也有心事的昆虫出没。那时知了反复地吟唱，反复咀嚼行人的脚步，路上有什么细节值得谈吐。我爱过的人已经不爱我，路径布满了命运的泥巴，越是挣扎的越是把你困住。我们的一生都在最初，重生，出发，追寻错别字和口误，城市的灯芯一直在闪烁。

失眠，是我遗弃的烟蒂。我曾重复弹去这手里的烟雾，往事在你的眼睛里流动。

不敢打破束缚的勇气，是飞不远的。我宁愿是一只笨鸟，也要学会飞翔的笨鸟，而不是那种躲藏在生活中的鸵鸟。说起飞鸟，就有一只雀鸟来到了我的窗前，它不停地摆动尾巴，翅膀在抖动着早晨的太阳光，还发出喳喳的声音。我想，它应该是在跟我打招呼。

一位科学家说，时间就是运动。看了一个关于宇宙与我们存在的视频，科学知识真是让我大开眼界，让我感受到在宇宙的时空中，科学的魅力是无限的。

坐在美人树下想，做一棵树也不错啊，树在哪里生长，哪里就是她的一生。她从来不会离开自己的地方，不会为浮云所动，简单而安静地活着，无论风雨还是阳光，她都坚守一种植物的隐忍。我觉得应该向一棵树学习，学习她享受孤独与单纯的一生，还有坦然面对大地与天空的朴素。的确，也只有人才会对她产生想法，影响她的去向。正想着，突然一朵美人花从树上掉落，撩到我的头发和耳朵。

母亲在地里每抡起一回锄头，就往手心里吐一把口水，泥土奋不顾身地为她心颤，母亲也是庄稼的美人。我们曾以为熟悉了自己，一只醒着的猫在叫唤，隐姓埋名的经卷有你，经过的春天又重新回到春天。盐粒，孤独，羞愧，咳嗽，写字的手按下指纹：打卡。你打过卡吗？你看那白鹭任何时候都很白，她们可以隐喻很多河流的对岸。在面包上发酵的芝麻、面粉，以及它们安详地隐居，轻轻推开门扉，暮色苍茫应声，明月和星空至今也保持了我们一生的梦境。

面孔，每一张都是影子。坐在草地上晒太阳的人，影子躲在他的身后。随他去吧，你坐立在阳光的枝头。你是一枚遗忘的鸟雀，雀是雀巢咖啡的雀，鸟是什么鸟呢？穿运动服的女人牵一条小狗路过，她的手里捏着一瓶丝滑拿铁。她拿起来喝了一口，她揭开的盖子就滑落在了你的眼前。盖子上写着"开盖扫码，瓶瓶有奖"。虚度阳光的人更容易悲伤。你才发现树林里没有一根关于飞过的羽毛。

不同的光照构成了橘黄色的密度，这样的橘黄也构成了无数个生活的橘黄，要用很细腻的工笔才能描摹，正在填写稻子与南瓜的档案。你仔细观察灵魂，出窍得仿佛爱过的一段。一座大厦有一座大厦的高度，一棵树枝有一棵树枝的浓郁。发往春天的书信，只有邮戳知道她们的日期。关于红尘与马车的响声，只有响声知晓它们。在我们理解的范围宽度，沉默的烟蒂在水流里旋转，像表白的植物，正好昆虫也醒了。只有雨水知道，种在心里的那个人。

有些话说了也好，有些事做了也好，有些人远了也好，有些路走了也好；有些酒喝了也好，有些苦吃了也好，有些爱忘了也好，有些花开了也好。擅长白话的我们，已经适应不了对联里的富贵与和顺。到底是石头赢了剪刀，还是你手里的布输给了剪刀。输赢并不是重要的，重要的是看淡输赢。她们在那样沉寂的枝头被城市的太阳亲吻。我忍不住掏出一支烟来，并不引人关注的火焰，是大地赐给了它们的光亮。

几棵青菜在一小块地上，它们不过是一碗胎记的故乡。南方的围墙与栅栏，被昨夜的月光一遍遍地翻出，翻出的还有情话与笑声。插画的人，手艺向来粗笨，看画的人，她在想，如果蔬菜也是生活的构想，那些藏于泥土的经历，也在经历十二种想象，像停留在树枝上的另一只鸟，它们在等待什么呢？

爱过的人结成一排，与所有的事物站在了原地。斑斓的红是你所喜欢的，咖啡和运动饮料也是你所喜欢的，你应该不止一次地去过城郊，你在早晨的公共汽车上假装打盹。那里的庄稼为何那么生动，蝴蝶才微微张开，细小的甘露却落在了你的肩膀。你拍了拍肩膀，玻璃窗上起了花朵一样的雾。你确定还要绕过这一小块蓝么，孤独的人在哪里都是独孤的，爱过的人在哪里想起，慈悲的泪便在哪里战栗。

不要问，就当雨在风中，就当剩下的这束光呢，让它们走动在店面吧。埋头赶路的人，错过了夜空星星点点。报刊亭还立在不远处，那时第一时间出现的消息，都围绕着报刊亭走动。可如今，走动的人，读报的人都哪里去了呢？他们隐姓埋名回了深山，在深山栽种，在深山砍柴，在深山放羊。有多少往事可以重新回到这桌前，错过了的已然错过了，哪里又能重现。还记得那本书吗？记得。你怎么老是对着墙壁出神，发呆也是一门考验人的学问呢，跟你说了你也不会懂的。看看这墙上挂的字，只有老板才会痴迷这生意的字。乘风破浪，发财，好事发生。我很好奇谁会在玻璃瓶里插上朵朵花枝。依我看，模仿一直是人间手艺。手艺人在大街小巷比比皆是。这雨，是手艺人的口诀，他们的手艺跟雨有不可言说的关系。我根本没有带伞。我看见兰州拉面店的老板，端起了一杯热开水，他做拉面的手艺别开生面，面在他的两只手之间不停地跳舞，雨说下就下了，不留一点余地。不留一点余地的必须是雨，雨啊，那就请尽情地下吧。我曾去雨中寻找答案，也曾去一只猫惊飞的地方。

雨一直在淅淅沥沥地下着。

说起兰州拉面，我的大脑里就蹦出了"郑州"这座城市。

我是去过郑州的，这一点无可置疑。我还去过郑州大学，你信吗？那时写诗的老个在郑州大学读书。郑州的语言有中原的庄稼气息，每一个句子都使出了面条和馒头的口味。很多时候，我错觉兰州拉面就是郑州街上冒着热气的面条和热汤。我在人民广场被一辆人力三轮车吆喝住了脚步，那个贩卖蜂蜜糕的新疆男人给我上了人生第一堂课。这堂课告诉我应该记住一些生活的插曲。我是在火车站的售票厅临时决定要在郑州停留一宿，本来我的列车从山东济南返回故乡的湘西南，我清晰地记得有个从中途站点上车的男人，在即将抵达郑州火车站时大声喊出了唱腔的激动啊，我的故乡，我亲爱的故乡。我终于回来了！

我和老先生在铁轨与列车呼啸的碰撞中沉思与回忆。刚从一片大海的波澜壮阔中我们试图交谈一生，直到回到陆地的人民广场，在郑州火车站的候车厅里因为争论一枚车票的日期老先生和我隔开了两个故乡。一个在车票的背面，一个在车票的正面。老先生上了列车，继续南行。我决定留在郑州。

老个和我在他租房的铁架床上，聊起了海子与艾略特。窗外的郑州正是三月最好的时光，饱含粮食的阳光，遍地生长沉寂的阳光。沉寂又都只在片刻之间被城市无数的喧嚣覆盖与隐藏。有人在用收音机调频一首好听的曲子，我看见老个趴在床上写下了分行的诗。那是关于生活的郑州理想的郑州诗意的郑州。必须承认，除了郑州我们心里只剩下了无数沸腾的诗句，我们踩着郑州的月光，想起了写诗的李白与杜甫。我们也各怀少年的姑娘，就着酒里的朦胧与醉意，聊起了未来，以及未来诗意而漫长的一生。没有人知道她们的名字，就像没有人知道此刻的我们，两个曾在郑州这散发出来荷尔蒙的诗人。美好的事物比我们的一生其实还要漫长，隐名埋姓的诗与诗人，我们对大地的宽阔一无所知。去往南方，大海最终成了蔚蓝隐喻的部分。在粮食与经历的往返之间，大地对她们也一无所知，等我们明白了真正的诗意，自然也就成了我们一生的想象。

郑州暮色下的寺庙与植物，诸多万物之谜也在这暮色中。郑州在雨声中慢慢沉寂了下来，没有人知道一场经历的讲述。致敬，敬畏自然、敬畏大地、敬畏那个穿越风雨的人。

数一数这大地上的星辰，拥抱阳光和诗意的人都能过好这一生。

4

每一朵花都是每一粒汗水的虚构。

到了南方，我在这个小镇上就喜欢上了吃烧鸭。每每坐下来，小食店的老板娘就会笑眯眯地看我一眼，一边大着嗓子问我：来份烧鸭，加小小辣椒。一边在砧板上咚咚切着杂什。我一直记得这个细节，这细节里有音乐的节奏，有音乐的气息。尤其是老板娘的南方方言，隔着一枚浆洗的广东方言啊，听不太明白，但越听越好听。你还别说，听懂了这里的白话，就听懂了一种生命的韵味。这高州的豆腐有其独特的秘方，街巷里现做现卖的回声，是生活最现实的写真。这尘世你有多在意就有多孤独，这太阳你能多躲避就能多炙热。你敢喊出自己吗？很难。不要小看了俗世的细枝末节，旁若无人的吆喝谈何容易，有诸多的不容易，嗯，不容易。我听见蔬菜与粮食的呼吸，它们有说不完的秘密。

我想起了油菜花为何在二月盛开，这是我的一部中篇小说，我在里面写到了我的晚娘菊珍。你想不到吧，或许根本不用想，低处的小人物命运又何等的相似，在现实中她们又是何其的卑微与安于本真。这么艳丽的，让人晕眩；这么迷人，让人不能忘却。深刻往往能生长出一朵深刻的芬芳。一只蜜蜂在蛰伏的泥块上，有些过于松软的细腻，有些过于坚硬的沉默。我一般很少喝酒，但昨日的劲酒有点度数，我醒来了，可酒的劲头还在。对着一杯明月的水龙头，水在流动，明月在明月的上空。来吧，不要客气了，来一碗热气腾腾的豆腐，胜过坐手扶拖拉机去都梁。这是我的又一枚短篇小说。都梁在哪里呢？不过是一个小县城而已。消失的夜风，它可还记得你爬过了那么多楼。久违的清灰与棕红。深夜有雨，近处的石头不好意思说谎。可说谎的人间依然热闹非凡，生意兴隆。

我们就把车停在这路边吧。我每每想起乘坐老孔的电动三轮车就忍不住笑出声来。我无法拒绝歌谣与赞美诗，包括在标点与符号之间隐蔽的足迹。从瓦檐上望去，望梅止渴的雾，戴眼镜的，对讲机，打点棒，每个墙上的光点，它们都是二十四小时圆钟里指向的嘀嗒。嘀嗒。你的思考也在嘀嗒。我知道铁轨穿越一座大桥的决心，我知道一个人心里有无数的马达。很少人去关注一朵花的镜头，但我愿意。也很少人对一朵油菜花的镜头感兴趣。返回的日常，日常也在返回的生活路途。在停顿与喘息之间，难以启齿的疼，难以启齿的又何止是疼，还有羞愧，还有羞愧的艰难与困境。辣椒也是我疼爱的部分。你很清楚，也很明白。我坐在花园的椅子上，这跟失眠的人有什么不同，不同的是我在失眠的南方与一朵花的失眠交谈。

南方一年四季如春，也一年都处于夏天的状态。知了的心事与整个夏天，都保持了一个手艺人的去向。手艺是一门技术活，也是一种人文科学的饭碗，更是一个人敬畏生命的劳动品质。我还是想起了那个在地下人行通道里唱摇滚的中年人。他还可好？他的歌唱得真好，深情而动人，我停下来听时，有个长得好看的姑娘在不远处也停下了脚步。她倾听的样子，胜过琴弦上所有美妙的音符。

唱歌的人歌声里只有他自己。每个人的路径，都由他自己的命运构成。好看的姑娘自然也从歌声里返回到了生命的中心，她在自己的路径触动了属于自己的部分。我想辨别风的方向，风的模样，大海的波澜壮阔让我暂且忘却过往感伤，生活羞愧的困局被层层叠叠的海浪翻涌，翻涌。翻涌的生活啊，翻涌的人，愤怒和理想都不过是一阵风浪与激情，用方言缝补的疼痛也将缝补这尘世，用命运抵抗命运的意志也将意志的命运抵抗。你的胡子在大海上散发宁静的气息，你的胡子在洗手间的一面镜子前落寞而苍茫。

无数的人放弃小心翼翼地讲述，在剃刀的抒情里展开往事。

往事朝着我，马不停蹄地眺望。

为你读诗的人，在人间种菜，浇水，看山羊晚归。杨梅树积攒的一枝雪，请屏住呼吸，不要大声张扬，花朵会恰到好处地落下来。堂屋里的长凳上坐着她，我的姆妈、我的娘、我的母亲咳嗽。可以把柴火燃旺的咳嗽，停一停，再咳，我的心里就痛出了眼泪。元叔扬起她结满老茧的手，挡住太阳光，她在劈柴。杨梅还在树上沉睡。

萤火虫的梦话真多啊：一个女人的轻唱从油岭村慢慢浮出水面，毛马路上的山雀，它们跟蜜蜂时隐时现。岩石潭的水清澈而深邃，她在龙子桥的一家店铺想起了什么？

剥开橘子的是月光么？称一斤沙糖橘好，还是称半斤沙糖橘好呢？对着凉西门的出口，她陷入一场庄稼的研究：她几乎没有踏过学校的门槛，那是一种怎样的高度，只有学校的门槛知晓。"偏来照我，知我白发不胜愁。"宋朝的这句诗并不影响她的发问：我坐飞机去过上海哩！我也到过长沙、深圳。坐地铁跟坐飞机没么个区别。我不管坐哪样车从来不晕车的哩！

她在偏厢房，每投一根木头，瓦檐上的炊烟追赶着炊烟，这深情的告白，针管结满了二月的油菜花。她是那个打鞋底的女人，顶针已经生锈了。他在堂屋里跟她对视，她一怔，他还在朝着她笑。当真老不死的人哩！她想骂一句，却开不了口。她不知道自己是个诗人，她经常不经意的念叨。他是她的男人，男人叫令色，女人是元叔。元叔是我们的姆妈，我的娘，我的母亲。母亲今年八十七岁。

地铁上的两个母亲，一个母亲在对另一个母亲说话，一个母亲就对另一个母亲笑了。她们说到高兴处，就把头挨近了在小声交换一种母亲的秘密，母亲的神气，母亲的角色。我分明看到了一位母亲的鞋子是布鞋的颜色，一位母亲袜子有修补的尺寸。这两个女人不动声色的尺寸与颜色，让我感受到了一道闪电的谜底。我好像也参与了她俩的谈论，雨落下来要到达的地方。

可是呢，我对于心里的一些话，只能把一些话说给木头听。而我心里的秘密，我更愿意说给一朵旷野的花。最好是一朵无人知道的花，你不知道她的名字，我不知道她的来处，她就在那里盛开，只为等待我，等待我跟她说出藏于心里的秘密。身处俗世，生活的道理都懂，命运的曲折却并非你所想象的那般。苦中作乐的菩萨，即使不发一言，诸多失眠的夜晚，我们看见的只不过是夜晚。

鸟雀绕枝飞过

1

我想起了一个人的良心，静寂的时针在走动。

女人坐在时光里，像她们的母亲。我此刻很想与你谈两句，就像说给母亲的安慰。

尘土中的毛草在乡村的想象里低头不语，沉默不语不代表无话可说。沧桑中的漂泊和漂泊中的沧桑又有什么不同呢？行走的工牌和编号停下来，像一株母亲身后的异乡，盛开细小的自己。普照万物的光，暗下来就有了伤。有些爱和人只能亲近你的伤害与孤独。

阳光那么美好，风抚摸你的影子，无法带走的痕迹。话题重叠。路径重叠。无趣重叠。重叠。重叠。重叠。出演的话剧，人物、脸谱、角色等等，她和她们应该去上舞蹈课。没有摘下的袜子闪滴着汗臭味。奔走。奔走。奔走。相告的行为与艺术为肩，肩膀上的花朵想减去指示牌。书生不读书还能做什么？发呆和假想成为一种虚构，虚构一无是处的美碎在水里。谁没有过困难呢？谁没有过归途的难言之言。你在车上，她们在车上，你在交谈的路途下落不明。

对着一扇门，轻轻喊出：你好。

九点多钟一支燃烧的烟，在接近中午时你才想起，它已变成了过期的烟蒂，无人再想。

跑步的空调，一个老外和他的女友在吸烟区。这年头能真正温暖人心的只有爱。那么问题来了，这年头还有真爱吗？当然我指的是男人与女人的那种缠绵的爱与情。我对那样的爱并不敏感，有时好多年了，都没有她的陪伴，也习惯了。习惯了独自一人发呆或遐想，以至于还一直以为我的生活就是这个样子的。我真的不敢去触摸从前了，一点一滴润了唇，都能让人有危险的疼，在身体的河流里动荡翻腾。在我的故乡，我的母亲从来就不会写"爱情"这个词，她这一生都没有这个能力写出来了，她是个文盲，她已经八十岁了。母亲一生都跟着父亲，从不嫌弃贫穷。后来有一天父亲老得走不动了，就成了山坡上的一棵树，母亲要是有话无人可说时，就说给树听。她说，你当真是个何等阴险的人啊。我问母亲，怎么能说你的男人阴险呢？母亲说，他抛下了我，自己倒一个人落得轻巧了，可以好好打他的字牌了。父亲生前最爱打字牌了，除了字牌喝酒也是父亲的最爱。我一直觉得父亲是个有气质的男人，他的气质是什么呢？我想了想觉得是他不抽烟却眯缝着那双小眼睛的样子，有一种吸了一口烟吐出袅袅烟雾的严肃。只有我知道，母亲那么数落父亲，数到阴险，其实是用了一种黑色幽默。我突然很动情，这个被我低估的女人，母亲就像庄稼地里的泥土，散发着哲学的芬芳。她误入歧途的爱憎，在她的男人身上竟然生长出了爱情。不会写爱情不懂爱情都无关紧要，要紧的是她在父亲的生活里研究出了成果，当风轻盈地朝着我们微笑时，庄稼和植物都有了某种意义的等待，这样的等待，我把它们都看成是一个人灵魂的地址。

哪怕是模仿的爱情。其实很多事情没什么大不了的。只要你靠得住内心的温柔和力量！嗯。你的话无中生有，不出声处带出思想的宽度，不说出来还是那个自己。改编过的曲子，用心听，还是蛮神奇。

沉得住气的人才能撑得住一望无垠的风景。

公交车在快速地穿行，经过一些绵密的工业大楼。那些穿着工衣的男女，在每一个站台被抛下或者被拥乘。如果好彩能占有一个座位，那当然是非常愉悦的事情。落座的男女，有的戴着工作牌，有的挎着包，有的抱着双臂伴靠在后座上闭目养神，有的干脆装睡以弥补昨晚睡眠的缺失。

遇到动情的细节我总忍不住眼眶发潮。一个容易感动的人无非两种：要么内心脆弱，要么已经老了。时光如同一个擦肩而过的美人，她永远成为你想象的背景。每个人的背景和境遇的不同，造就了无尽的未来。

站台里两个挑担的人，他们急不可耐地挤进刚停稳的公共汽车上，站台还有来送别的人，车已启动了，他们还在手忙脚乱的样子，一脸的汗水。有个在忙乱中朝窗外招手的人，让我莫名想起了唐代诗人王维的那首《送别》的诗："下马饮君酒，问君何所之？君言不得意，归卧南山陲。但去莫复问，白云无尽时。"

那时，我在那个小镇上相遇了她。直到十多年以后的今天，我又成了一个人，干干净净的一个人。生活真是充满了嘲讽，独自行走在这个五味杂陈的小镇上，我还是原来的我，而世界已完全变了样子。"至少有十年我不曾流泪，至少有十首歌给我安慰，可现在我会莫名地哭泣。当我想你的时候……"一首歌的动情不仅是因为歌手的完美自然演绎，更多的是歌词本身散发的魅力。一个人经历过了才会一不小心被一首歌打碎。它穿越重重的疼与伤，把美好的回忆带给了自己。

小镇上的姑娘是少年心里的诗。

难听，难过，难懂又有什么？吃饭，睡觉，干活，越简单地去活越是多么地难。这种难需要保持一颗珍贵的心。小心翼翼地忍，朴素大方地忍，忍痛割爱地忍，这种忍就是修为，就是学问，就是能量。当一些人和物背对你活着时，你其实可以转过身来，面对她们。

面对的是一个人的羽毛，是一个人内心涌起的瑰丽的尺与度。

2

天使从来只途经人间，咳嗽使时间变得浓郁。

一件小事，放大它是什么效果？做实验的人在远处眺望。每天的穿着都是一次艺术。看着她们，你想到别人的爱情。那些旧邻的妹子，在纸上谈的都是房子车子票子，很少能听到独自浅唱的情歌了。女孩嘛，笑起来确实很迷人，她们的手指在会议室的沙发上来回地捻弄着。

你看看我，我看看你，大家发表各自不同的看法。一个人再怎么好看，现实总是绕不过去的。说的人比唱得还好听，表演者需具天赋，一碗菜与一个人的口味很重要。默默消化体内的骄傲！冰箱里其实有啤酒，喝一瓶脸红也就理所当然了。

与你一起乘电梯上了你以前供职的单位，在办公室你与同事们亲切地打着招呼。我看到你以前一个人的办公室已经属于几个女孩子了。她们问我是不是你的助理，你说，这是国内有名的青年作家。你的话让我温暖，尽管夸大了我的声名。她们对你的微笑，却让我感到了你内心的忧伤。与你下电梯时，才看到你眼睛肿了，你说，刚做了手术还没善后，等下还要去医院，不能陪我了。走出单位大楼，与你握手告别时，我把那本书送给了你。你让我打个车去车站，拿着东西太沉。我应允了你，等你走远了，我却把东西扛到了肩上，一路走到公交站台去坐公交车。坐公交车只需两元，而打车差不多要五十元。我的羞愧让我难过。

在楼下等你时，在便利店看到一本书，书名叫《最好的时光在路上》。在书上看到一句话很触动：自由灵魂的追求及向往。就买了下来，想送给你。在书的内页空白处我用笔写下了这句话：自由灵魂的去向及追求，最好的时光在路上，与你共勉。

我落魄的此刻与理想，如果遇见你，我不知道该说些什么？也许会问我，最近可好？也许什么都不会问。但这些已不重要，因为我乘坐的公共汽车已经到站了。细雨中我回来了，收到了你的短信，兄弟，抱歉，今天身体欠佳。其实应该表达歉意的是我。是我给你添了麻烦，是我又一次带给了你新的忧愁。多保重！

哲学家维特根斯坦说过这样一句话："对不可说的东西，应保持沉默。"

很多人活成生活本身的伤疤，这个疤没有任何的意义，因为只为了仅仅的生活而把自己丢在了不同的地方，远的近的，南的北的，星星望着远方，它们不说话。它们是人间留下的沉默，这沉默布满了失眠的斑。

生命是个奇迹。一棵树，一滴水，一块石头，一只昆虫……甚至于一缕从琴曲里演绎的曲子都拥有它们的生命。它们存在于我们的生命之中，有些被感动，更多却被忽略。

我和她们行走在红绿灯的斑马线上，那辆刚停靠的公共汽车却继续在路上向前行驶。

一个人在大地之上行走，天空就成了永生的想象。

误读和误解还是不相同的。在楼梯间遇到一句话：我其实很早就来上班了，你以为我现在才来么？他的发声滑向何处，何处的耳朵来完成莫名其妙的注释？

骄傲，无畏，独立。退一步，就可见海；进一步，可触天空。

高度在一个人的气质里复活。

3

低处的月光有几次碰到你的孤独，该怎么去学会赞美。

我不曾想过一个人的向度。那尖锐和平面的草木，藏于工业的河流，独立的独，重复过多的赞美不如感同身受的伤感。站在窗前，雨落了一地的村庄，回不去的故乡连个说话的也没有。寂寞成为茶杯里不出声的热气，一缕一缕荡成卷絮的山茶花。

爱过了就不后悔，有时我都难以确定这算不算爱，但当她真正离我而去，转过身去只留下她永远的背影时，我泪水有了撕心裂肺的疼痛。我知道自己将守住一份孤独与寂寞，活在她留给我的想象里。她说，你去找一个更懂得你的女人，她也许会更疼爱你。她的大意是她辜负了我的爱和生活，其实真正辜负爱和生活的人是我，我是一个失败的男人也是一个失职的父亲，在这个物质和金钱编织的时代，我所谓的理想不堪一击，它们是那么脆弱。我活在一个并不真实的自己里，我用天真和孩子气的梦想在虚构自己的故乡。

我抱着一棵树，我的内心在颤抖。孩子不明白我的处境，总是说，爸爸你要坚强，一切都会过去的。

爱到了今天，就走了样，褪了色。爱说到底是一个人成了另外一个人，她成了生活里的一个意思。一点意思也没有了的今天，我们的爱已经成了爱的点缀，只在漂亮的外壳停歇。那个可以与你分享贫穷和困境的人越来越远了，而贫穷里有等待，困境里有想象，它们其实才有了更令人澎湃的滋味。这滋味有着人永远愿意心甘情愿地坚守和陪伴，在任何时候，坚守和陪伴才有了分享的意味深长。

我们粉碎一个人很容易，他的好他的优秀会在顷刻之间粉身碎骨。赞美一个人却需要付出毕生的努力拼搏。我相信了你的话，就等于否决了他。他不顾一切地与你抱团取暖，就自然而然地伤害到了我。喝酒的人，抽烟的人，酒或烟加在了一起它们不矛盾不冲突，但喝量惊人的没有吸烟的习惯，一根烟接一根烟抽的却滴酒不沾，它们加在了一起就有了矛盾有了冲突。有限的局部记忆，催生了我们生命里美好的一面，也会选择它们偏心的一面，比如悲伤。

没有立场和原则，没有反思和考量，没有胸怀和气节，这样的人就会被现实左右。

过分热情的开始总是一种作秀的排练。上山之后，你能看到很多鸟儿扑闪翅膀，模仿鸟叫的声音一般不是鸟。那些像鸟一样的人，却无法配得上一枚飞翔的羽毛。

难以理解现实和生活的关系。你和她，距离一个人的高度，却活在没有度数的身体里。足不出户的工资条，每一条都在默写"风雪"这个词。看得见的度数和电脑的键盘极具弹性，新面孔和接二连三的事件把无中生有的道具做得真到位。该怎么去赞美这剩下的鸟语，没有花香的城郊，想起一粒谷子都很困难。

公共汽车从不在一个人的身上停下来思考。你想你的生活，她走她的路。这个她并不包含公交车本身。早晨的乘客是安静的，大家都还处于睡眠的状态，每个人落座后左右扫几下，然后就仰着头靠在后座背上睡去。有的高高把腿跷起，有的叉开两腿，有的干脆把一只脚伸到车的过道。只有极个别的人在把玩手机，也有人望着窗外出神发呆。

很羡慕那些遍地生长的野草，它们在自然的内心与风雨相伴。它们随遇而安，在这个时代承受孤独的践踏，也感恩美人的路过。

特别的人总是特别有意思。为何变得如此之快？情绪波动的引领，将是一场空虚的指向。指向那更加空洞的虚无和徒劳。没有力量的内心是最容易背叛生活，背叛友谊和爱。她在一棵树的情人里弹奏，请静听。无数的灯盏在喧嚣的黑夜里擦亮你的世界，需要一条江湖的勇气，需要一座大山的气度，需要一个人俯下身来的热爱。

人在宇宙与万物的谜句里，只不过是渺小的一粒，毫不起眼。生命因其独自的爱和情感，让生命本身充满了迷人。尊严和价值，理想与品位，都因为心存纯粹的念想而格外动情。

每一个人都有现代哥德巴赫猜想的版本。

每一种经历都是一个异乡。他们被时间裹挟着要去的地方，每一个站台都观察着这城郊的早晨。角色的演变与生活的波动是相融一体的。在时间的过道里，每个站立的人都在等待着下一站的位置。

混于生活，我的角色如一块生锈的铁，毫无亮色。事实上我无法适应水深火热的现实一种，排练还没开始，我就已落伍于这个残酷的舞台。

父亲走了，你成了父亲。孩子在你每天的归途，成为最终的热泪盈眶……

4

你像一只鸟，我用尽了无数种可能。

这又何苦呢？走失的人，你和她留在另一扇窗口，弯下腰去的稻田，关于田这个解释，我也用尽了无数种可能。爱不仅是感觉，更是一种态度。一种怎样的态度呢？一只鸟，在一道很弯的山路上召唤了我。它们的羽毛只隔了一张椅子的沉寂，房间多么空荡。还需再说些什么呢？

人到中年，许多观念发生了改变。时间越来越不够用，很后悔年轻的时候浪费了太多的时间，没能好好去享受和爱她。相依相靠的人最终难以相濡以沫，成了无以为继的伤感。她在很多时候只能成为我们生活的虚构，虚构一种所谓的爱，所谓的生活，他们沉睡于路途中的速度。

天真的人被打败的不是天真，是无邪。我见过许多让座的乘客，他是个例外。他把座位让给了一位美女，美女坐下去露出的微笑催生了这个早晨的恬静。男人的行为使我想起了一首诗，而我不得不羞愧地承认自己就是一位诗人。

青春朝向苍老。有时，好害怕自己在梦里睡去了就再也没有醒来了，害怕的倒不是自己，而是还存放于这世界的念想和未完成的那份爱。当然还有那些被我辜负的人和时光，我很想在后来的岁月里试着去慢慢修补和补偿，我知道辜负的终究是辜负了，失去的也就永远回不来了。

命运有时也与我开这样或那样的玩笑。她用她不可饶恕的自卑拥抱了我，她用她不可预知的痛苦拆洗我小小的心灵，她用她的嘲讽和忧伤打量着我，我感到了生命的疼。是的，疼，疼痛的疼。可我从来没有放弃内心那枚安静的善良。一个人也许会走错很多的路途，也许会有很多的眼泪和委屈，但这都没关系。即使别人笑话你，你也大可不必慌张，因为你曾为你的念想而那样活过，这多么令人骄傲！

远了又近了，近了又远了。混乱的思维与荒诞的现代剧。观察者和演说者都在那里，在场的又何止自我介绍的姓名呢？不明真相的背景和经历一定在修改着时间。时针指向的旅途还在远去。你和村庄在安静地倾听，不发一言。直到被点名关照，从一种叙述到另一种叙述，从一个父亲到另一个父亲，河流在工业的中心停下虚构。面对那个母亲的歌声，你的泪水打疼了别人的角度。

司机的手稿小心翼翼。我们都在小心翼翼地去试着聆听、吟唱、想象。一无是处的生活，人都被动散步无聊。阅读对一个人多么重要啊！热爱对一个人多么重要啊！孤独对一个人多么重要啊！

内心的温柔相遇一个人需要时间和机缘。

我穿过你的身体无以言说，梦想的力量时刻在失眠我的干粮和汗水。

我坐在你的对面，阳光是一匹马在奔跑。

还来得及吗？就在此刻；还来得及吗？假如明天。

一个女孩蹲在楼梯的拐角处，低着头，她在流泪吗？

5

小刀把大海的村庄雕画，你在时差里准备了风尘。

一路风尘仆仆的跟班，像出土的草尾花，小兽的心跳和田间的作物多么苛刻。凡事要求的美总难美妙。需要修补的山河如同岁月，她们和一枚怡宝亲密接触。

海外的风也是风。大家举杯，接风洗尘，风并不见痕迹。开宝马的人在谈论关于宝马的传说，我并不感动此刻，她像个病句让我无以言说。你说你很开心，我说我很郁闷；你说你很厉害，我说我很无力。包括一些传说的生活和秘密，那么热衷，我很奇怪，也蛮难受。

派发的秋日，我难以一一描述。

坐在那里开会，有时，一个人却走出了很远。你漫无目的地走着，不知道在想什么，很多事无须再去想了，想有时比去做更让人痛。一首歌交给了内心，内心就生长了经历。醒着的人自有他醒着的原因，失败的人自有他失败的懂得。我从一粒谷子里苏醒，被月光打湿。你说你懂的。我真的不太明白。有一点说得真没错，我就是一个失败的男人。对于"失败"这个词，我比你想得更多。也好，忘却也好，人生苦短，过去了就成了过去，活着还是要去爱的。热身的事物，换一种角度，你会发现那些擅长表演的情节也没什么不好。在这个世界上，只有你走了很多人没有走的路，经历了少数人才可能经历过的，你才能懂得"无助"这个词，你才迷恋温暖，你才配去享受爱的眼泪。

风吹伤了我的脸。

而我却成了别处的风景，成了无法抹去的一粒疼痛。你说，你的伤只有我才能救治。而我知道，我并不是一个优秀的大夫。可即使如此，我仍然站在原处，我等待风浪最后的涨潮，我等待这最后的一次淹没和吞并。我知道自己羞愧有加，我明白碎了的伤再也难以疗好。可是一个原本没有故事的人现在却成主角，独自一人出演了这部作品。还要等多久？你能否告诉我。

我多么想骑在乡村的背上，享受城市的鞭子。每一声响亮的甩打，我都刻骨铭心。

谢谢合唱团的成员，让我感受到了一个迟到男人的渺小和脆弱，我也许可以轻轻吟唱，哪怕是唱给那么不争气的一种生活。

6

我该怎么说呢，故乡像一枚果实。

现在我们坐在一起。石头和一只蚂蚁相遇，归途。

手写的中药与怀念的中年聊了会，天色并不晚，你充满倦意的乡愁靠在椅背。在想什么呢？她们看着你，当然也包括他们。他们的他，他说，我很想听听你的意见。很多的观点和思想其实不见得要说，可是不说就根本无人可知无人可懂。没有远见的风吹进近处的人群，懂得中医的人有几个懂得看人呢？有病的生活遍地都是，病态的人生在匿名的作坊里做着别人。文章与作秀，表演与手艺，偌大的江湖，却无法碰见动情的敌人。那些不值一提的姓名，不配与你的孤独与舞。不屑于去恨的人，爱又有何用？

　　我偏爱中医，偏爱把一只手伸给你，然后听你的心跳对我讲述。

　　如同睡眠里的邮票，在归途的路上展开身体的天空。大地上的一些大师和奇葩，我真的很佩服他们的淡定。我请教了老师和心里的狂奔，他说像我这种真性情的人很少了。他的话像个医生，暗讽了我体内的病毒。在职场还是要讲究一点，智巧一点，成熟一点。我直言不讳地告诉了生活，我相信偏于高处的风景终将会归于低谷，而我正从低处的生活出发。

　　这枚工卡的编号，像一种未知的命运。我每天刷新一次的生活，故乡也跟着刷新一次。

　　一个地方到一个地方，一种身份到一种身份，一个人到一个人。我的姓名无人问津，他们却喊着另一个名字。我在她们的生活里回到少年，可是我并不是九〇后。我的落后和失败一并表达了喧嚣工业里的寂静。她们佩戴胸前的厂牌真的很好看，像过马路的自行车，在路上散发铃声。跨度的岁月和人事，尽在不言中。时光催生了些许美好，也同样催生了许多痛苦，义无反顾地向前，勇气却在消退。经不起折腾了，放下自己，去活一个新的自己。

　　在站台，我发现了一位黑人站在那里打望着美女，我很少在这带发现有黑人出现，只见黑人对着一位美女嘴里唱着：嘿，你知道吗？我在想你……我忍不住笑了起来。

　　城市与你，像一个禅。而现在的这座城郊更像是某种寓言的生活。经历的马和一棵草穿越了过去，我熟悉的马路却再也看不到那匹马了。瘦了的记忆比一枚薄薄的痛苦还薄，我的身体被往事割除了害怕和胆怯，只剩下了勇敢地生活。勇敢地疼与爱。

　　美好还没来得及展开，而她们却已提前抵达远方。这就是生活本身的残酷。

7

谜一样的风景让人想得伤感，而秋天已浓。

世界并不大。你和我。一个人的字迹和数字构成了一些项目。赎罪的生活，感恩从来默不作声。苍茫的背景遇见一种方案，我有些走神，活在卑微的傍晚，等待下班后的失眠错爱。身体里的花喜鹊，去年之前就已回到了乡下。你错过了一秒，却用了一生承担。

第一杯茶：打开自己，第二杯茶：认识自己；第三杯茶：改变自己。

关于"田"字的解读，其实有很多种。田就是有饭吃，有地种，有活干。田字是口含十字，意思有两个，一个是心里有诚意，不用开口也可心领意会，田需要懂得之人，需要知音。另外一层意思是开口说话，就是正能量，因为十字也是加字，多的意思，也是十全十美的意思。你的名字里也带着田，你现在就站在这个"田"字上，你的去向和命运也与这一块田紧密相连。

你头顶的花还未开。针扎的想，现实的象，世事如棋，可你不属于任何一枚。文化。设计。图片。经过的早晨与上午，一杯茶在那里，在那里像一个人的世界，也像一个人的思考。学会倾听，学会被取笑，学会别人的眼光把你聚拢。职场的序幕才开始，你为何急着蹚河而奔？莫非椿树的经过已有了后来的答案？笑你傻，自然就有了兴趣，孩子奔跑和表达的呼吸，像极了办公桌上的猜谜。

音乐剥开你的心，每一瓣都令人流泪。剩下空阔的忧郁，翅膀已是雪地上最后的稻草人。很想问问那只远去的鸟，来路可有鸟人的情书？

8

像莫名的悲伤，热爱坐在一座孤岛上。

你坐在那里，坐在一座孤岛上，海水涨潮又退潮。能忍则忍吧，你已不是孩子，你的孩子正在你念想的故乡。山坡的阳光和屋檐下的雨滴，树木与田野的晨雾，存放于念想的人，走动在一句错话里。出口成章的人很多，表达得准确又能怎样？幽默风趣又能怎样呢？沉默吧，内向吧，沉稳吧，还要尽量温和一点。一些话说出口了就无法回去了，一个人离开故乡后就无法再回到故乡了。红薯只有种在地里才配得上红薯的重量，亲爱的风景，亲爱的令人激动的足迹，亲爱的炊烟与味道。亲爱的。一个人。

表演者的时代，天才遍地皆是。口是心非的城市，舞台多么宽阔，她们擅长的功底与学识让你大开眼界。除了佩服，你还能给什么呢？亲爱的，这个一无是处的时代，我孤独的眼泪忍辱负重。背负嘲讽和演奏的手艺，口琴或长或短。她们一定在某个时光把你聊起，直到你与一棵树寂寞地被风抚摸。滴水穿石，滴水也能穿越锈迹斑斑的铁。经历是一种解释也是一种回答。做错事的人很多，走错路的人也很多，做错了就去改，走错了就走回来。这真的跟做人和品质有等同吗？真的那么严重吗？夸大的修辞被汉语重叠，它们流落她们的想念里，也流落于她们的忧伤里，她们与他们，他最后只剩下一粒理想的种子，种在城郊的甜聊村。

如果我不慎滚于山崖，落于翻腾的江湖，我还那颗被打击的石头。

吃草的羊在我的书桌上看着我，我屏住呼吸倾听自己。相信善良和纯粹是与生俱来的，哪怕你经历再大的错误，好人终归是独特的那个人。习惯赞美自己的人赞美别人都一定埋下伏笔，一个人的煎熬和痛苦是必须的，那么，就让风吹雨打吧，让日历在你的电脑上默写：回家种红薯，种下一个人苍茫的尊贵。

9

你存在，鸟雀绕枝飞过。

无视的存在，痛苦的存在，你该如何存在？

无限的伤感，伴随的也会是无限的快乐。对着电脑，低着头去，手指和心事在敲打别处。

一个不开心的人再好的选择也是痛苦，一个痛苦的人再好的环境也不会开心。做快乐的自己做自己想做的事，只要开心就好。去吧，我的孩子，再美的花也会凋零，再好的梦也会破灭，再晴朗的天空也会风雨来临。其实这没什么啊，你只要有点耐心，你只要有点时间，你只要有点等待……你，转过身来看世界，你看到的坎坷就是平坦。你看到的黑夜就是黎明。你看到的荒芜就是绿洲。没有花开何来的果实？没有梦想何来的力量？没有风雨何来的阳光？

关卡卡在城郊，小镇的故事多，工业园的信号如此之弱，你怎么解释白领的白？

一个人停在原处，一群人就围拢而来打开仅存的信号。喂，你好。

途中，一只苍蝇在公车里飞来飞去。公车车窗玻璃是封闭式的，它应该是趁着人上车时混进来的。它在车里肆无忌惮地窜来穿去，不时在这个人身上骚扰下，在那个人身上骚扰下，有时还跑到美女的脸上去亲吻，令人讨厌。讨厌归讨厌，可你拿它没办法。这好比你讨厌的人，在生活中你想避开他，可是他却总是出现在你的左右，让你很不舒服。

苍蝇还好，至少不会伤害到你，它没有副作用。前段时间，我在乘坐一辆公共汽车时，被蜜蜂蜇了屁股，肿疼了一个晚上，直到现在屁股被蜇的部位还留存着不舒服的后遗症。我一直想不通，公交车上怎么好端端会有一只蜜蜂出现了呢？好多人坐车，就我一个中标。这也说明人不走运时，总是有一些惊恐的幸运来到。公交车在途经金威啤酒厂附近的一个加油站时，我看到在加油站外面的路口竖着一块牌子，上面写着"有蜂蜜出售"。我才幡然醒悟，找到了答案。

车上有个男人，不修边幅，歪着头在车座上打盹，时不时靠近旁边一位大姐的肩。大姐站了起来，拿眼气嘟嘟地盯着这个男人，男人只睁开眼瞄了一眼就又若无其事地打起了盹。这时，我看到这只苍蝇快速飞到这个男人的身上，我观察了一下，这只讨厌的苍蝇在他的身上停留的时间最长。

10

生活里总有一只鸟，或者说一个人像只鸟。

身体里的私语，一口一口咬伤异乡。她们合伙在黑玫瑰的丛林，独自唱歌的秋天，只那么一下子，九月就被水花割伤。筋疲力尽的汗水和一个梦把我累倒。醒来，时光瘦了整个旅途。路上的姐妹，再没有一个可以叫上名字。不能忍受的是一个玩笑的人，在模仿几种生活。有几种写法的羽毛，大多充满惆怅，没来得及展开的美好必会在来不及的痛苦里像个不幸的病句。她们期待的也必是你所期待的，她们谈论的也必是你所谈论的，她们欢欣的也必是你欢饮的！她们自恋得可爱，使你想起表演的繁体字，她们和你目前的生活一样，无话可说。

他们搬去更高的楼办公，你还留在原点。

没有比台风更让你想得复杂，往心里走，每一步都让你简单。简陋的单房，空虚的墙壁，触摸的黑夜……为何要在白天展开？办公的人为何要拦住想象，乘虚而入的想象停在一个姓名的屋檐下。这世界有天才也有奇葩，明明可以讲普通话却故意用了细密的家乡语气。晨露中的美丽花瓣，你站在小时代的身后，看几个小孩嬉笑童年。

这个没有英雄和理想的时代，你的纯粹只能属于想象。流血不流泪的人，此刻只能承受眼泪的嘲讽。有无数的方向通往故乡，而我找不到一条可以回去的道路。纯净的水装在瓶子里，她们用性感的唇齿说出，而我已经对自己感到失望。我失望的又何止是归途？

真的不能去对比，生活的对比，工作的对比，理想与命运没有对比可言。一个人的好与坏也是如此，对比只会更深刻，更复杂，更难以确定。一只苹果，被生活削去了皮，又被你毫不客气地咬了一口。微笑的生活，职场依次彩排。你的棱角已磨了四十多年，为何还是那般结实？纯粹，绝不妥协的泥土会被风雨翻阅得千疮百孔，不留痕迹。孤岛上的意义在很大程度上已属于虚构的羽毛。

回到大地，泥土才得以呈现人间的芬芳。

说话的鸟立于枝头

1

每只说话的鸟立于枝头。

我们的故事因为过于真实而慢慢淡出了真与实。谈不上漂亮的爱情，却有了一种说不出来的复杂情感。她的面孔朝向你，生活简单明了。她和她们，不止一条的路，但只选一条路，去南方。

去年的热泪和过期的房租水电费，涂改的数字及笨拙的错别字，无孔不入的病句，流水一样流动的日子。日子在过着，过着，男人至今杜撰外省的气候，下载人间杂色。证件、外套、被单、住址、机动车，还有什么呢？手表在拨动姓名。大夫和医生的手术没什么区别，嗯。医院的走廊上，口音是走动的生命地址。抱养的围巾，他们却在搬运失眠。亮弟兄的失眠是破碎的，他承受了客里山人大多数单身的部分。我也承受了自己的孤独：至今独身，这需要等待到多深的夜里，才能眺望去年的台词？

他一刻都没停下来的意思，已经回不去了。泥巴的泥，捏成微笑的样子，谁又能绕过悲伤的刀锋。春天在三只羊吃完草后就离开了，春光明媚得让一棵狗尾巴草含辛茹苦。我真的是不敢细想，最初的故事讲述已见分晓，在这个早晨。一个衣柜与一张席梦思床，仿佛需要加点想象。纸包糖、辣子粉、甜毛须、酸盖菜……应有尽有的，是粮食的内容。还有的，是人的思想。遍体鳞伤的田野啊，立夏的春风抬头还能望见春吗？

178

门窗上的雾也单薄了、变来变去变数不变，跑来跑去跑了回来。生意和生活，一个是意一个是活，生的意思是干活。到了一定的年纪，生活也会变得单薄起来。有意思的是，在单薄的另一面，有层叠的厚重。比如黄昏，比如咳嗽。有个从外省嫁到这里的媳妇，她用标准的客里山土话谈论地点及事件。她说，你一点儿也没看出来显老呢。这响声一层层抖落田野上的风光。

只有比乡村更远的地方，才可以让想象天长地久。我有许多在南方留下的事物，每一件都途经她们的城市。

南方，是我未完成的手稿。

杨林，是一个人，也是一棵树，更是一片树林。但其实什么都不是，只是一个小镇。我就是在这个小镇上辍学的。我在乡政府门口碰到了两个小学同学，我们差不多都快忘记了小学的时光。有些细节细到看不见了，有些却像粗粝的泥巴，把池塘里的水溅起了一阵水花。

黄昏，多么令人低沉。它到了日落西山的傍晚，轻唱的人声音苍茫，把黄昏的苍茫也唱了出来，温柔得让人踏实。几个孩子们在拿红薯射击对方，嘴巴里发射出嘟嘟的声响。他们从小小的光阴碎片里蹦跳而来，正在穿越我们的身体。

嗨起的他们，我的小学同学，如今都是老板了。物质是这个时代的标志，它们已经尘埃落地。风吹草动的故乡，贴地的洋葱，辣眼睛。他们问我这些年混得如何？很多人说话都换口气了，他们不问过得如何？而是直接用到了混，你混得如何呢？从水缸里舀一瓢水，一口气喝个净干。沉入缸底的水此刻在你的身体里沉入，一言难尽啊。恰在这时，我的手机突然响了起来，不好意思，接个电话。我随手接过老同学递过来的烟，用力点燃了它，烟雾转成了圈，一圈一圈地挣脱，远去。只见砰的一声，一个孩子摔倒了，他不怕痛的声响让我隐隐担忧。

在堂屋里，也可以在偏厢厨房里，一个人，也可以几个人，横一根长凳，摆几个碗，筛几杯酒，酒是米酒，酒是好酒。几杯入肚后，大哥的话露出了痕迹，因为过于明显，我发现灶火里的星子在闪烁。大哥说，你当真是真哈还是假哈呀？你当真要这样烂下去么？你还要活到哪一岁才真真当回事？大哥看我不说话，又一连发出了三个"汗汗汗"字，其实我觉得写成"哎哎哎"更为妥帖些。可是真正的生活谁又能保证它的妥帖与否呢？农村的日历就是日头与月儿，也有星子，以及打鸣的公鸡。劳动与汗水，在乡村是没有星期几的。没关系，我们一边烤着火一边喝着酒。柴块掉下又燃起，我几次忍不住想说些什么，说些什么呢？很多话想说，很多话想了却终是没有说出来。为了不那么尴尬，我又起身去拉了一泡尿，回来时随手拿铁夹夹了夹燃烧的柴块。

土话在今夜纯正得一塌糊涂。今夜的故乡用有力的手将我攥痛。世风日下的群山和广场，行人分明隐身于遥远的天际。隐身的生活也遍地生长，只有狗尾巴草在遗忘的路上越长越茂盛。说真话，它们那么密不可分的顽强团结让我有点猝不及防。那么，适当的沉默也是美妙的。不说就不说吧，庄稼地里的庄稼，每一条都是路，无须在庄稼地里多言。月光的度数，高过你的眼镜，也构成了心照不宣的草木、溪流、山花。沿路中的野花好艳，好像要把世上的灿烂开完。想象只字未提。碗内的相遇，吞咽了大地上的故乡。这大地上的白菜一棵接一棵，苦口婆心。我站在它们中间，山和阳光包围了我。只剩下了想象的风。

昨夜的失眠，在今晨六点醒来。你想起了恋人和月亮。

水的难度如同艺术，谈论的生活有点高处不胜寒。我们搬来一块石头压住自来水开关的指向，你仔细听，挖矿的机器声越来越密布。纸包糖的黑芝麻糖果你还记得当初的味道吗？我们总是把生活的滋味当成了最初的感觉，其实呢？

我们心里的那颗纸包糖早已经不在了。

2

山的灵气洞天福地，是自然赐予的品质。一个人该有怎样的心思，才会有桃花般的微笑？站在杨梅树下的一只羊，在围绕着杨梅树转悠着，发出咩咩的叫声，固执而软绵地叫，把山里树林一样的河流弄得此起彼伏。缓缓地流淌，消磨何其悠长。

终于看到你放学了，竹子攒劲地摇曳着，它们也在欢迎你。我弯下了宽广的乡村，只为好好地欣赏你，你的烦恼，也是我欣赏的一部分。想要忘掉对门岭上一座山的风景，这座山比起少年，不知道该有多动人。柏树和漆树，柏树的结实让石头感到害怕，它们居然敢从石头的坚硬里长出绿色。漆树的深度是一种歹毒的咒语，不听话的孩子摸了漆树，身上很快就会莫名地肿痛起来。有意思的对门岭，访幽探胜的岩鹰却也很有意思。拿铳的猎人在对门岭上出现得基本上少了。关于春天和冬天，不同季节的植物，说起来和悟出来也截然不同。

她完成了家庭作业，看上去蛮开心，对着我眯起了眼睛，她想打发一个笑，然后开溜，去院子里爬树、翻墙、骑竹子。她还完成了我此生不朽的虚构。看到女儿，我总能想起小时候的某些片段，也包括她小时候的，某些片段。我抱着她时，有一种童年的幸福。我喊她，小云朵。她笑了，她问，做么个呀。我说，没事。只是想喊喊。她又笑了，风致楚人。

雪花一粒一粒，一粒一粒，把冬天的寒冷惊醒了。如果你的心里也在想某个人，她温暖的身体曾是温暖熟悉的，也是你所熟悉的。日常通常是生活的节奏带动了你的手艺：挑担、劈柴、起窖、放羊、喂家禽、淘米、烧火、切菜、洗碗，凡事力所能及的，都是乡村积雪积留的一块胎痕。趁着热气，把碗端起来，我们喝酒。我们喝了一口又一口，我们没有用杯，用的是饭碗，饭碗好，喝完了酒，就可以添饭了。添饭的碗，在胃里转动的粮食，是一个人无尽的远方。额头上的星星，布满人间。人们在夜间交谈农场与农人，女儿回来时，说，大伯家的狗，今晚我一点儿也不怕它。这么厉害，我的女儿。我才发现夜已静得出奇。

迷失的河流，今夜又在奔波而闪烁。我们暂且好笑一点，我们暂且变得好笑吧。今天也许会来客人？我不仅在心里这么想，我还在嘴里这么说。灶膛里的火，笑得真厉害。父辈们说，如果灶膛里的火笑得厉害的话，那表示一定会有客人来！传承的火种，播发了一代童年，童年的生活有点接近哲学，而不是童话。看山看水看人家，看，在每个孩子的眼睛里，处处留下了生活的记号。每个记号是经验是本领，比起脸面的父辈们，屁都不怕的童年，当真是可以死脸的物种。说话从来不会顾忌，也从来不怕犯忌讳。邻居家的大朵，在家里训斥他的孩子。

下着冷冷的雨，母亲端来她炒熟的葵瓜子，女儿和我们嗑瓜子。三个人不停地嗑瓜子，每嗑一声，瓜子真香。

她已长成我母亲的年纪，按村里的辈分称呼，我应该叫她嫂子。我遇见的嫂子，她长成了最后一颗牙齿的星座，她与我讲述男人的段落。每一种风格，都是柴刀的叙述。她从来没有摸清行走的风尘，女儿是一朵漂泊的云。只有女儿没有儿子的她，这位近八十岁的老人竟然在我的面前谈笑自若。

我像个陌生的独行侠。河流的去向，充满了词语的目测。天在黄昏的时分，落下了一只不知名的鸟雀，立在树枝上看着我。他们从不关心国家大事，你也不见得，关心这里的花草。脱下一些乡村的情绪吧，活着的忧伤大同小可，竖起耳朵你能听见什么？

忙于加班的手套安于现状，城市工业在白昼的屏息站立。作家惯于想象的手艺，阿谀奉承的舞蹈也算，如今缺席的人至今未归。那场雨夹着冰冷的风下了很久，你基本上习惯了这样的阴冷和潮湿。生活真的有对错吗？什么样的是对的，什么样的又是错的。对的里面有错的，错的里面就必然有对的。看上去道德的东西其实根本就没有道德可言，相反，被更多人误读嘲讽的不道德其实比道德本身靠谱得多，也实在还是道德的。

铁是乡村的风骨。铁鼎罐可以煮开水，也可以煮饭。多用的铁鼎罐能经受火烤，经受生活的锤打。它可以温暖熟悉的人，也可以跟陌生的人熟悉温暖。每个蹲地吃饭的人，铁鼎罐也可以随意提动。铁鼎罐里有整个乡村的想象。

这几年怎么了，那么多故事需要彩排？惺惺相惜的歌曲，美丽惨淡经营，多么可笑的伤感，排成一行。我说，她听；她说，我听。这个她，也许不是她。这个我，也许不是我。墙角落的一只羊在对着墙发呆，它的神色温柔而可人，它突然想起了什么，又叫了一声，绵长悠远。我却从这叫声里分明感受到了寂寞的惆怅。这世上很多东西是这样的，万物与生命的关系是相通的。一只羊，一棵树，一个人，哪怕是万物中吹来的风，也自有它的叙事。我们觉得遥不可及的事物，你只要轻轻一触，就能感应到。明白了生命的通语与秘密，自然就能读懂了生命的忧郁。其实，生命对于世界来说，一切都有着不可言说的秘密。

人在人行道上，车在车水马龙的公路上，堵车的人堵在车里。这是人在方便自己时设置的阻碍，而且无法逾越。必须等，等时间，等通畅，等一辆辆车慢慢移动，前行，远去。叽叽喳喳的观众，也是城市森林的鸟。他们没有翅膀，却一心只想飞翔。每一座建筑都是一棵树，人是栖于树上的鸟。三个小时已经过去了，我们已对病句毫无戒备。有时，想得太清楚难免就陷入了糊涂。去一个地方，有时就是为了那无望的瞧见，何等坦然，自若。

多少人在家乡爱过你的理想，包括这消逝的孤独。

我和你的房间无能为力，债务从暗处涌来，当你病了，咳嗽不止。这无处倾诉的，不仅仅是烦恼，还有可有可无的想象，都要不同程度地去想。你追随了一个人的名字，越过山丘，穿过田野，铁轨上的火车，天空里的飞机，大江河流的日落。你一直还保存了那个声音和影子，她们是你身体里的少年与白雪。

别怕，好吗？把头埋在垃圾桶上，这样可以慢慢呕吐疼痛的泪水了。

3

她们在流水线上轻唱。时光，只不过是一个传说而已。她们习惯了南方的雨水与天气。安于现状的那张面孔，是一张张打卡的版画。对于每一幅画，我无法辨认她构思的灵魂。这是我第三次去买药，第二次在附近，一家药店分别买回了阿莫西林胶囊、百合固金片、黄连上清片，还是咳咳咳。药店医生说，这个我懂的，他推荐了一瓶氢溴酸右美沙芬糖浆。我忘记了，第一次买的药了，你可知道痛苦而忧伤的人。

像蚂蚁，行走在大地上，今天，气温低了许多。我去社康站，看医生抽了血，我又想起了你。没有什么气味，让我如此熟悉，医生说，没什么大碍，给我开了两盒药：复方氢溴酸右美沙芬糖浆清热消炎宁胶囊。医保卡余额不足，我已经停交好几年了。好几年了，我到底在南方干什么？

　　不过如此的每一天，我一口气走了几条街，世上的庄稼曾赋予我。众所周知的缘故，我选择听一首曲子，看看能否缓解一下，疾病的词语。与一些刀锋，迎面而来。没有人是无辜的，现代工业的男子，你为何要躲躲闪闪？我不是你所认识的某人，我不是你们所说的某人。我想给莫名的城市一记耳光，用我的脸来练习也无妨，我已经不惧怕疼痛的部分，火辣辣的也辣不过一枚辣椒。一句话都不要开腔，我就知晓了工业的河流，它们惊扰的波澜是诗意的罪过，对不起啊，打扰了她们，就是一种罪。咖啡的浓度，在午夜弥漫，云雾里的雨水，在窗外敲打高楼的树尖，仰望如此简单。鸟儿，已无处飞翔。

　　这昏黑的夜空，还有谁可以告知。夹杂的雨滴，或尘土，荆棘的叹息，飘浮。独立文本的一桶方便面，香菇炖鸡面。剑拔弩张之心，背负盛名的空胃，又有谁看见。人间隐藏的无趣都只剩下了逗号，那些有趣的句号呢？

　　火焰般的海风，捆绑着的，如同三月剪裁的蝴蝶。几只叫春的鸟，很快消失在海岸线。铸造一把迷宫剑，我只能凭借想象的余力，让迷路的蝴蝶停留片刻。我只能在异乡的今夜，写下烦躁、焦虑、碎裂、伤感。这些没用的句子，再次验证了书生穿越闪电和暴雨的痛楚。我的眼睛在近期，又近视不了少，一个人的长途，在每小时限速一百公里的高速公路上，一直往南，往南。有两个没有成熟的姑娘，和一个刚刚看似成熟的小伙，在谈论爱情与婚姻。

　　他们也谈论男人与女人的种种，我打了一个长长的哈欠。

　　女儿班主任打来电话，女儿突然双腿发软不能走路，身体还有点发冷。我马上给她奶奶打电话，给她姑姑打电话，我还想给她妈妈也打个电话。我相信再贫穷地活着，即使单薄的命运，也不能轻浮了爱。那枚小小的咳嗽，冲击了我动荡不安的胃。

　　烧一壶开水，泡了一小袋肺宁颗粒。清热祛痰，止咳，用于慢性支气管炎咳嗽（我可没有慢性支气管炎）。还剩最后一小袋，在家乡附近县城药店买的。在车上，我只打了一个小盹，陆续上来了很多好看的年轻姑娘。

　　为何她们的嘴唇那么性感？我曾赞美过的生活，她也曾赞美过我，今天是一种怎么样的心情。大雨如注。无一人再记得你喜欢的歌词。不惑的阳光，一只又一只降落，女儿是风尘，拍打着我羽毛生长的城市。我无数次练习和奔跑。

黑夜是多种纬度的疼，身体里的疾病。可没有愿意与你，就此好好聊一次，哪怕关于一次小小的挂号。怀才不遇的今夜，你和一支可乐埋伏在她们的睡眠。回忆像一道闪电，医生无法确证病人的梦呓。咳嗽和鼻塞，还有头痛时隐时现。

想象，多么像一场恋爱。锋芒所向的远方，我被一棵树的安详所打碎。有几个人可以和风声里的早晨，亲吻她们，她们的门窗和灯。姑娘的气息，让你感到力不从心，我不敢确定奔跑的孩子，和公共汽车的拥挤不堪究竟会有什么关系。

好看的少妇，挺着胸与孩子们在肆无忌惮地做着游戏。在这个还算静寂的暮色里，这个春天越来越有意思。黄昏下的姑娘，的确好看得让你忘记了故乡，我无法找到来时的叙述，我承认羞愧，与某种孤独此刻她就在异端。关于个人消费的指数，被记忆修复。时光反复剪辑劳作与梦想、日落和江湖。天空、树木、泥土，一只鸟的速度，穿过你的身体，童年时结交的昆虫，女儿的每一瓣花朵，获得了人民公路的山道弯弯。

忧伤也不过如此，除了灯光的安慰，我打开房间的门，故意让外面的风闯入我的黑夜。我想的和你想的也许一样，很多事情还没想通，它们却已重生。我刚洗了昨天换下的，我和女儿的衣服，我边洗边想起我认识的姑娘。如同相遇的吻，完美的乳房，她们终将成为母亲。归途的鸟，在等待。仿佛一张迷藏的脸，飞来飞去，仿佛一个人的阳光，奋不顾身地游到对岸。女儿悄声转告了我，昨晚她还想在梦里让我再亲亲她。

胡须是几时长出来的，我在试衣镜里变换着不同的衣服。其实对于我来说，哪有这个心思呢，浮光掠影的男女，既然天气如此热烈，我想我也就不必勉为其难了，至少到现在你和大多数人，还是不一样的。我确认了这一点。你偶尔会想起我么？就像我偶尔想起你一样。我出门很少带伞，却总是记得你撑开伞的样子。雨下得很稠，我躲在屋的一角，抽着烟一支接一支地眺望远方。你居住证上的照片挺好看，你的户籍地址还写着珠海，这个居住证对你来说已没有意义了。我们已经失去联系很久了，我一直在打听你的下落，我也知道你真的不需要。

一度怀疑的电、风尘、魔术的生活，深不可测，我和我的诗歌，混迹于不可预知的风格。人物的温度与自然的独特，年轻姑娘的声调，我坐在下班人群路过的小店门前，看每一个胸前佩戴厂牌的她们，经过。安静的树从来不出声，忙碌的人们话里有话，有时想想还不如一棵树。

女儿在学习怎么样，才能说出泥土与植物的颜色。她们说，骑摩托车送孩子回家的女老师，她们以为她是你的婆娘呢？遗忘的绝句与组词她们无数秒停转在那里。胡子又长长了，孩子眯起她的眼，对我出神。我站在过道里想了很久，我从牙签盒里倒出一根牙签。不巧，最细小的牙签头也留在了牙缝里。

她们互为旅途惊醒了，拐角的路灯。从那边过来的人，女儿在我们的生活里，超出了一个人的日常。我在路边摊炒了一个六块钱的蛋炒粉，天空突然下起了雨。路上有个拾垃圾的人，手里拿着一支可乐。风扇一直在转动，没完没了，根本停不下来。

弥漫的尘影

1

你长成虎耳草，在一滴带露的光线里捉住我的心跳。跳吧跳吧，我这个人哪！我又不是别个？这盛极一时的翠色，不知道她还否回顾？杯儿，我烫手的时空，两只池塘边的小鸟喊喊地唱着，把我手心的水花惊飞。

这小小的心愿，很像那年的单车，从速度里转出青梅的叶儿，在竹马的树下打草惊蛇。哈，我说，你、你、你做什么嘛？你背水的枝头，是我心地善良的词曲。

高高的色彩，点燃如镜的云。

我怕你打出的多多弄疼我的耳朵。在时光的单位独立，独立的蝉，羽翼充满性感。从吓手的天空翔过，口哨悠扬。

2

油然而生的菜花，我故乡的名字叫客里山，白菜和萝卜仰望一枚辣椒的脸，母亲的出现，让泥土生动。植物的身体重新认识了视觉。

生命中一切的春风醒了。

醒了。我的镰刀与去年的水稻，只隔开一道口子。

健康的汗水在刀锋之上闲谈。蚂蝗的出路成群结队。我用收费的比喻打发它们，我看见远处的杂草居然大胆开放。

低下来的凉风，触摸一双带茧的老手，停下的好处布满我的预言。

忘了深耕细作的米，在牙齿的唇外成为朋友。

3

我在心里想你，你就是妈妈！

我在心里想你，你就是妹妹，妹妹！

我在心里想你，你一定要我叫你吗？爸爸！

我总是这么奇怪。我的想法已经错过，她提前了十六年的外遇。在纸做的医院叙述 X 透射。这一路有十六种蝴蝶心怀阳光，有一只叫白雪，还有一只可能叫少年。

春光葳蕤而过，在大地的中心点名。

你忘记的音乐只不过是一个童话。从虚拟的人民路穿过。

中心小学的合唱，你的微笑成了音乐，在她们的窗口排队。

爱想了三年！

4

我如果赞美你，你的香气就会很甜。我如果不再想你，你的房间也许自然美好。请人间的月光与我保持纯净，请把你的句子删除一些修辞，请你在一株兰花的高处开始提问，栖落的草木神采奕奕。在心灵的抚摸里日久见情。

多么安静的风，睡在月色的枕上。

荷花闻风而动。

我可以触景生情吗？女子的手指触动溢香。

梦湿了一地。

5

弯下去，如一张弓。你必须弯下去，面对蔬菜的营养。你弯下去，我就看到了月亮的比喻。从初一开始，十五之后，你欣欣向荣的气味把村庄的手洗劫一空。很想坐在你的身旁，听你的咳嗽加班。咳嗽像忧愁的灯加深了夜的孤独。

石头的清高过于世俗。

药罐的耐人寻味，在火种的精打细算里露出悦色。夜莺的歌唱与你的分泌静寂。你像时光的钟，敲打生命的宣言。

弯下去能看见月光。

6

一个人，影子映在书信里。在尘土的树根下写信。

写下春，春光明媚。写下爱，爱不释手。写下她的名字，泪流满面。像梨树上的花，结识一个人的心脏。她也许只有牛奶的清香，你谢绝飞过的夕阳，含有怀旧的嘴填写唐诗宋词。

真好！韵味的日光厚重而透明。扎痛困惑的细语淡出时针。

7

橘子红了。红如一个人的村庄。

你穿着花裙子，在一支笛音的轻盈里变成甜橘。手工的虚荣失去把握。篮子里的爱情开始怀孕。只想轻放的品质，犹如生命的音符，从橘子的花蕊里流出来，无边无际。

8

左边是书柜，还有空出来的墙，像单身的你穿着睡衣。在册封的墨香里隐姓埋名。我想起了海的女儿和王子的手表，挂历在走动，像爱情的手在游戏你的房间；她的窗子上有风铃的鱼在游动。你的右边，有一扇玻璃的热爱，热爱每天的空气。

想象的牙刷在杯子里多么清脆。

帕子上的花儿已婚。你在屏幕的键盘上跳舞，你的心在动。鼠标里的男人乱了头发，长长的梳子在汉字的分行里寻找一九七五年的往事。往事如梦。不敢唤醒正在流动的音响。

亲爱的，就这么叫出声吧，只要你的寂寞能约束健康的日常。

生活的词条总是这么新鲜。这么新鲜。

9

我在公交车上！风吹来，前门上来女人，后门下去男人。

不分男女的班车，我与城市的负担前赴后继。像种子的第六根指头，别回顾那个长得漂亮的女子。好比黄昏抵达的新城广场，第一个和钥匙发生关系的信箱，把我的全部身份摸清。它成为我第一个处所的密码。

女人吹灭男人的路。她与我无关，我从不关心这些。

我适应了走路的好奇，在返回上川的某个电动门，接见蔬菜的解释，偶尔和一些激烈的肉类依此类推，除了这些无聊的接受。我还为一只忽略的蚂蚁开始东张西望。

蚂蚁是一个寓言的方向。

10

花生和酒的距离，是你熟悉的距离。你通常和一张板凳占据了生活的滋味。这些味道是你三分之二的创造，三分之一的是你头顶的天空。

阳光长出蛋来时，我想为你感动。像花朵上的露水，滴下晨曦。你的姿态是一种根深叶茂的传奇，在无穷地绿化想象力。徘徊的春风多么生动！

我在一粒种子里看见十五的月光。

月亮如酒。

11

山坡上的月光忘记了。

我要从城堡的枪口里瞄准你的方向，只为一个名字。允许山上的青草和羊儿的欢欣吗？一口少年的钟撞坏玉米，在苞谷的地里，城市是个借条。是你的父母亲用树枝的简单把我弄错，在随从的小城里，与一群鸭子的黄昏密不可分。作业本上的错别字开始起身，围着你编织十二个月的民谣。每一个手指都泛起红晕。

我要对着你的美丽种下一生，在别人的房间出口成章。我要不好意思地想象，直到天亮。

在幽雅的树林深处，有一块空地的菊花。谁在凌晨回家，凌晨就缓缓降临。

光泽的翅膀，推开水乡的夜，翠色逼人。

我听见手扶拖拉机压在心底的噪音和一些几米深的雾气越入田园，田园站在诚实的人民马路遥望。我张开内心的柴门，与一只母鸡打动竹叶的衣裳。

语言如风。

12

把牛和犁暂且放到一边吧！你在一亩不到的水田里，与谁过不去呢？你的呵欠与皱纹让我忽略，那么，请继续犁田吧。你含苞欲放的方言与泥浆变得生动，我想说，你在田地里随手捡拾起的那一片碎瓦，的确生活化。

在你的面前，我不会意境地运用，为何？

杂草排除的诗意你从不看，这些句子，不如你一口深得人心的痰。

痰如草地的根，很重。横渡对门岭的小路。

我在你空闲的锄头旁，把我的回望讲述。我摸着石头说个不停，我的眼里涂满了生搬硬套的碎石。痛吗？在你的重复里出现的太阳，雨过天晴。我和突然重新命题。

你的哑然占据牵牛花的表面，从一根四季豆里伸得很长。

几个人或者一个人重要吗？我是从哪里回来的？我们看见的高兴通常在一场雨水里暗淡。竹篮里的水是动画片的铜，酝酿欢言。

他们的静坐让孤独偏离。

抱养的浮萍在劳动的布谷鸟声里。

浮如蜜蜂。

13

我想象的时间很长，曲子和星星发笑。

陶瓷的碗像个美味的哲理，打开我的胃口。在许多消遣的日常里，我可以这样，也可以那样。一种植物的学习，需要功底。

植物的音调，是一排人生。

你们一天到晚究竟在干什么？赶路的烟尘在故乡漂泊。痛饮空阔的酒杯，与太白的山水走到唐朝。她们在跳舞。如纸上的狐狸，多么忘情。

我的眼睛在屏保的城市继续近视。

表达的难度散了，加个勺子，把生活的浪漫点缀。

看见黄花像个女子进入琴曲。

14

我要等的人，她是一位佳人。直到今天她还没有出现。

隐形的春风每天必须抚摸，与小区的栏杆见面。长长的歌声沾染情趣的场景，把机心的世俗陶冶。

痛苦提前开放。

花蕊的市场中心，园林工人身体力行，把每一朵花的密码记忆。

我为何不能亲自行动，为一朵未婚的云让座？交织的花事剪裁雨水。落满画里画外。

15

拯救。天空就宽大了起来。

你走来，从远方走来，天空下着雨。碎玉乱琼的雨花打在脸上，像孤独的泪，一滴又一滴。

和这场雨一样的天空下，蜘蛛的图案特别精细。苋菜花、七星瓢虫、壁虎在蓝如梦境的玻璃上映射。玻璃安静地睡眠，仿佛我的初恋。苍蝇像预兆的风露出温情。

你回过头，风吹出一脸的音符。

16

洁是什么？洁是洁净的洁，也是洁白的洁，都是干净的一个字。

我更喜欢的洁，是一种贵重的铁。

在奔驰的马车上，低低地碾过。

热烈的沙尘扬起，像破壳而出的阳光。

17

她的皮肤，她的眼睛，她的嘴唇，她的奶波……我甚至会想到她的不允许我想到的地方。可我还是想了，我想得很细致。细致得让一切加安静，让夜晚变得羞涩，让她的名字埋得很深。

我在盛唐的钟里，想到了你的身体，和身体里的气味。

整个夜晚在你的手心，睡得很沉。像剪碎的雪，在嘴唇上活着。

18

迟到的学堂与一条小径有关。

地里的红薯与营养的马路通过覆盖的稻子。天空多么安静，几粒星光无眠，在布鞋的露水里睁大眼睛。凝望，凝望是一种方向。

远处的书包，在光线里，像一两白银。

处方一样的椿树，嫩芽若烟，在乳房的私语里生长。

我忧愁的个性，在厚重的万物之上，匐然碎响。

19

花朵的井边，水很清，清亮如花。

你在井边挑水，我踩着草药的田埂回望。一个人的无际，水桶与水荡漾，你在它们中间美不胜收。像碎了的玉，裂开我的寂寞。

三种颜色的形容不如一滴纯净的水，润滑影子。

真想把春天喊醒。

你的背景是一个人最丰富的故乡。

我不动，可你远去，像一颗草籽，含而不露。

20

冬天来了，天就变冷了。

不知道自己是在什么时候，发现想一个人是件温暖的事情？心灵与友谊。

爱情的手，是你静脉的眼睛，有一种气味。

好冷的风。空气像干净的手套，捂热我们都有过的那样的爱。让水静止，在玉洁的语言上。当你需要歌唱，窗外就传来歌声；当你需要幸福，河流就盛开了花朵。

绵羊的枕头，贴近心脏。

面颊上，词语在奔跑……

21

两张异乡的车票，最终到达衡阳。延续误会的城市，我对夜晚失去信任。

我们在日记本上的火车站，空洞地交谈。落花生的壳上充满了土气的天真。走动的灯光约束我们的心事。为什么要出逃，因为向往吗？

单元的大学门口，我们像一张寻人启事，交给门口的老头。

情绪的楼梯，她们的表达意味深长。为什么要哭？不许哭。

就这样，经费支出的出访里，盲目确实难以理解。两张车票的异乡最终又回到最初，把我交给亲人，把我的身体来一次痛斥地了解，用手掌印上我们难以忘怀的爱。

22

青草和牛羊在一起，阳光明媚。啊，爱，你为什么让我早熟？

在几株杨梅树下，我独立思考。

你不能把我的初恋分散，真的，不能。你与我的笑声满面春风。要不是你的身体，我该怎么去熟悉这个蟋蟀的乡村。

一只斑鸠倾巢而出，像羽毛的心灵。

我经不住这么美好地拥抱了你，你闭上的眼睛让风一同大胆。

原谅这满坡的野花，我的嘴唇沾满相思的泪。

23

信手打碎的话语，很硬。

结实的石头需要等候，让我们安静下来，彼此沉默。像沉默不语的罗帏。

他在清晨已经出门，他还会回来，可他走得太远。发音不准的肾，与火车乘坐长途。有黑暗的街道也有光亮的楼房，你像遗弃的树叶，游弋天空的神态。

那时你一定可爱极了，我在大量的语音里，磨炼引用的磁性，你的决定让重复的音乐再次相爱。

24

桃花开了。我离开了家。云朵在我的胸前，裂开天空的景色。

我和你并排坐着，像两个性别的春天。

自然的渴望是那么动情。

天使的忧伤仿佛小桥流水的波浪。月光切开幸福的地址，朝向素洁的心灵。

让我们的身体彼此近些，你的完美让我闭上双眼。

春天提前到来。

25

第九个梦行走，像一个孤独的夜晚。

第一盏灯亮了，在城市的窗口守望。如同我亲爱的房间。

生命的爱坐在旁边，像个撒娇的情人。心地善良的黑，不停地听灯光发出歌声。

醒着的大地和天空，爱是如此重要。

灯像岩石的灵魂深重而有趣。

我的寂寞与孤独相同，但又不同，我与你的亲密相同，但又不同。我在高墙的葵花里单独接见真诚，我想到了你的名字，你却看不见我。

一切都感到了苦痛，在幸福的喊叫里。

我与啤酒的怀旧隔开承受，果实将得到充实。

我想起你，花就变得如此相同。

南方美术电影

1

一只鸟。阳光停了下来，阳光从树枝上长了出来。一只鸟，试了试它的羽毛。满是阳光的树枝，隐喻的雨，是每一瓣花朵的情人。它们在低处的翅膀，寻找奔跑的意义，无法知晓的暗影，很多时候我们过于估算了这暗黑的沉默。不需要去解释，树木的结实一直在暗影中沉默。太阳也保持了沉默的几分热度，这山林的树木愈加葱郁，这由来已久的土气，也在泥土上愈发清晰。狗尾草、狗尾草、狗尾草。轻轻叫唤，一声，一声，又一声。长起来格外真实，向来就很出色的它们，南方因此充满了情景与情绪，低沉而饱满。饱满的也有南方的荔枝与龙眼，芒果呢？我的右手捏了捏芒果，你见过鹅吗？这就是我要出的考题。或者一只鹅的脾气你见过么？看天的农人，戴斗笠的农人，种地的农人，他忍不住笑了。阳光无数次抚摸他们，柴米油盐的气质和态度是最能考验人间的耐心。抵达世事的除了能力，还有耐力。周而复始的日历，每撕下一页，一页就写下了栅栏和栅栏上藤叶的风。雨，可以根据不同的词语落下，在地上，在心上，在劳动的庄稼林。照看孩子的柴火，星火斑斓，鼎锅的身体里沸腾着山的热气，这样的热气和孩子的灵气相遇交织，噼里啪啦地敲打着整个生命的抒情。

熟悉的安静，在公鸡打鸣的另一端，在喧嚣的另一间。打纸牌的人，抽出一张纸牌，他的力度超越了锄头的上空。风啊，雨啊，阳光啊，都碰头相互问好！围裙的妇人，她走动的节奏是一个音符，孩子在灶膛旁边研究吐口水。哈哈。煨汤的手艺与欢爱，凡间的炊烟与粗盐，垫板上是近年来的生活，藏柜里是在城市留下的旧址。去过南方的人，都把南方的经历酿成了烧酒。广东石湾米酒，用来煨汤还真不错哈。门前的超市，我想起了要痛饮一杯，来喝一杯么。你喊有人就觉得痛。饮一口，世间的故事大体跟一些句子相关。难念的经，在每个人的手里是不同的活法。打坐的夜晚和南方的夜晚还是有所不同，南方的夜晚和失眠的夜晚还是有所不同的。痛是你所熟悉的，她是你所熟悉的，过往的眼泪也是你所熟悉的，忍一忍吧。即使是徒步的蚂蚁，即使是蛛网的符咒，即使是一个屈辱的魔术。

你试着敲了敲，铁沉默如你。静寂的铁门一言不发，抽纸烟的人一言难尽。戒烟并不困难，但戒下心里的杂乱和一些旧事，还真是有点困难。困境中遇到难处的人比起"困难"这个词，困难可以忽略不计，我接受你的批评，你在数落我时，我也在梳理与反省。有些话不需要说出来，有些话说出来了就不要去做过多的解释。我见过不说话的人，愤怒了说打架就打一架，而说我要跟你打一架的人，却迟迟不肯动手。动手的人，毛躁而不安，青春而热血，他们在巷子里烦躁不安，几个人在巷子里打架。

我想起了一副春联：五湖四海皆春色，万水千山尽得辉。我也想起了一个女人，你和一个女人交织成房间的橘黄色。橘黄色是一盏灯，橘黄色是一个夜晚，橘黄色是一种身体的温暖。我要唱歌了，真想唱出声来，这是真的。给我六根琴弦，给我一把吉他，给我一架钢琴，给我一支竹笛，给我一支口琴也行。我决心已定，我决定已定。我要到罗马去，你准备好了吗？我要到罗马去，通往罗马的路，你随手指了一条。这是谁也没有想到的事情，这也是你没有想到的事情。

凡你能照见的，可以不同程度地想一遍。在人多的时候，要信任一种指引，比如孤独的自己。要信，严寒最后还是会过去的。怀疑论述报告手册，人人一本。怀疑从左侧部分，它们遇到了我。多点耐心吧，忍一忍，这至暗的时刻，哪里是光亮的路径？断翅的兽，奔跑的太阳，裤子上的风，有趣。人间值得不值得，人间值得。是一朵花的意义。

好吧，就这样倾听。

怒放的花，一朵，又一朵，它们随风而动，随风而舞。你听到隔壁有人在敲门说，你好，你的外卖到了。然后看到小区群的消息，才知道我们这栋楼解封了。大家相安无事就好，年底了生活经不起折腾，希望做好疫情防护，不能松懈。昨日下午还看到120救护车来了小区，紧跟着从车里下来了好几位全副武装穿防护服的医护工作者。估计是把密接者转移到驿站隔离点隔离观察。你摘下来的这一朵，是口罩吗？你带孩子去了指定点做全民核酸检测，张开口，来，再来。春天想好了怒放的部分，保安在广场和走廊之间通知楼上的住户：解封了。简单的关系，也有简单对白的波澜。爱过的地方，都有爱过的人，姓名与年龄、籍贯地址、身份证编码等等，打开手掌看看，来这里，这世间构成了万物的迷人。

我们居住的鹏盛村，昨晚还有几栋被临时封闭管理哩，原因是发现密切接触者，密接者已居家隔离等待转运。我们这栋楼采取了"只进不出"，同栋楼人需进行"三天两检"的核酸检测措施。幸运的是，只封闭了一天就得以解封，盛开的不只是花朵，是嘴唇上的口罩。水从不停歇地在树林中游动，树林中都是排着长龙等待的人。以一种祈福朝向我们，她们是南方以南的天气。她对我是一种生命的启蒙，也是我人生课的转折，我会努力走出暗黑，我会用这支小小的笔，给人间以温度，给生命以宽度。我信任自己和世间美好的力量！树木和民间艺人让隐喻出行、喜庆与人间的事物一一聚拢，你能看见谁是艺人，谁是树木呢？你看了看日历，农历十二月初九，宜祷告。这是生活坚忍的赞美，这是舞蹈真正的灵魂！

我们所见的或不可见的。文学的硬伤在所难免，写作不就是一场生命的苦旅与修行么。

双手合十那是繁星遥远的抒情，直到繁星出现在天空中，云朵和花草是美术电影。我想拍下这些部分：镜头的小树林、周身的风景、一个人与城市的片段。也想停下来倾听万物，迷人的万物，万物的迷人，除了奔跑还是奔跑，不过是经历的插曲而已。那么蓝的天，那么蓝的海，望一眼就动了情。

路人匆匆而过的脚步，直到一只鸟的出现，让事物逐渐清晰。

2

生活的，灵魂的，现实的，梦境的，世界慢慢还原，直到近乎真相的孤独，司空见惯的巷子早出晚归。忙碌的脚步却只能绕着一棵棘刺丛中的树，每个人都是一棵树。这个想法真不错，我出神地在想一件事情，无能为力的悲伤，难道阳光的燃烧是虚构？庄稼不需要经过回忆，它们活在粮食的心脏。

人间的马路喧嚣汹涌，卷着乌云的浪潮。每一朵夜徙的桃花，都很难回到从前。披着一身故事的斗篷，有谁读出茅草的激情，它们与他们之间，他们与她们之间，谁配得上在镜子前，谈论关于生活的真相。楼上的打孔机一直在撕裂，手艺人在肆无忌惮地凿空墙壁，阳光正好穿过树林与窗户，一个又一个寒冬来临，一个又一个春天不远。告诉我的河流和星辰，我也会告诉星辰和河流。

从旧墟村巷子里出来的人，可以简单一点，减去生活的虚荣，减去内心的浮躁，只剩下本真。嗯，一个人的观察便构成了一部村庄史。纯手艺，只剪发。斑纹的灯一圈一圈地在转动，人声车声地板砖撞击的敲打声，它们都陷入了旧墟里的印痕里。对面墙壁上一排排的电表，红点的光一闪一闪。"有电危险"四个字在一排排电表的上端，非常醒目，红色的四个正楷字。有个上了年纪的男人，算不上老人吧，他坐在台阶上一边抽烟，一边瞄我一眼和我的周身。对面的一棵树，枝叶非常好，没有一丝风会在此刻想起谁。"住宿"这个宽大结实的词藏于枝叶间，我怎么老是错觉这两个字是往昔，而不是住宿呢？斑纹的灯继续在转动，你推了推眼镜，监控摄像头图标的下面有一个举报电话：12345，是公共安全隐患举报投诉电话。墙上的每一块砖都是夜晚的独白。

她们经过你时，会忍不住看你一眼。有的眼神风情，有的充满了街巷的内容，他们呢？男人们或抽烟，或嚼着槟榔，除非有必要这么做，他们才扫一扫你的窗口，发现了你正在盯着他。没有人读懂一个男人的心思，哪怕刚才慢腾腾拄着拐杖走过的老大爷。提着青菜在下班路上行走的男人，他思考的样子很有意思。

按一按电梯按钮，你从一楼到八楼在片刻之间。从八楼到一楼，大堂的门被一条马路不断经历。赶路的人都有赶路的节奏，每一首曲子都是南方。着装的下午，必须认真对待生活的意义，面孔与站台的沉默，几乎停不下来的环卫工人，他们的走动让小巷有了颜色，这样的颜色我相信没有人不熟悉。玻璃窗子上贴着"共享单车，严禁进入"。最近美团 App 推出的一款黄色共享单车，真的很好用。骑单车的老男人，在城市也是一部特别的插曲。当你气喘吁吁地支好单车，坐下来，你在无意中发现了对门马路上的那家小酒馆，用繁体字写着：富豪乐！穿衣服都能穿出贵族气质的女人，她在你陷入沉思的另一端，做到了一本正经地旁若无人。

你是一个人的胃，他有没有饿了，只有胃知道。抬头看天，才看到巷内五米的上端还有"爱家快捷酒店"六个字。排水管的水沿着墙壁下游，游向未知的远。

如果只剩下回忆，镜子也可以发声，练习生的马路到处在修补，走走停停的车辆，电动车成了重要的指引。你已经戒烟多久了，你心里再清楚不过了。嘿，等候斑马线上的红绿灯也是一种工作！你穿越绿灯的斑马线，没有一匹马站立在斑马线上。一支圆珠笔写下的时间，都与旧墟的往事有关。南方的炊烟埋于粮食的大地，大地之上，钢筋水泥的窗子谁拧亮了你的夜色？

从一级又一级的台阶上下来，你可曾看见过那个搬运纸箱的工人，他每天都这样重复。我准备下次途经野妹火锅店时顺便左拐，然后认真数一数有多少级台阶。一个正常人在不正常地唠叨时，喋喋不休真让人怀疑已经病得不轻。你不得不佩服他自言自语的表述简直算得上是脑洞大开，你对他的话语已经感到厌恶，而他丝毫感受不到你的厌恶，他不仅没有停下来的意思，还越说越起劲。甚至说的话已经离题万里，毫无逻辑，几乎等同于在发疯。我假装在手机里查看信息，可他还不知羞耻地在滔滔不绝。

大街上的一台噪音机，在干扰你的身心。一点奶茶店的男女生们，他们的口号很有音乐的节奏：你好，欢迎光临，可以扫码点餐哦。男生的磁性加上女生的柔美让你重复听几遍都无妨。你只要集中精力往马路那边靠，就能听到男女二重唱。

不断地去适应环境，去适应一个人，你就会发现自己的世界更宽广。一起上班的一个民工，刚开始没有发现他什么？相处几天后发现他的大脑有点问题，喜欢一个人自言自语，有时朝着窗子外面破口大骂，骂的话语也是天书一样五花八门，一下子是玉皇大帝，一下子是紫霞仙子。有时说得激动了，会拍桌子，还会忍不住问我，你说，马路边上那棵树是谁派来的，它们究竟要完成怎样的使命呢？下午去上班的路上，看到一家新开张的柳州螺蛳粉店，贴出"今日免费"的字样。这个老板的营销点子还是不错的，我觉得这个点子是完全可以做到宣传的效果。让人免费吃，用味道的实力征服一个人的胃，远比声势浩大的夸夸其谈要靠谱得多。旁边的一家长沙臭豆腐味道很劲道，豆腐也不错，第一晚回去时吃了一碗，就觉得味道对上了。后来路过吃了好几回，第一次吃的是十块的，八个；第二次吃了十五块的；第三次吃了二十块钱的，十八个；吃二十块钱时，碰到了一个女孩来打包，她问我有没有看到一条狗，丢了半月有余。她说，那条狗跟了她五六年了，她对这条狗已有了感情，很是舍不得，如果看到她的狗希望能联系她。我加了她的微信，她的朋友圈大多是卖手机的图片，我猜这个小女孩应该就是卖手机的。她朋友圈的封面是跟一个男生的合影，两个人相拥在一起。

每一条巷子都是夜晚的独白。你在治安巡逻签到箱的小本子上写下你到达的时间，签下你的名字。你发现没有，无论是谁，在签自己的名字时都写得非常好，几乎可以当成不同风格的书法来欣赏，我觉得这样的名字就像那个隐藏于生活中的最真实的部分。名字的每一个笔画都是生活的经纬，都是生命的纹路与线条。

在夜色里与巷子一起延伸到很深的环卫工人，他们和巷子一起面对面，一起沉默而静寂。他们收集的纸皮和瓶罐都是小写的生活。垃圾箱的轮子如车轮碾过石板砖上，叮当作响，一排排到夜色的尽头，灯光打下来，湿了别处的梦境。穿越绿灯的电动车，很多都是小哥，他们是谁的小哥不重要，重要的是他们是外卖小哥，在寻找夜色的地址，他们是外卖小哥。

异乡的归途在哪个方向等你。

你突然想起了杨梅树下的鸭子，你想起了好笑的雨点落在屋檐的角角落落。各怀心事的家禽们，泥草丛里的蚂蚁，竹林中的雨雾，它们也在思考，关于乡村的哲学手稿研究。山上有山，山上有马路，山上有汽车。只有按响的汽车才是汽车，只有奔跑的车轮才是车轮，只有能够唤起树木的喇叭才是喇叭。你敢对着山坡唱么，你敢照着山谷喊么，你看，打飞撑的蝴蝶，一只，又一只，真能飞。

有山风吹来，好哩！有云朵做伴，闹哩！有庄稼观阵，冲哩！南瓜藤盛开的花朵，也有冬瓜不动声色的微笑，也有红薯与土豆。哪座山没有怒放过雨水，该以怎样充沛的神情，面对这庄稼的归途。

河流一直在每个人的心里游动。清澈与清澈的所见。飞鸟怀疑自己的翅膀。梧桐树，梧桐树，你构思了我们童年的回忆，我构思了一座城市的经历。你倾听的和我讲述的它们是一个故事，可能有不同的版本。爱在适合的纬度，围绕的每一朵何止是辽阔。掬水揽月的清波啊，这清波的清只有清波知晓。清是石头磨砺过的，也是红尘生活过的。现在，我也是一块石头，摸着石头过河的人，在找寻河流的地址。

不同的人有不同的生命路径。种植的泥土，它们自有去向。迟迟未眠的星辰，她可以任意咳嗽。不远处生长的它们，你又知晓多少？那面墙挡住了难言之隐，你没看出来有所不同吧。作业本上的萤火虫是前几年的童谣。这一年过得并不称心，重复的阳光又重新返回。在城市饮下的孤独，并非你独自一人的初衷，我们又能如何呢？我们不过是我们，我们是我们出发的远方，而远方的我们在南方以南。

枝叶布满了光的纹路，石桌和石凳也铺满了油画的南方。蒲公英在低处的丛林，顽强地生长：我们、南方、散落的蘑菇，像一个个孩子般，它们带着稚嫩，很想帮忙的风是艺术家的行为。少许的风是胸中的云雾，结满故乡，那必是熟悉的山带动了翅膀，那必是熟悉的路惊慌失措。不好意思啊，我们想到了哪儿，我们又错过了什么。电影的口音和对白，树林已知晓了事物。南方的建筑，构成了树林的另外一种彩色。

其实很难，她们爱得用心良苦。他们在种子的画笔下轻描和淡写。隔几座山你再看看，隔几座山你再喊喊。有人起身看出天色，天色已晚，晚到失眠的星辰从晨光中再次出现。有人坐下来跟你聊起庄稼，庄稼有什么可聊的呢？我情不自禁地往上衣口袋里摸，往裤袋里摸，你想摸出一支烟来。这种难得的景色，值得抽一支烟。可你已经戒烟三年之久了，你真的做到了。目前的生活依然充满了艰辛与万难，但你确实学会了爱惜羽毛。我相信你，太阳停在了翅膀的枝头。

　　沿路返回的小鸟，试着追赶我。真好！

羊台山的诗

羊台山的诗意是深沉的。

羊台山不仅仅因为自然的迷人，万物的迷人，山峰的迷人，更多的是在这迷人的树林深处，有一条特别的小径，它是一段历史，一盏明灯，一粒种子。我沿着蜿蜒的山路一直向上，如同置身于一首诗歌的羊台山。

当我们气喘吁吁地爬到羊台山顶，俯瞰北回归线以南的整个石岩，石岩湖是这个小镇最亮的地方，它的蓝还是那么动人，让人心动。阳光透过枝叶间的缝隙投射下来，有的落在了一只蝴蝶上，有的涂在了一朵野花上，有的呢？在我记忆的深处，斑斑点点，动人心荡。

我太熟悉它们了。老街、老街电影院、第五工业区、光星电子厂、罗租村、砖厂、浪心村、雄昌玩具有限公司、石岩宾馆、上屋电厂、径贝村、径贝灯泡厂等等，它们就像我身体里的每一个词语，或者说每一个段句，时隐时现。

老街上的诗人和诗人的老街，以及分行的理想与现实，它们是如何残酷地煎熬一首诗。我在落满树叶的球场后窗屋里，看到一个人的名字像一株植物画在稿子上，我的堂兄嘿嘿地笑着问我，你知道这是什么？我说是什么呢？他说，是一个来自广西藤县的著名诗人安石榴。这个名字从此被我记下了，在石岩老街和老街电影院后院球场的后窗屋里，低处的阳光开始褪色，散散淡淡地想挤进屋来，几次都被球场旁晃动的树枝给荡远了。

第五工业区呢，那简直是我们的另一个故乡。大多数从客里山出来的姑娘都在光星电子厂上班，也有很多人在二手老板开的制衣厂和纸品厂打工。电子厂女孩子比较多，其他的厂有男有女，男的大多数是在仓库和出力气的部门做杂工。也有很多在工地上打零工，也有打流的、买六合彩的、搓麻将的，鱼龙混杂的人大多租住在罗租村、砖厂、浪心一带。那时候打流的人都喜欢文身。有的在胸脯上文一头豹子，有的在后背上文一只猛虎，有的在胳膊和手臂上文一条龙，或者一只老鹰等等。这些文了身的人走起路来都很拽，好像谁也不怕。很多人看到文身的人都躲得远远的，生怕被找麻烦。这些人大多喜欢打架，一个比一个狠。

复读了好几届的老高中生次次高考落榜的老孔刚进了雄昌玩具厂。多读点书的还是有用的，尽管老孔回回都落榜了，但一米到雄昌玩具厂，看到门口招聘仓管，他只用了几分钟时间，就完成了所有的考题，顺利进了雄昌玩具厂做了一门仓管。我记得他曾经跟我说过玩具厂有个做文员的四川姑娘喜欢过他，有个细节他说了一遍，我就刻骨铭心地印在了心里。他说，那个四川姑娘是我见过这世上最温柔的姑娘，她从后面紧紧地抱住了我，我感到了这一生从未有过的那种心跳的感觉。

老孔的故事太短了，还没来得及开始，就草草地结束了。那个四川姑娘春节回去后，就再也没有出来打工了，她写了好几封信给老孔，说还是忘不了他，她可能还会出来的，希望老孔能够等她再出来。后来老孔被厂里炒了鱿鱼了也没有等到四川姑娘，但四川姑娘坚持写信给老孔，这一次她把信写到了光星电子厂原来的同事那里，让那个同事转给老孔。那个同事也是个姑娘，她在转信给老孔时，一来二去，她和老孔就这样走在了一起。后来，他们就结婚生子了。

通了六号地铁线后，到羊台山就快捷方便了许多。但现在的羊台山不再叫羊台山了，已经改为阳台山。太阳开枝散叶地跟随铁轨奔跑，让它们奔跑吧！我地铁上又看到了文身的手臂，不过，现在文身跟过去大相径庭了，除了装饰另类的时尚，没有别的含义了，也不会像过去那种看一眼你就紧张和惧怕的心理。同样是文身，时间给出了不一样的气质。现在的手机也都文了身。

六号线停在了阳台山东，还要再坐一站到官田村，我忘记了从哪个出口走出来的，出了地铁站，官田是在水田的前面还是后面？就看你从哪个方面指认。我用手机扫码了一辆小黄车，我决定骑单车抵达阳台山脚下的龙眼村。我在小黄车上骑出了年轻时候的阳光与云朵，这不是很好的天气么？这是很好的天气。我不经意间想起了龙眼，不是人人爱吃的龙眼是龙眼村龙眼山龙眼井，还有山下的溪水与一群鸡对视，闻鸡起舞的小说家不是播种了吗？他的小说《死海》在重要的省级文学杂志刊发。用当时的话说，能在这本省级文学刊物上发表中篇小说的就称得上是一名作家，他已经是名副其实的作家了。可是谁又能想到之前他还在工业区的一家弹力鞋厂干保安呢？他的笑勾起了弹力鞋厂的姑娘，她们看着他笑，她们也在笑。她们正在排着队打卡下班，是四月份还是五月份，日期已然不算重要了，都是在过往的物事中所发生的，这些发生的过往也面临了一井水的清澈。那是干净清凉的清澈，那是深不见底的清澈，那是一个人生命中微小但珍贵的清澈。

我在公明的合水也见过这样的清澈。我这是保持了六号线地铁最初的出口，我们坐在小食店门口，没有名字的小食店，就像被遗忘的生活断句。一边说着话，一边的地铁轰鸣而过，给大地留下了很空旷的寂静。你看，遗忘的树枝都慢慢长了出来，嗯。还记得石岩泥土的气息吗？深一脚浅一脚的裤筒，卷起了罗马的松柏与刀印，跟第五工业区黄昏平分的蚂蚁，也在黄昏它们轮流在后半夜看水。小时候，我们哪个没有在后半夜跟大人们看过水呢？在农田上守一夜庄稼，就是看水，有意思吧。

我们都成了父亲，而我们的父亲都已经不在人世。我们的胡子慢慢沧桑成一种自然的白，一种本真的白，一种孤独的白。

老街还在，老街电影院却已远去了。老街石桥下的水还在流淌，而老街上行走的诗人们却已经不知去向。到过老街电影院看过电影的人都知道，最早有一个墙报叫《打工村》，这面墙报开启了一代打工文化人的潮流，很多来自全国各地的怀揣文学种子的年轻人，如果读到这面墙报，都会点燃心里翻涌的热血。随着这面墙报影响的还有一句赋予文学理想的宣言：我们刚刚结束了给老板加班，现在我们为命运加班。

　　我在径贝村果园面对一条被铁链拴起的凶猛狼狗时，却意外惊见了我的三哥，他踩着三轮车，三轮车上拉满了喂猪的潲水。我喊了一声，三哥。三哥看到了我，刹住了三轮车，他也大声地喊了一句：老弟。我问他一般都是在哪里拉潲水呢？他说，主要是在石岩宾馆。他把石岩宾馆还没有弄脏的鱼肉重新用一个干净的袋子装起来，带回来再清洗一遍，然后再放进锅里煮热，就可以拿来吃了，他一边吃一边问我，老弟，好吃么？我点点头。他开始带点神气地说，这可是有钱人吃的山珍海味呢！

　　我曾经在一篇散文里写过：喝过美津汽水的人，都吃过不同程度的苦。咳嗽的汽水承担了故事的修改，谈论天气的人也在谈论远近的文化。还等什么盘山而行不是就可以了吗，像雾一样修饰的山，阳光也显得朦朦胧胧，或许，我多少填充了虚构的成分，这成分里又沉淀了事物的真理与内容。只是后来他们撑开的雨伞又生动了我，在羊台山上，无法预知的事情并不一定跟羊台山有关，而是高高在上的天空。攀爬的身体在治愈什么？我们为何要不断地攀爬？通过一朵野花的比喻，我找到了比喻的色彩。石块铺在崎岖的山林，每一块都雕刻着南方的叙事。听那个爱笑的姑娘讲述，是一件很愉快的事情。看，无人飞机在我们的上空飞翔，我们朝它欢呼打着招呼，被生活写真的人也有一双翅膀在飞。当你眺望山湖的石岩，石岩的山湖也在眺望你。当你眺望孤独的往事，往事也会在孤独里眺望你。

　　有一种蓝布满了生命的纹路，用了南方整个少年的力气。我们细细地去辨认和想象，去熟悉和感受，老街电影院的墙报上也涂抹了蓝的诗意，那上面有我的字迹，也有老孔的字迹，更有我俩会心一笑的神气。流水线上下来的工牌和工衣，她们都在一根甘蔗的表达里青出于蓝。围绕我慢慢打开了自己的野花，野花热烈而醒目，那样的热烈蛊醒了一支蜜蜂的单曲。

　　到了山顶，我们继续行走。平整均匀的石阶，是一块块石头砌成的。每一块石头得需由一个人一匹马地驮上来的。马不停蹄地周而复始，这样的精神源自一种生命原动力，更是基于一种文化传承的推动力量。时光是一把刀，一把雕刻的刀，它藏于时间的深处不动声色地雕刻着每一个人，每一种生命的路径。名字结成一枚果实挂在枝头，想象力可以穿透任何一条古道。有人蹲下来只为贴近一株草一朵花，有人汗流浃背却对着树上的鸟雀欢呼不止。镜头里的树木和走动的声响，都由镜头的光线和色彩构成，虚实结合的身体要是能够停下来，我们愿意聊起文艺的桥段与细腻的开头。你自然地站在那里，用一脸的笑等我，拉着我的手又忍不住怕了一下肩背。恐惧与时代的寒冷恰好也在不经意之间，扑面而来的是鸟雀的飞动，它们与一头黄牛的光影都无法拨开的凹地，茂密的草几乎一无所知地覆盖了它们的茂密。柴草是根据一种生活的经验而生长，这个我信。扁担的长度与宽度，或者厚度呢？你和我又能理解多少后山的坡度。坡度也是后山的情境之一，这自然是后话的口音已经敲铜锣打鼓，捆一捆岩石上峻峭下的筹毛叶，你会明白些许。你以大地的模样跟我聊起了诗意的可能，你建议我就这个被忽略的草地、简单的几棵树，值得多写几个字，它们有并不简单的故事。我们一起静默地陷入思考：播种的曲折与迂回处就在这里，红色革命遗址浸染过风雨也出现过彩虹，火把和马灯打探过的微风每一行都是精华，竹林的直立从汉语拼音耐心地观察每一个音节。人口手，上中下，山石田土。b p m f d t n l。

在面对一棵过于旺盛与茂密的大树时，大家都不约而同地停留了片刻。大树上有几个字，是竖着写的龙××，后面的字被××涂改了，无法辨认，但第一个龙字却完整而清晰地刻在树身上。出于写作职业的敏感，我和朋友们开始津津有味地讨论起了这几个字。我想这应该是一对情侣的名字，男的刚刻好自己名字中的一个"龙"字，准备要把女人的名字中的一个字也刻上去，可能因为中途两个人发生了冲突，女人不让男的刻上去，男的一气之下就全涂上了重复的××。南方亚热带气候的树，跟人一样，都具备抗耐热，无论燥热与酷暑，都能默默承受自然的生长。从一棵树到另外一棵树，最后到错落有致的树木丛林中，这对男女最后还是释放完了内心的燥热和酷暑，回归了生活的平静和从容。也许这对年轻的男女，他俩就是文化人，他们的家人都是革命的先辈，又或许他们的先辈也是革命队伍中的文化人，谁又知道呢？朋友听了我的想法，嘿嘿地笑了。他说，有这个可能。

很快，我们就在谈笑风生中走到了"宝安区红色革命遗址"这块牌匾的地点。同行的记者说，这里才是我们今天正式开启的探寻文化名人足迹的第一课。大家注意看，这块牌匾所指的一条小径，就是当年营救文化名人去到蕉窝村旧址隐蔽的必经之地。请大家注意了，此路狭窄又曲折，坑坑洼洼，还有峭壁荆棘。

在这里我必须简略地提一笔：抗日战争时期，羊台山东纵游击队和当地村民一起在这里上演了历史的大剧：文化名人胜利大营救。他们从沦陷的香港，抢救文化界人士和爱国民主人士。在白色恐怖的层层包围中，他们排除万难，不怕牺牲，穿越周边都是日军占据的关卡与哨所，硬是成功出色地完成了拯救任务。

这些名人中有茅盾、邹韬奋、何香凝等几百人都从这条小径转移到深山里的蕉窝村。可如今的这个蕉窝村，只剩下了几块标记的石碑和绵延的绿色。准确地说，这里不过是一个遗址。但这个地址是南方历史最重要的地方。同样作为文化人的我们，重新沿着文化名人的足迹去走一回，意义是非凡的。当我真正踩在这条文化小径上时，我感到了这片山林的寂寞并不是空旷的，这条小径的崎岖与峭壁并不是艰难的。

我在路上想起了作家茅盾也走过这条路时，忍不住笑了。我想起了我的二哥，高考落榜后也来到了南方石岩打工，当时就租住在罗租村起早贪黑地在工地上搬水泥、挖基础、打零工。我去过他打零工租住的房子，是废弃的旧土墙黑瓦房，房间里面黑咕隆咚的，一年四季从未用过电灯照明，只有吃饭的时候，才舍得点燃一根蜡烛来亮一会儿。煮饭也简单，随便在靠墙的地方堆几块砖，然后把铁鼎锅架上去，往几块砖撑起来的空间里塞些易燃的柴草，用打火机点燃，等大火稳定了，再不断朝里面添木块。二哥一边添木块，一边吧嗒地抽着香烟。他的眼睛里总眯缝着一种对生活的神气，远远看，他是在微笑，等你走近了看，原来是一种苦涩的若有所思。黄昏的时候，我们经常去石岩老街市场上买那些即将处理的肉。那些肉由于时间过长发出了难闻的小小的臭味，我有点不明白，二哥为何老买这些等待处理的肉呢？二哥好像看出了我的疑惑，就嘿嘿地笑了笑，并用刚刚捏过猪肉的手在鼻子上揩了揩说，这个肉用我们湖南的辣椒一炒，保证香到你吃几碗饭哩！我还记得我读小学时，在屋门前的竹林里背诵课文中的一句话：用我的矛戳你的盾，结果会怎么样呢？二哥当时正从水井里挑了一担水回来，远远地就朝我喊：

用我的矛戳你的盾，结果会怎么样呢？那是关于自相矛盾的内容，跟作家茅盾没有任何的关系。但我此时思维很跳跃想起了"矛盾"这个词来。我还记得每一次经过红岭中路一〇三八号，看到茅盾先生题的"深圳市文学艺术界联合会"，心里就会涌现出一种莫名的亲切感。

文化人聚在一起，自然是有趣的。在走到有溪流的地方，有人忍不住唱起了歌来。同行的年轻记者同志们有男有女，一会儿用镜头等着我们走近，一会儿用咔咔的声音定格我们。遇到坑洼和峭壁、沼泽及溪水，都会耐心地提醒我们。我在一个过于峭壁的小坡，主动伸手拉了一把记者女同志，她说了一声，谢谢。她的声音激荡起了溪水无限的温柔。芭蕉与竹林越来越多了，雨，也下了起来。这真是应景得很，雨打在芭蕉上，淅淅沥沥的声响，让整个山林的颜色都绿了起来，静了起来，美了起来。和着雨水一起撑开的是一把把的雨伞，这雨伞也是山林中的一朵朵花。此时，我才清晰地听到有鸟雀的叫声，时而一两声，时而四五声，长短不一，附和着风声雨声，层层叠叠，朦朦胧胧，像是在讲述这竹林深处不一样的烟火与人家。

此行有本土书画家、摄影家、作家、记者等一行二十余人，准备重温当年革命红色遗址，身体力行地去体验一次当年营救文化名人的山林小径。报社的编委在出发前就很细腻而又温馨地在群里一再提醒各位出行的文化同志们：请确保手机畅通。山上部分地段信号不好，请尽量不要远离队伍，以免"失联"；山路行走请注意安全，速度不宜过快，特别是土路部分，难走地段不必勉强；小心树丛中的蛇出没；工作人员携带有消毒液、药棉棒、创可贴、云南白药、藿香正气丸、清凉油、肠炎灵、速效救心丸等，如有相关需要请与我们联系；请携带雨具、手机充电设备，着长裤长衫；最好携带背包，土路部分地段需腾出双手扯枝蔓帮助攀越。背包也方便装瓶装水（已备）等。

这里就是营救文化名人的隐蔽所蕉窝村旧址。我们走到了只剩下几块石碑作为标记的位置。据同行记者介绍，这里原来是有好几户人住在此处，有土砖屋，村前村后，还有农田和果园、菜园等种植，营救来的文化名人们都分别安置在这几户人家附近的后山里，给他们重新架起屋棚暂住下来，等待时机成熟后再离开。这些文化名人们也经常在树下，在淙淙的溪流水旁与村民们聊家常，聊生活。

东江纵队游击队的同志们和村民们就是在这一处山林深处谱写了一曲爱国的革命历史故事。故阳台山自然也就有了"英雄山"的称谓。这个地址位于深圳西部海拔五百八十七米的阳台山上，在阳台山密林深处一个叫蕉窝村的地方。

真切而踏实地走了一回蕉窝村旧址回来后，腰酸腿疼了两日有余。我的鞋子被竹林深处的雨雾打湿了，还沾满了小径路途的泥巴，我觉得它们也是诗意的。不虚此行的文化名人旧址，在我看来，阳台山那片竹林深处的小径是一首可以反复阅读的诗歌。

一条慢船在夜色的深处通过了羽毛的试探。江河沦陷在烽火与硝烟的南墙之下，露天电影的准备苦口婆心避免不了打赤脚，也避免不了往事与旧年的痕迹。仿佛是一种瞄准一块田的结实应声而溃，手扶拖拉机熄灭了摇动的突突突，怕话有多种密度的信息凝视你所感知的恐惧，恐惧就会理所当然地抵达。虫蛇也会缠绕事物的荒凉与惊叫！推磨的老茧不费吹灰之力把鼎罐里加满的生水，又重复提到了燃烧的偏爱，还有手掌的音符，以及梆子上翻山越岭的铁丝去倾听练习的竹竿。没有人可以描绘这样的场景，它们和细雨一样薄雾，我不再关心树林里还有其他的野兽，我只关心荆棘丛生的竹林像防风的灯芯在晃动。踏马归来的种植，听起来像高山流水，像淙淙的溪流，灵魂的琴曲动人心弦。遍布的竹林，英雄是一条名不见经传的小径，英雄是一棵平凡的树。当南瓜藤越墙而笑烟雨朦胧的火星终于是安全了。在母亲轻微的伤感里，灶火是整个家园的版图，朝北的房间一定有朝南的灯芯亮了。不用怀疑纸飞机跟种植的泥土会建立起一种什么意义呢？我只能这样犹豫而无序地触摸眼前的石碑，这其实就是一块普通得不能再普通的石头，它真的就只是一块石头么。雨水打湿了石碑的心脏，我们又怎么能不在这历史的地址停留片刻。石碑藏起了黎明时分的温暖与热爱，房舍、田地、农人，还有长长的竹林，慷慨而温柔得出奇的树影。一床被子和一条裤袜，一双布鞋，布上的女人用汉语修改的词句已经戒酒多年。炊烟退回到一九四二年晒卷了的松柏和梧桐树叶上，你爬上一棵高高的枝丫，对面的阳光一粒又一粒地看着你。你冲动地想起了那群捣鼓手枪的人，爱过钢笔的人，蕉窝坑的农历也会持续讲述雨水，雨水之后的太阳无疑也将讲述。

比春天更深入的一场风暴，在转移的路径改变了对河流的看法。太阳让他们改变的不止是一种生命的纬度，芭蕉和竹笋在翻耕和播种的句子里重复。砍柴的人也可以用镰刀的发现，在自然与艺术的人文中去体察几簇绿色，几种构图。逃亡的夜露也不能伤害站立的后山，南瓜和冬瓜也站立在某个时刻的藤蔓之上，只有这一山的阳光与雨露，让整座阳台山事无巨细排除万难不辞辛苦夜以继日等等。等什么呢？等一个人，等一条路，等一种抵达的宽阔。我能够想起的成语哪怕只有一点点的关联，夜莺在空旷的远郊反复排练也比不过布谷的曙光！此时的蕉窝坑也已经成了一首可以反复背诵的诗歌。自然整座阳台山都成了一首可以反复吟唱的诗歌。

时光只那么晃了一下。远远地我又看见了在阳台山下扎棚喂鸡的堂兄，几个棚子里都是他喂养的鸡。还有几条看家护院的狗，只要人走近，首先是狗叫了，鸡接着就跳了，好不热闹。其时，附近几公里处还有大大小小的工厂，很多打工的夫妻因为住在宿舍不方便，就搬来阳台山下的龙眼村，堂兄喂鸡的地方就有很多以前龙眼村人剩余的旧土墙屋。因为是废弃的房子，所以房租只是象征性地收费，打工的夫妻看到房租便宜到心花怒放，就抑制不住两个人压抑已久的春心动荡。有时，太过旺盛的响声穿过并不结实的土墙屋，一阵又一阵。把棚里安静的鸡给镇住了，它们抻直脖子，左边摆摆，右边摆摆，突然，像发现了什么秘密一样，都飞的飞起，都跳的跳起，还不忘大惊小怪地喊起来：搞搞搞，搞家搞，搞搞搞，搞家搞！

谈 艺 录

1

写东西真不是一件容易的事情。把文字写好几乎是每个写作者的梦想。

我就是一个对写作越来越迷恋的人，明明知道写一个作品就像怀孕的女人分娩孩子一样地难受和痛苦，但就是愿意让自己这么痛苦难受着！当痛过之后，你会发现一种前所未有的快感！

每一次写作，对于我来说，都是一种新鲜有趣的向往。就像恋爱的感觉，我喜欢这种感觉。

很多人写作只不过是为了好玩，他们通常会这么调侃写作：觉得无聊就写作。写作嘛，没你们想得那么深刻和复杂，就像我在牌桌上摸麻将一样。果真写作就是如此么？果真写作就是因为好玩么？我想，这个问题铺开来谈，就不单单是一句话可以阐述清楚的了。

古人写字，写在竹简上，手续极其累赘麻烦，文字力求其简短含蓄，不许有一句废话。

而现在呢，有了纸，有了电脑，更上一层楼了。写作就宽泛开来了，人人都可以发表自己的看法和想法。人人都在互联网上把自己装成一个作家的样子，大笔挥毫，舞文弄墨。其结果呢？废话连篇，生造语句越来越多，把安安静静的汉字打扮得热热闹闹，把一坛原本清澈见底的清水搅得浑浊难堪。

以前我在遵循一种落花流水的书写方式，把看到的许多东西变成文字，在别人的气息里定型。我总为读者的认同而无比谦逊，感觉写作的迷离和局限。

后来我停止了这种写作，开始听从了自己的内心。

很多人写作在于一个结果，这是一种非常低俗的写作境界。一个工于心计的人，他所要做的不是如何写好的问题，而是如何让自己变得简单。

有许多人总是在问文章究竟要怎么写？我想问谁谁也不可能回答正确。因为答案是他的而不是你的。如果你想知道，就得自己去寻找。

我对好文字的标准是：不经意。我喜欢老实地写作，我说的老实不是停滞不前地听从，是一种务实而有所准备的思考，是坦诚而认真的。

作家最大的自信总是充满了人文的匠气味，这来源他的不自信。作家最大的不自信总是充满了痛苦的探究，这来源他的过分自信。

哲学家蒙丹做了一个有趣的测试。他让一个在物质上非常富有的人朝窗子的玻璃里看，问他看到了什么？那个人回答，看到了许多人。他再让这个人朝一面镜子看，问他看到了什么？那个人回答，看到了自己。蒙丹意味深长地说道，同样是一块玻璃却让你产生了如此大的看法。

我们平常喝酒，喜欢来碟花生米。那碟子里的花生米每一粒对于你都是不经意地下酒，而喝酒因为是你的结果，所以你喝酒时想得更多的是酒，而不是碟子里的花生米。所以，你每咀嚼一粒花生米就会觉得酒的可口。恰恰相反的是，这些花生米才是你喝酒的最佳过程，写作亦然。

《红楼梦》大观园里刘姥姥在和贾母进餐时有句趣话："老刘，老刘，食量大似牛，吃一个老母猪不抬头。"这种旁若无人的风趣，植入了每个人的内心。这正是写作的最高境界。

2

我喜欢在早晨写作。我发现故乡的早晨静寂而安宁。

当我用手触摸故乡时，一种说不出来的惊喜让我一下子碰醒了沉睡的文字。她像母亲的抒情一样，把我的天空打开了，我无意中找到了写作的源头。

这种发现是令人兴奋的！就像看见了神的女子，会引诱你做爱一样，总是那么地宽舒和美好！

在我的故乡客里山，每个人都特别爱打纸牌，通过对纸牌的接触，加深了我对这些底层小人物的认识和记忆。他们的性格和对生活的态度通过纸牌呈现了出来，让人感到温暖。纸牌的趣味不是在牌子的符号上，而是在每一个人的方言和动作里，更多的趣味是来自个人内心的自省和小农生命的顽固意识。纸牌就是一个农民在与土地的交谈，一个村庄的底层命运忧伤的缩影。通过一张纸牌的重量，我看清了疼痛后面隐匿的物种。我想，越是疼痛的它越是呈现了幸福的外形。有趣的东西，总是让人喜爱。这种喜爱到了一定的境界就发现了它的真相：痛。

客里山的农民都充满了天才般的语言。这些被忽略的语言在我的笔下非常出彩，它几乎让我不加选择地就成就了我的才华。他们的语言是拗口的，甚至是陌生的，但我从《现代汉语词典》里把它们规范了时，我发现了一个惊人的秘密，客里山农民的语言是最先锋的，它让我的写作充满了个人的性格和无人可及的难度。因为这种写作，我开始在写作中坚定了自己的信心。

我突然觉得自己的写作充满了快感和骄傲。因为一个村庄的语言从一个人开始，从此找到了歌唱的舞台。我也许写作的不是文学，不是读者想要看的那种，但我已经找到了我要做完这件事情的兴趣和无边无际的力量。只为少数人写作，这种选择一下子让我无话可说。

万物之下，所有的色彩其实不过两种颜色，一种是黑，一种是白。

黑的是夜晚，白的是白天。黑处见光，是月光，像女人；白天是阳光，像男人。黑白之间，一个人的性情就可以看得清楚。我理解的黑是一种安静。它让你无处不在地承受了光的引路。所以，当你写作的质量越来越醇时，你便看见了阳光下的暗处，这是一种忧伤的黑。黑里面储藏了无尽的光芒，会扎眼。

在客里山，形容好看的女人，叫水色很好。形容强壮的汉子通常不是从外形上，而是从语言里。日子苦不堪言时，背时的生活总是痛心的，他们总借助一张纸牌的简单来安放自己的烦恼。他们在牌桌上"啪啪"地甩出牌来，嘴里就喊出像石头一样坚硬的粗言："人一个，卵一条。我怕他条卵哩。"

　　这些粗壮的方言像植物一样干净。他们摸牌的手不是停滞不前的，而是麻溜利索的，像劈开的柴木，一刀一块，非常简单。他们手握一张张散开的纸牌，他们在纸上谈兵的爱和憎，是一种对生活的交错，也是一种对生命的深度触摸。

　　真不敢相信自己，若干年以后居然选择了写作这条路。是什么促使我如此勇敢？这种叙述对于一个才念完小学的人来说无疑是一种冒险。

　　记得我第一次发表作品时，父母亲死活不相信那些文字是我写的，这个虚张声势的父亲居然在喝了几碗烧酒后，说我那篇发表的文章肯定是抄袭来的。为了取得他们的信任，我必须不断地发表文章。那时我用不服输的想法告诉父亲：我要做一个让你心悦诚服的作家。

　　当我的写作进入成年以后，我开始为自己的选择感到了无边无际的害怕和痛苦，包括写作上的不自信。我想，就凭写两个文字就可以称是作家了吗？我阅读了大量的作家作品，每一次阅读都让我感到窒息，我的那点想成为优秀作家的想法被彻底打破。我开始不变价格地怀疑了自己的选择，我想到了放弃，但一直没有放弃掉。我这时才吃惊地发现，原来我除了写作，已经什么都不会了。而写作至少还可以解剖我的孤独，陪伴我的忧愁。

　　很多人认为我是个没有出息的人。

　　我是十八岁开始了一个人的漂泊。当我多年以后回到家乡，我发现自己跟那些同龄的孩子越来越不相同了，他们一个个长满了粗心大意的胡须，有些甚至长到了胸膛和大腿上。他们像个标准的男人一样对我粗鲁地喊着我的名字，我发现自己却还像个孩子。

　　写作的信任是建立在整个童年的经验之上的。如果没有这些，一个人的写作将面临着前所未有的惶恐和不安。那时候我一直以为只要阅读大师的作品多了，自然就能成为一个出色的作家了。我从二十岁开始，基本上对农村的整个一切缺乏应有的热爱，包括那些铺天盖地的植物。那时候我的幻想超越了写作本身，我根本不知道该如何去写作？我几乎是在抒发着一些不切合实际的感情，充满着写作的无从。母亲看到我天天晚上坐在煤油灯下胡思乱想，把书翻得"哗哗"直响，总埋怨我说，不上学了还天天假充读书，有什么用呢。在母亲看来，我是一个有轻度病态的人。因为我对土地和素菜缺乏了应有的热爱,我是一个不喜爱劳动的人。用母亲的话说,叫作好吃懒做。我是一个真正的农民"文盲"。

从来没有想到我的写作会与痛恨的故乡联系在一起,当我写出了那些故乡的人和事时,我发现了我写作有了真正的趣味,那就是快乐。那些被我曾经忽略的司空见惯的农村生活细节再一次在我的记忆里复活时,我感到了前所未有地吃惊。在这些写作中,我再一次加深了自己作为一个农民的可贵,如果我的写作值得骄傲,那就是它让我复读了广阔的农业大学,让我成了一个合格的农民。

我写作最大的难度是来自这些乡村的人和事,也正因为这些难度,让我保持了写作的高度。我在每一次写作无信心时又每一次地从这里树立起了信心。我代表了故乡的声音。那些光和影,孤独和疼痛,都是我的写作。

写作开始了新的方向。

每一次写作就像回到母亲的故乡,让我充满了旅途的美好。

我在写作之中与故乡越来越近,也是在写作之中才体味到了我其实是故乡的一个外乡人。因为写作,使我了解了故乡和故乡的一切。如果我不写作,也许我一生就是在抛弃故乡的旅途中,因为这种不经意的选择,使我热爱了自己家乡的一切,包括那些不动声色的绿色和石头。是什么让我的文学鲜活和出彩,是那些散播在泥土上的气味。它成全了我的梦想,拯救了我无家可归的道路。

我热爱那些陌生的方言和熟悉的大地。包括飞翔的天空。

3

生活是从一个人开始的。每一个人的方向给出了生活多种的可能性。生活沉浸于我们的身体和时光,一个人的消解和说出,成就了生活的片段和细节。

我想到了一个人,他或者她。他们有着熟悉的容颜,有着深刻复杂的内心;她们有着善良柔软的心灵,有着沧桑简单的美好。一个一个姓名的背后都呈现了家乡的风景以及异乡的道路。我为这些被忽略的名字而感动!深陷尘世喧嚣的身体里却有着朴素别致的风情。所谓生活和故事，不管是怎样的开头和结尾，最终要落实到一个人的身上，这个人是谁呢？是大麦还是李美丽？是草莓还是丁泡？是你还是他？这个人也许谁也不是。她只不过是生活给出的一个假想。

我假想了这个中篇小说，这两个不同场景出现的男女演员。男演员叫大麦，生活场景在湘西客里山，一个老实的庄稼人，心怀了对山外城市的向往；女演员叫李美丽，生活场景在深圳三十一区，一个游弋于灯红酒绿中的红尘女子，她心怀童话般纯净的心灵。这两个从来不知道对方的陌生男女却又有着相似的熟悉。他和她在我们的生活里寓意了生命的远方，远方是他和她编织的一个梦，谁又能肯定生活里不会出现这样的梦呢？

生活无处不在潜伏了小说的虚构性，虚构是一种个体超前的独特体验和观察，她根植于大地和万物之中，但隐身于我们喧嚣的生活。虚构不等同于虚假，她只不过是被遮蔽的另外一种生活，被你发现了，捕捉到了。也可以这么说，她就是一种生活，活在你真实的内心里，活在你思想更远的一个地方，当你抵达时，生活就开始了。为了保存那种完美的真实我们必须通过虚构来完成她。请注意，在我的文字里我通常都爱用到她，而不用他和它。这也是我的一种虚构，我虚构了我的每一个文字都是温柔的，母爱的，贴心的，都是生命的。我从来不隐讳自己，是一个喜欢美女的男人。我喜欢的女人有着纯净和素朴的心灵，像母亲。她们有着比男人更宽阔的胸怀，她们隐于大地和天空之间，成为我们永生向往的风景。

这使我想到了我的种了一辈子土地的母亲。她那种从来缺乏深度的耕作成就了大地的深刻。我的写作应该像母亲，紧贴大地和植物，漫不经心地写着。

我现在从事的是小说写作，可在我的骨子里我仍然热爱着诗歌。诗歌给了我获得赞美的勇气和力量。这么多年以来，我奔走在别人的城市，差不多忘记了回归乡村的路。我无数次试图修改乡村的口气，我混于她们的城市和生活，她们还是一眼就识破了我。我的善良和卑微使我最终放弃了模仿，我回到了自己的故乡，这个故乡仍然在别处，可她已经让我构筑了另外一个属于自己的名字：客里山。

这样真好。无论怎样地写作，我始终没有弄丢自己。我一直相信，一些人一些事，文字是写不尽的。但我们却可以安安静静地想。想，有时候多么动人。

写作，让一切高难度的游戏分辨出一个人的诚实。

我一直觉得一个作家他在创作时也是在运动，他写下的字是用心在运动，是一种气功的修炼。道家云："人之元气逐日发生，子时复气到尾闾，丑时临气到背堂，寅时泰气到玄枢，卯时大壮气到夹脊，辰时夬气到陶道，巳时乾气到玉枕，午时姤气到泥丸，未时遯气到明堂，申时否气到膻中，酉时观气到中脘。戌时剥气到神阙，亥时坤气归于气海矣。"道家讲究的气是天人合一，这是一种大智慧，大力量。

一个人最终要完成的不是生活本身的曲折离奇，而是生命里永存的气质和想象。

没有语言的舞蹈需要我们小心翼翼地讲述。

4

近日重读沈从文的中短篇，仍然对他充满尊敬。细读了他的《萧萧》和《丈夫》，内心微微一震。沈从文用他温和的笔调轻描淡写地讲述着别处，真诚到了笨拙的地步。他的每一笔其实都蕴藏了狡猾，这是一个老实人的狡猾，它让小说着迷。沈从文的小说并没有太重的故事，那么薄薄的情节和内容，却让他写得那么厚重，那么出彩，那么才华横溢。不动声色，写得很好。

再来看看我们现在当下许多人写的小说，语言的难度没有了，人物的难度没有了。剩下的只有故事，只有急功近利的表达。小说难度的降低让我们的文学变得日渐消瘦。写小说的人多于读小说的当下，小说的完成，在某种程度上是一种嘲讽。我永远相信，不管到什么时候每个人的内心都需要阅读。可问题是，你是她想阅读的那篇吗？这样的问题同样属于写小说的自己，所以，小说在我看来，的确那么难写。但我时刻保持了难度的准备和认真，安静和守住孤独的自己是我现在首先要做到的。

我写小人物的故事，是一种底层生活的真实呈现。尽管故事都是虚构的，但她们贴近生活的呼吸，贴近人的疼痛和爱，所以，她们让我在写作的过程中，感到了无比忧伤和难过。当然这里更多的是蕴藏了我对这些小人物的审美。而这种美正是我小说一直追求的核心。

他们的生活，他们的命运，他们的苦难等等。通常我们写苦难总是以"苦涩"为基调，描写得越苦难越可怜越好，生怕别人不知道你有多苦似的。所以，通常让人读完作品沉重而苦闷。我想，为什么不能写得更有趣一点呢？于是，我选择了以这种看上去有趣好玩的笔调，让我们一直忍不住好笑。但当我们笑过之后细细想想，这里面的哪一个客里山人都不是可以去笑话的，他们其实很本色素朴，他们有着干净的心灵和爱。他们为什么打破呢？我想，无非是对女性采取了一种笨拙的爱情行动，恰恰这种行动非常真实体现了他们对爱的渴望和梦想。他们满身是伤口，但他们却多么天真地在学会忘记。

在南方打工的年轻人老乐，就是这么一个平凡的打工仔，却又有着那么多与众不同的生活和内心世界。他有着每一个漂泊者的共性，一面是他的善良卑微，一面是他的天真寂寞。老乐的坏其实并不见得真的坏，恰好相反，正因为他的坏，映衬出了他的乡下人的本分和善良。在小说里，我唯一想说的是，老乐不管怎样地活着和历经的每一段，他总心怀了别处的梦想，他其实有着每一个漂泊者的梦想。那么，究竟老乐的梦想是什么呢？我们不得而知，也不必要知道。只要知道，在南边镇的南方，有那么一个人，他也许可以代表每一个打工的人那样或这样地活着。活着，好好活着。在南方工业的城市里，同时隐喻了生活的丰富多义与错综复杂，它巨大而美丽的悲悯。

我讲述的这个小镇，正是我少年曾经停留打工生活的第一个驿站。南边镇与其他南方工业小镇有着明显的不同但又有着本质的相似。她让我的叙述变得意味深长。我喜欢干净清澈的文字，它可以使小说蕴涵美感，正因为这种美感，小说才有了一种非常重要的品质。这种品质正是我所追求的。

好的小说，包含的元素很多，故事、结构、想法等等很多可能的东西都需要。阅读到一个好小说，你会觉得那天特别舒服，如同夜色里遇到了光亮，温暖，欢喜。读到好的东西，你便要对写这东西的人产生特别的兴

221

趣。文如其人，说的就是作品内质与作家气味很近，近乎一种类似的真切和诚实。散文更容易捕捉到作家的气息以及诚实的内心，拆穿她内部的谎言和伪装。我认同的散文家他必须拥有"真"。真诚的真，天真的真，独立思考的真。非虚构的出发点在哪里？又将在哪里开始和抵达呢？我想说的是，既然你难以从生活的本真出发，难以去讲述生活的真和历经的内心，又何来非虚构呢？回到小说，我庆幸用了虚构去寻找别人所没有的真。我用小说的方式完成了去寻找自己的旅途，同样，写小说让我如同回到故乡的感觉。我说的这种感觉，是指我愿意去享受这样的寂寞和安静。方向和旅程成为故乡永恒的念想。

我的小说写作是从二○○五年才开始的。但其实很多年来基本上没写什么小说，阅读在有时候比写作更容易让人开阔，它是另外一种写作的思考。从来没有过这样的感觉，写小说让我找到了写作的真正快乐！在虚构和真实之间我发现了更多的秘密。一种飞翔的快感来自小说的叙述和惊讶。从小说的叙述中我似乎懂了真正的写作是什么？生命和生活的关系，让我感受到了生活的强大和力量远远超过虚构本身。而虚构却无边无际地成就了生活的力量品位。我的小说从不听从别人的杂音，我对自己说，就这样写下去。只写我所见所想的，写那些被忽略的细节。一个人有时候是不需要别人的想法的。

进入小说创作中，越来越感受到了写作的重大和快乐。这种感同身受的力量元素不是每个人都会有的。拥有她，你的文字就变得更有魅力。我喜爱把文字看成是自己的孩子，而写作就是生孩子。越难产越易懂得疼孩子，孩子越深刻动心。每一次进入文字，我就如陷入母亲的村庄。所以，每一次写作对于我，是一次出了远门回家的感觉。我在写作里虚构了我的幸福和痛苦。

写作对于我来说，我喜欢她的过程，她让我有了一种看不见的陌生冒险。写出你熟悉生活里陌生的一面和陌生的熟悉一面，都是非常令人惊喜的！

很多人总以为小说写作有招式，这种想法充满了愚昧。这些玩杂技的人最终是煞费苦心成了一个"手艺人"。时下很多人都感叹小说越来越难写了，对这个问题我并不感兴趣，因为这不是一个关于小说写作的真正问题。我对小说的态度是，不迷信，老实地写作，她远远胜过所谓的花招。

5

我庆幸自己对于小说没有随波逐流。

我把小说当成了一门课题来做。做作业的孩子总是笨手笨脚，因为他在寻找汉语里隐藏的风情。生命与生活的关系，其实更像一个谜。小说的好处就在于你要把谜语拆洗和修筑，如同日常里某个片断某个章节，或某个段落。三个人三种不同的生活，我用了从未用过的艺术试验，几种不同的情与景。我其实更多的就是想把这个小说写得并不像我们看到的那样，可我还是愿意承认，这也是一种小说的可能。

用小说来思考和解答社会与人生的问题，所以我从来没想过小说仅仅只用来讲述，她有时更多的是一种课题，社会课题、生命课题、思想课题，我们需要去研究和解剖她，需要去温暖和宽慰她，需要去爱她。

关于生活和价值，关于生命和尊严，关于人与人的内心世界等等。在现实里，一些看似荒诞可笑的事情在小说里并不可笑；在小说里，一些看似不着边际的传奇断章其实现实不断演义。如何在现实和虚构的中间，处理好这些，小说就会呈现别样的色彩。我喜欢虚构，她可以让你天马行空，生活里隐藏的真理，在小说里也许可以揭示。当你深谙其中的奥秘，你会发现，小说的前途充满永生的力量和神奇。

阅读其实是另外一种虚构。读一些经典著作，从他们的世界获取更多宽阔的思想。当然阅读也不仅仅是从书本上，有时从生活和生命的经历上，从自然的草木等等都可以思考到很多的东西。创造不是臆想，它是来自生活里真实的再造，是把她在另外一个看似荒诞的世界塑造得更加真实、有生命力。你，你的世界；我，我的世界；你我，我们的世界。拥有无穷的阅读，拥有无穷的书籍，拥有永生的梦想，我们才能获得写作的不朽。

后来，我几乎一边沉迷于她的修辞。又一边试探着梅朵与西遇的世界。梅朵和西遇是两个毫不相干的人，一个女人，一个男人，这两个毫不相干的人我却写进了我的小说，包括用另外的字体标识的关于我的叙述（楷体字），又是另外一个人。我总感觉他们有故事要发生，我想梅朵和西遇必须有故事要发生，他们是我生命中的两个人，那么另外一个我也是我的生命中重要的一个人，这三者看似无关，实则有着连绵不断的联系。像很多人又像一个人，未完未了的修辞，未完未了的假设，我在虚构的生活和生活的虚构里饶有兴趣地寻找着，我不知道这样的寻找是否具有意义，但这无疑打开了我小说创作更宽阔的旅程。这样的小说也许并不讨好，但读一读也是妙的，还或多或少有那么一点出乎意料的美感。

6

油菜花为什么在二月盛开？故乡客里山，我的满娘。从她的身上我不断展开生活的宽度和长度，我把更多的客里山的人的生活痕迹，以及我所感知的别处生活的痛都搬了进来，我把更多的生活聚积在一起，聚集于一个人的身上，让它们成为一个人的命运，成为一种更具真实的命运。这个小说我准备了很多年，直到今天我才决定重新打开自己来书写和寻找他们。

小说需要的是耐心和等待。有时你完成的部分等你多年以后去检阅它们时，你发现其实你写出的还远远不够。我的这个小说大部分在很多年前就有了原貌，只不过等到今天我才重新去审视和检阅它们，才有了重建和修筑。使它们得以更完整丰富，更有力量有生命的羽翼飞越在大地之上。

里尔克说，除了内心，世界是不存在的。

内心里住着不同世界的人，这个世界会时刻演变成你我。从心灵的深处去探究灵魂的气息。

阅读小说的重要意义是什么？如果需要的仅仅是一个故事，那么叙述就变得暗淡和乏味了。除了这些，小说我们还需要寻求什么？或者我们还渴求什么？人与人间。心与世界。爱与交织。只有通过不断地猜想和追问，我想，小说才会有着别出心裁的另外一面。我正试着把别人丢弃的东西捡拾起来，慢慢地去揣摩，去热爱。在我觉得越没有太大的价值和意义的东西，却越要去发现她的存在，她存在的意思。

或许这样，小说的写作也就有了意思。我照自己的路子这样试着去写，怎么写也许已经不见得重要了，重要的是你埋下的种子需不需要问题和答案。关注。兴趣。色彩。一些所谓的先锋，其实一开始就深入了生活和人的内心。更加清晰的是你的表达和表白。

小人物的日常和内心，是人的命运探寻的可能性，除去深刻的叙述和细说，我只谈到她的悲伤。我并不想如此去撕开生活的痛，但痛的生活却无时无刻地在我们的周围埋伏。只要你一出现，生活就会与你的命运紧密相连，快乐的幸福的生活那是因为经历过痛处的层层考验才得以获得。也许并不见得有太多的故事去饶有风趣地围绕展开，但你用了自己的尝试和感受，你用了一些怀疑捕捉，你甚至一度在乎修辞本身的功能，用一种近乎记忆的想象猜测她们，以及经验背后的东西。

小说最大的好处就在于你不断地去发现和怀疑自己。因此，我存在于拥有了独特风范的追溯对象和去向。这个小说仍然不是以故事取胜，描述的只不过是个人与世界的心灵观察。色彩斑斓的人性和苦难，朴素淳厚的乡村农人，一个人和他埋藏的卑微、忧伤、梦想。她的欢愉她的快乐，她的疼痛她的忧伤，她在命运路上的成长蜕变，生命的疼痛因为生活的错综复杂而变得深刻绵长。

命运的最大不幸就是我们心怀了自以为是的念想，去无边无际地揣度了她的别处。而命运也许一开始就隐身于她的姓名里，只不过她在她的这场成长中不慎被你看到。你看到的又何止写下的这些？

我要做到的不仅仅是说出她，我还想尽可能去试着问问自己。

7

很多东西时过境迁。十年对于一个写作的人来说，有太多的认识和改变了。奇怪的是我一直保持了对小说这种虚构叙述的兴趣，并且乐此不疲。尽管写得越来越慢，写得越来越少，但生活把我历经深刻和训练有素。

南方的打工生活几乎与我的整个青春一起成长着。那份情感我想每一个漂泊异乡的人都深有体味，我希望慢慢地从小说里发现我在生活里难以发现的，哪怕一点点也好。

小说就像词语的迷宫和生活无限延伸的抵达。一切事物在你的笔下无所不能无所不及，她们像灵魂的花朵和伤口的身体在凝视人间。

她在命运的未知里打听一个人的去向。一粒粮食的重量，以及一个人不断隐藏的风景和身体。红尘与梦境，母亲和女人，生活和人间，身体和灵魂，女人一生的长途跋涉和自己远远不够的感受疼痛。

我用美好的笔调，温暖的色彩，试图去打开女人的爱情小镇。

我写了一个悲苦的女人，她向往着暖的岁月。她是一个被我们嘲讽的人物，她甚至于被我们所不尊敬。但是她有活着的风景和她所有爱的真实。她也可以赋予生命和生活更多的真诚和动人。她拥有着比常人还要多的勇气和善良去试着改变周身，以及周身的日常。触摸和表达成为小说难以言传的赞美！很多时候，我是带着一种欣赏和尊敬的态度在表达这样的一个人。

我在用审美的眼光审视人间的欢与痛。女人的善良和激动失眠的眼泪。

小说的品质如同想象，也饱含思想和情感。

春天在温柔的雨水里充满生机，我的家门口是竹林，春笋开始破土而出。它们从来不需要人为的培育和种植，只要你最初把一根活竹移栽过来，埋在泥土里，等到将来，这里就会发生你难以想象的图景。它们像春天的来临，势不可挡。

8

慢慢我也活成了父亲的模样，可我的心里只装下了一颗孩子的心。是的，孩子。我无法确定自己有多热爱孩子，但我真的愿意为她去做更多的尝试，哪怕是心里装载了对她的忧伤或痛。每个人对生活的情趣不同，对人生的取向价值不同。一个书生即使他多么落魄，可他骨子里仍然散发着高贵的气质。

小说的好处不仅仅是一种讲述，更是一种对人生的审视。体内的灵魂和思想的角度，以及你打开的真与诚，都让一个小说变得丰盈和别致。独特的文字与一个人身体里所散发的气味是等同的，不可复制的珍贵就在于读到他的字，便不由自主地想起某人。

　　耐得住孤独与寂寞的修行者，才能悟出人情世故。我的小说一直写不好，这与我对人情与世故的领会有很大的关系。因为这，我活得一直很失败。以至于在这座繁华的城市，退守成了一位隐士，在糊涂中过活这一寸的光阴。我有时常问自己，你是谁？你想过一种怎样的生活，难道就这样过完自己一生吗？每每想起，汗水便湿透一身。

　　人生也许是我们在生活里不断演习的虚构。

　　有小说陪伴真好，至少可以让一些时光随意走动，可以让一些人和事随遇而安，让一些细节和内容成虚构的一种，或者虚构一种比生活更真实的生活。

关于蝴蝶，我一直想知道

——读格丽克的诗所感

1

我们不是播下种子了吗？

我们不是必需的吗，对于大地，

葡萄，它们收获了吗？

经历与生活，因为诗意的理解，可以宽慰疼痛的部分，这世上的美好向来如此。你居住的院子，你房间里的一只猫，你喜欢的一棵树、一朵花等等，都可以与诗歌有关，只要你感受她，诗歌无处不在。说到底，诗歌是生活里的柴米油盐。

我在灯下读格丽克，好像她在记录我的倾诉，在感受我的一切。

我读格丽克《直到世界反映了灵魂最深层的需要》之前，还在一家岗亭当保安，一般情况下我在岗亭的时间比在宿舍要漫长，岗亭附近有一家海鲜超市，还有银行和影院等。来这里消费的人基本上都是生活的白领，很少有人知道我在这里上班，有几次朋友们开车经过岗亭才知道了我原来在这里。

我连续上了夜班，通宵达旦的那种，我准备睡觉时，有个电话从岗亭打来，说有人找我，同事还跟我描述了他。但我就是没想起来会是谁？见面后才知道原来是一个喜欢写作的老乡，他从东莞赶来，有点风尘仆仆的感觉。他想请我吃饭，我早在食堂吃过了，我只要了一杯豆浆，他点了一份快餐，说，我来买单，你真的吃过了么？他跟我聊起了文学的事情，说真的，多年没人跟我聊文学了。他从东莞坐几个小时的车过来，就是单纯跟我聊文学，说真的我有点感动又有点心酸。

> 多少事物都已改变。而仍然，你是幸运的：
> 理想像发热般在你身上燃烧。

格丽克的自言自语，天马行空的暗示，是生活的信息，是经历的内容，是一个人花园的想象测绘。她以小说的宽度虚构了作品需要填充的部分，而这一部分恰好很有空间感："黑暗中，我的灵魂说/我是你的灵魂。"我们走过的路，回头再看，答案其实已经提前预告了，只是必须走过很远后才能悟到。看你怎么看待，悲伤并不属于悲伤。"那被重复的，也有重量。"世界的清晰度是因为遇见了敌人，而这个敌人是随波逐流的自己。难道不是么？在日光的事物层面，站在哪个高处，也不过是厨房和书房的重叠。格丽克无法确定是否会保留"大地"这个词，谁又能确定呢？大地上确定了的又如何？无一人可赦免的大地，最终还原于大地。

这位从东莞赶过来见我的老乡，我暂且称呼他为 X 先生吧。他尽管出了好几本书了，但说实在的，我还真不觉得有什么？对于一个写作的人来说，检阅创作的实力除了出书，更重要的还是要走传统的文学期刊。出书不能是那种自费形式的，得有一定难度的常规出版，这样的书出版才当得上自己耕耘的辛苦。

我知道 X 先生的书基本上都是自己掏钱出版的。再想办法一本本卖出去，他的书并不好看，文字功底离真正的出版水平还有很大的差距。当下很多像 X 先生这样的写作者，急功近利地写作，首先想到的就是出书，而不是如何花心思去研究写得更好。X 先生重复问我最多的一句话，他问，你怎么会在这里干这么底层的工作呢？

在沉默中，虚构着只是事件的预兆，

直到世界反映了灵魂最深层的需要。

X 先生的听力不太好，他说话很费力气，连带的我说话也明显感到了费劲。可是他总有很多的问题要问你，比如投稿啊，比如有没有熟悉的编辑可以推荐给他。我告诉他，熟悉的编辑没有用，主要是要认真写作，不好好写，越熟悉的人越讨厌你。

他有点不高兴，也有点小失落，跑那么远，自己掏钱吃了饭，还被我说教了一番。但我说的是真话，你要写作，就靠作品去赢得别人的欣赏，而不是认识了谁？

格丽克用诗歌很好地治愈了她的精神世界，很难想象，如果诗歌没有恰当地消解她的情绪，或者她难以自控的绝望与悲伤无法被诗歌宽慰，她的痛感停留在生活的孤独感会更破碎。

格丽克的诗歌几乎游走在巨大的空间里，任由内到外的想象奔跑。我等同于在读小说一样，她展开了我需要的任何细节与情景，包括故事的一二三四五等。像她这种不按常人出牌的心灵感冒患者，具备独特的天才气质，敏感而通透的第六感可以直接抵达未知的生命内部。"我骑马归来：一切都已改变。/ 我恋爱的灵魂悲伤不已 / 而月亮在我左边/无望地跟着我。"

其余的，我已经告诉了你。

几年的顺畅，此后

长期的沉默，像山谷里的沉寂。

这样的诗句，几乎是格丽克的独白，诉说，但又有比独白更胜出的一点地方，是诗人的灵魂么？她回答说，"你什么时候变成了那个人？"

格丽克的情绪和想象有时并非她自己所能控制，这个抑郁天才的女诗人总能让某一两句点燃黑暗的火柴。发现生活的俗世处特别的诗意，生活经历的真切体验，让你感同身受，置于一种难以言说的孤独里。也许是翻译的特殊性，原本可以写得更出色的诗，却觉得写出来太一般的句子。原版的她与

诗，只有读懂了，翻译才能更接近诗歌的她。翻版再好都会跟原版有差距，这个需要个人阅读的能力了

生活从来不会拆开真正的朋友。相反，真切的情感是一种生活的力量，会让你在黑暗中看到光亮。到了一定的年纪，你会发现，我们曾经毫不在乎的东西，往往是最值得珍爱的，比如天真与幼稚。你对生活的真实，生活不一定真实地对你，但你真实地生活过，生活会铭记住你。

看得出来，X 先生一脸的怅然和落寞。我送别他，看着他慢慢小去的背影，我突然想抽一支烟，可我却忘了带打火机。一路上隐忍，隐忍，后来我就把烟戒了，直到现在。把烟戒了也挺好的。就像享受此刻的孤独。

太阳仍然撒着同样的谎，说这世界多么美好，
而对一个地方你只需要知道：人们是否在那儿居住。

2

我甚至不知道我感到了悲伤
直到那个词到来，直到我感觉
雨水从我身上流下。

我喜欢沿路猜想格丽克隐藏于诗歌的有可能。我试图在无穷的想象里与她交流，哪怕是浮躁的，也唯愿这浮躁能触碰到一部分安静。因为确认了一份耐心，很多事物就清晰可见。她随时可以出现在她的词语森林里，她在等待我的看法，又在倾诉她想到的新事物。她的情绪因为她身体疾病的特殊性给诗歌植入了不确定性信息，她安静时耐心足够接受所喜爱的一切。"想想我已经理解的那些。／那时在森林里醒来，一无所知；"迷恋细节与想象的她，自然而然会在诗歌的空间里做诗人的与众不同，就像她写出来的诗，远远有限于没有写出来的部分。"如今我已经准备好，将清晰强加于你。"我很喜欢她这首《晴朗的早晨》，主题阳光，明亮，清晰。她内心的真实与感受，回到了我们的频道。

你要么从未有过灵魂，
要么从未失去过灵魂。

时间梳理之后，呈现出来的就是一个人的生活草稿。激情或愤怒的小鸟，树枝头的风雨看得清清楚楚，何况阳光并不自私到只需要独自练习。厌烦和憎恨向来归于不安分的私利与欲望，但欲望有时并不矛盾，急于表达或过激行为，无论情绪与心智，都是糟糕透了的一种。你看"像那萤火虫，每次微小的呼吸／突然一闪，世界在其中出现"。你难道一直不觉得自己的所作所为有羞于启齿的记忆吗？你敢否定经历的不堪和生活的斑点吗？

童年种植的种子会慢慢长成我们后来的生活。"童年时，我们一度注视这世界。／其余的是记忆。"时间留住了记忆，包括质疑、问难与挫败荒诞。我们都想成为她们那样的人，却又某种程度上偏离了人心的向度，成了最不应该她们看到的那种人。可是这难道不重要吗？这重要吗？假若我们活着不过是一根枝头的鸟。"鸟儿飞往何方重要吗？甚至它们是哪种鸟／重要吗？／它们离开这里，这是关键，／先是它们的身体，然后是它们的悲鸣。／从那一刻起，对我们来说不复存在。"诗歌的女巫，她所洞察到的是诗歌中无法返乡的灵魂。现实归于现实，实用主义者就是生活属性里我们的本质。很多不喜欢的部分，都习惯了喜欢的掩饰。我再次回头去读她的那首《藤架的寓言》，某种生活的伎俩就是藤架，而我看够了这些，都知道了如果没有藤架的藤会怎样生长，这分明是生活的寓言。

那次我对你撒了谎
关于蝴蝶。我一直想知道
你许愿要什么？

真实痛苦的是看清了生活的真相。他们的空虚等同你吞服的一粒药片，感受良好而已。自我且偏见的人比比皆是，他们是生活的大多数啊，真实的目的昭然若揭。无法以简单以纯粹面对这金灿灿的阳光与大地，你不知道的

"某种以伤害结束的／戏剧。这／为一理由而发生：测试／爱，并要求／对这个复杂的字眼的新鲜表达。"看上去还不错的场景与内容，一些人的声响会让这一切黯然失色。错过的部分，无须忍着，也不必挂怀，错过的并非真的错，而是一种对的自省与审视。你或许还要感激你的错，别奢望世界上太多的温柔和美丽，只有极少的一点点了，真的。没有了，除了诚实，也只剩下诚实了。有过去的人，故事是她所有隐藏的秘密，你一定会问："你可知道／宽恕意味着什么？它意味着／这世界已经有罪，这世界／必须被宽恕——"可是我也想问：这有罪的生活和人都在偷欢，原谅自己的人，能得到有罪的宽恕吗？灵魂重返的人，一定是现实写日记的人。但愿他们心甘情愿背负煎熬和隐忍，这当然不是结束，"而你又和我一起在这儿，和我一起倾听：大海／不再折磨我；我曾渴望成为自己／就是现在的自己。"

的确，有些错觉要等时间来辨认它们。昨夜活着的友谊还像朋友，可是很快一枚叶子间的花已没有遮蔽，你应该看到了："让一片叶子间的花没有遮蔽，／错把它／当作自然的一部分，还有／它的许多茎；如今／我该怎么办，你／先前还活着，／昨夜还／模仿我的朋友，茂盛的叶子／像她蓬松的发"。当然，你应该还看到了，早已了然于心的东西。

生活是谁的奶酪？在裂缝的世界里，你和世界如此之小，小到可以忽略不计，只有极小的灯光是属于你此刻的世界。那些正派的行人，他们已经适应了正派的做法，就连睡眠都那么正派。他们准备了一生的解题方法。罗马研究过新生活的范围与轨道吗？人类的术语，"他想得越久，／就越明白还有多少／需要去经历，／去写下，一个物质的世界"。你燃烧的心在诉说什么，"……没有什么悲哀／会超过在痛苦中重温/幸福的回忆……"后悔吗？你问自己。

是的，我那时独自一人；
我怎能不孤独？

比起更高的坚忍，你能承受多少痛苦就能信任多少赞美。只有自己愿意承认的罪，在平常的物事里你的内心才有真正魅力的修行。哪些生活的赠予是荒诞不经的？还是远离偏见的抽象吧，个体的直觉也值得怀疑，包括现实版的写生："我已厌倦其他坐骑，／它们借助来自现实的直觉，／尘土的颜色，失望的颜色；／更无论／那伴随着他的马鞍/和青铜的马刺，那一丁点／牢不可破的金属。"这美丽动人的金属光泽，再怎样真实地呈现，也不过是经过技术处理好了的。渴望不止，改变就会不止，顺着生活随波逐流，没有人可以幸免打扰的肉身。镜子不会说谎，但你内心里的脸会隐藏你自己。哪怕是徒劳的追寻与探索，只要你愿意触摸这世上的光亮，一无所有又如何呢？生命本身的自然规律，就是回到虚无，你从哪里来最终回到哪里去。时间是那个讲述真理的老人，在他的眼里你永远是个孩子。

当你被生活完全沦陷，被他者指责与训斥时，身份优越感的世间，假以时日的生活与期待，修饰过的词语等同于当下的友谊，看上去亲密无间，待触及利益关系时，它们与友谊毫不搭边。"咸的，苦的，被禁止的甜蜜的/在我的第二个梦里，我堕落了／我曾是人，我不能仅仅看到一件事物／但我现在是野兽／我曾不得不去碰触，去包容它／我在小树林里藏身，／我在田野里劳作，直到田野裸露——"一个人如果可以随意表达内心的想法，请在决定说出来时注意你的用词。挖苦和讽刺，或者以君子之腹呈小人之状，你风光无限的空间，也不过那样。时间梳理的干货，几斤几两一目了然。爱过就会感受到恨过的成分，这都是物质基础建构的低俗厌恶方式。像每个人自我设防的荒谬，更像小人得志的某种成就。"麦子收割，储藏，最后的／果实变干：时间/那被储藏的，那从未使用的，／是否也要结束？"世界万物，都有自然的法则与秘密，从一开始，你的出现，无论某件事情的对错，都是为结束做好了预演与练习。所以，警惕生活中浓烈的热度与花香，也许那不过是一个出卖色相的伏笔而已。这或许是真实的你吧。"我被出卖：／在梦中，大地被赐予我／在梦中我拥有它。"我还是觉得，我们爱过的大地，我们尽可能还是多点善意。

这个世界的夜晚

每种不同的药方，象征了生命里每种不同的疼痛。

——题　记

木　蓝

麻雀在星星的住所倾听。每个人心里都有一颗少年的星星，它们在闪耀。嗯，你听，合唱团的青蛙一阵又一阵，一阵又一阵地在操练。美好是可以因为歌唱而动人的，世界上最好的曲子被青蛙们弹完了。日复一日，周而复始，从来不会感到厌倦。也是啊，美好的演奏怎么可能会被厌倦呢？

回忆是一个没有长大的少年。

我后来想，我感到寂寞的原因是因为很少再倾听到少年的美好了。她送给我一本画册，里面有各式的图画，还有涂改又涂改的字。只有她的名字是干净的，几乎从来不会涂改，都是在画好的图后面一气呵成。我在拐角的日期处，也学着她涂改了一匹马的速度。我觉得马应该是奔跑的，这样看起来更符合一匹马的气质。

长得好看的姑娘们，她们都去哪儿了？我已经被我喜欢的好看的姑娘把我的身体掏空了。美好的、想象的、疼痛的，等我明白真正的好看是什么时，好看的感觉已经没有了，它被更多的东西遮蔽。油菜花和桃花，每瓣都只剩下清香。颤抖的身体是一根扁担的抒情，想去县城的公路，最终没能等到扁担的抒情。肩膀上的柴米油盐，每一朵都是母亲乡土的大学。母亲梳头发的

235

梳子永远阳光明媚，像她的头发一样光亮。

我还是来聊聊她吧，在这里，这个她不是她，是她。她是我的八岁的女儿，女儿的一滴眼泪胜过我所有的经历。她是屋门前的杨梅树上结的一粒杨梅，酸甜，令人心动；也是枝头的春天，翠绿的，闪着亮。今天是女儿的生日，八岁，我要去城里。于是我去了城里，给她买了一个蛋糕，也给家里买了一袋大米。蛋糕很好，米也不错。

我还没有戒烟，我觉得还不是时候。我的恋人在我的这支烟里燃烧，燃烧。慢慢燃烧的街道、河流、城中村、医院的病历日志，慢慢燃烧的寂寞、泪水、身体里、生活的流水日常。表象的红尘也在燃烧繁华与虚荣，燃烧一些可有可无的风景与片段。我喜欢跟女儿在一起，哪怕自己一无所有。她是我身体里的另外一种燃烧，她成为世界的吸引力慢慢燃烧着我的整个身体，铺满了我身体里所有的道路，引领着我慢慢覆盖我所认识的从前。

多少次翻阅手里的书，她也是我的一本书。失败并不可怕，谁又没有过失败呢？失败从来就没那么轻易地采摘到窗外的菜地。悲伤的欢笑，在人间不值一毛钱。我决心买下那个特大的蛋糕，我决心已定。这些年我自己从来没有舍得花钱去买一个蛋糕，我心里的甜正在慢慢淡化，成了清淡的白菜、青菜、芥菜，好像被什么点燃了，只那么一下，我的心里也有了甜。她在八岁最好的时辰切下蛋糕，分给了母亲和我。她还许了个什么样的愿呢？我学着孩子的口吻，对着女儿撒了一个娇，她咯咯地笑出了声。我所有活着的美好好像都只为等待这样的笑。想到这里，我心里却撕心裂肺地疼。

剧院站，在灯火的下弦月谈起了什么？

我整包的烟再抽一支就只剩下了最后的一支，最后的一支民谣。我钟爱的群山，在一把藤椅上乘坐。竹子一根一根地站起来，站成了天空。每天都有这么多数也数不清的星星，谁也离不开的故乡，谁也不知道它们要去哪儿。它们在遥远的天际成为它们自己的天空，它们也可以是我们生命里永恒的天空。"我没骂爸爸的时候，爸爸骂我臭蛋"。这是女儿写在试卷纸上的秘密，十四个字，字体真大方。我略施小计就偷偷看到了。

天气预报提早告知了我，故乡无雪。雪是什么样子的呢？女儿问我。

　　她慢慢熟悉了爸爸，熟悉了在方格子中种植瓦蓝的向往。风景打断了平面绘本，还是得培养沉默的云雾，话多了名堂自然也多了。丁是丁铆是铆，女儿的口齿跟数字一样，清晰。镰刀的锋利吓破了茅草的沙哑。公鸡打鸣，也会在午后，它们引以为荣也欣欣向荣。这一棵树的话题，明显越来越远。不过，这又有什么关系呢？

　　当稻子金黄地笼罩着田野，这金黄里也覆盖了陈旧与崭新。亲爱的，我想用一把镰刀，割下一生的美好。我想把绝望割掉，把痛苦割掉，把黑暗里看不见的孤独割掉。蚂蟥和飞虫，你现在应该认识了吧，捕捉水波的旋律，稻田上的水脚印，每一个都是故乡。怀念的青松，也被青松怀念。朴素大方，村庄，在一页时光的手册里，打谷机和长长的车水，混杂成粒粒皆辛苦的琴声。啊哈，那到底是一种怎样的琴声呢？

　　阳光躲藏在虱子蛋里，我把阳光一个接一个地捋下来，让那些虱子蒙在鼓里。我要带她去城里剪发，我知道她是多么爱惜长头发，她不止一次地对我说，她要留很长很长的头发。要她去剪发，几乎是去剪掉她的最爱。她当然是不肯的，死活也不肯的。其实啊，女儿，爸爸也不肯的呢，但你的头发长满了虱子蛋啊。

　　我们走在春天的家乡，花朵一朵接一朵怒放。两个人有说不完的话，说不完的话啊，亲爱的，我们都想起了她。你嘴巴噘得老高，你汪了我一眼的委屈。一棵枞树长得如此的高，我想带你去摘枞树菌，那是一种蘑菇。我曾经遇过的云彩或者在梦里，云雀在丛林里跳来跳去，穿着一身寂寞。你突然对我发了牢骚，你说那个剪发的阿姨真是不会剪发，真是不会剪发。长不长短不短的，烦恼得很哩！

　　女儿站在菜园地里，露出去年冬日的脸谱，我是个贫穷的父亲。我很早就热爱了艺术，包括艺术的生活。我喜欢跟孩子在一起，这是真的，我心里本来就住满了天真的孩子，无邪的孩子，简单的孩子。停下手里的书，我有时会偷空去地里看看母亲，跟母亲聊聊庄稼。大地上到处都是植物和昆虫的演奏，它们的歌声更像是诗人写的诗。快活的歌，总让不快活的人乱了心。少女们从来不知道，心惊胆战会在哪个地方认识牙疼。这个生命的哲学，其实也许根本无从谈起。我和女儿去杨林赶场，听说现在杨林变成了镇，不再是过去的乡了，集市上女儿看见了奶奶。奶奶呀，奶奶。她大声喊道。黄桥铺比这个镇还要大，我要去黄桥铺办点事，我让女儿别跟着我，跟奶奶走，等下一同返回家，女儿点头答应了。

一个人的时候，我喜欢上了散步，有时，却忘了马路上的宽度。

她们，有许多的热爱，仿佛一堆时光里的唱片。我的神情已经慢慢适应了寒霜与雨露，那么多无可奈何的，也是热爱。我站在自己热爱的孤独里，最终被站立黄昏的母亲眺望。远方不远，可能就在附近。远方很远，远到从远方来的故事，都虚构了想象。

马路两边的茅草长得有点高。

见　愁

灯是乡村的呼吸。我的视力越来越深，深到只能与灯交谈。我的心里也有一盏灯，最先是母亲点亮的，后来是生命的光帮我点亮的。我想，万物之间是有一定的秘密的。山川有山川的秘密，河流有河流的秘密，就连坐在那里经年不说话的石头，也有它的秘密。后来我才明白，生命中的光不是别人，正是你自己。眼镜的度数，与一只迷途的蜂蝶，光速在打转。原本我只是羡慕戴眼镜的人，特有文化的味道。后来，我就开始有意无意地也戴一副眼镜，那个假装的我与真实的我，就这样被带动了起来，它们纠缠在一起，生出了很多的花招。觉得自己的孤独，未免有点可笑。这未入行的生活，沿着密不可分的植物延伸、延伸、延伸。几个人摇晃着马路，辨别事物的困境，看上去还很清醒，事实上已醉得不轻。手电筒在打开的一刹那，重叠的芬芳与细微，吹拂着每一缕湿润的薄雾。

说真的，我至今都不会骑摩托车。我对它的轰鸣声有一种敏感的恐惧，为什么会这样呢？可能是因为听了两个人说学骑摩托车的经历：一个把摩托车骑上了树，一个把摩托车骑入了泥坑里，结果可想而知，狼狈倒是其次，重要的是那种摔伤后的疼痛。你相信吗？读小学的孩子，都会骑着摩托车去街上赶场了。我羡慕那些比我优秀的人，哪怕是俗气的优秀。去一个地方，看一个人，收获的是经验。至今没有哪个姑娘轻唤过他，不会喝酒的杨梅，不是人，是一棵树。把笑弄得一败涂地的公鸡，在院子里打破常规。它们的大胆模仿，一朵长满胡须的花苞在等待盛开。

唱歌，好的，坏的，醉的，醒的。一杯酒一个人，一杯酒喝了又喝，一首歌听了又听，一个人想了又想。男的女的，苦的伤的，歌里有你，有我，有一个人。我只想补充一句：一匹马只有奔跑到远方才能抵达草原，一朵云只有飘荡到南方才能抵达家乡。

多少低处的竹笋，经过我们的岁月。多少低处的蚂蚁，穿越它们的生活。

母亲的杨梅树，站成我们一生的回忆。我们心里的她，也会成为母亲，也许她都难以想起它们了。谈论你和你的，剩下的，是的，咳嗽，咳嗽。倘若不是月光照亮，这最后的一盏谁还能在乎呢？

她们会在什么地方，我装作对一切都无所谓了。我装作姑娘们都爱上了别人。除此之外，我还装作我已开始不再认识我们。我对周身的事物，没了从前的兴趣。你会说这不是真的，我就知道你会这么说的。乡村和乡音的浮现，很多事物也跟着浮现。浮出水面的蜻蜓立在水上，是一面水的镜子。我忍不住打了一个长久的哈欠，哈欠。我常常羡慕和渴望她们的母亲，是那么年轻，那么地骄傲。

旅行的歌，我的烟点燃又熄灭。目前来看，伤感如一只飞蛾。嘴唇上的时代，与一只下蛋的碗，你没看错，不是下蛋的鸡鸭鹅等其他家禽，是下蛋的碗。距离有多远，距离人群就有多远。

在杨林集市上下车时，我看到了大哥和大嫂，他们匆忙奔走的样子，急迫而又忙乱。大哥几时从广州回来的？这个疑问一直盘旋在脑中，不得而知。这是前年遇到的一个状况：我和大哥说到爱情的痛处，我们不再说话，只喝酒。冬日的酒碗，硬要说成一杯也未尝不可。在客里山，有些生活的病句其实对生活并没有多大影响，甚至还没毛病。我问母亲，你看到大哥了吗？母亲四处张望，她确定真的没看到。我告诉她，我看到了。母亲问，在哪里？我说刚才还在呢，到哪里去了呢？

那么，暂且不管外面的世界了。三个男人，三碗米酒，三种语气，我只想知道你们在谈论我时你在想什么？谈论窗外时我只想知道。炉火上寒冬，恨啊。寒冬里炉火，恨啊。恰如一个人，紧挨爱发出的声响。祈祷的雪粒，埋藏于心的酒。沉静的柴火，在讲述羞愧，也讲述南方夜色里的远方。再一次把那个人灌醉，再一次把故乡灌醉，梦境里多次出现过的事件及人物。那些害怕说出的话，她们又在惧怕什么呢？无所畏惧的怕比无所畏惧的不怕更让人恐惧。来，走一个。走一个，来。把故事说得丰满、性感，你觉得有趣在哪里？

我和村里的几个小伙伴出发，结伴而行。一起买下，异乡的日期。这枚小小的车票，我其实已经习惯了它们的抒情。我打开，这最后的城市，决定去触摸乡村的底。你当然知道每年的出发，一万亩田的外省，开落的阳光可以想象。夜如此静寂，我给母亲打电话。出租屋的黑夜或者白天，所见所闻的城市工业，无论失去与得到，所见也所闻，置身其中一切正如我们的日子。

我在加油站下了车。雨夹在风里，我夹在人潮中。我和南方从此相依为命。

打着灯笼的生活，值此你确信，亲人与家乡的谈话，瘦削且孤单的困倦，世界在沉默的出口眺望，从家里带来的，这一切也许就是故乡所有的意义。柴火熏染了全部的味道，一个圆粑粑，我费了很大劲，才掰开了两半。一半慢慢嚼咽，一半慢慢消化，出了个小洋相，因为用力过猛，急切地发力，到现在右手还有点微微酸痛。

穿工衣的少妇其实很美，她们在一些形容词里获得无穷的美感。我手持睡熟了的月光，人类的思想往往荒诞可笑。书生在书中遇见的不可预见，那么多的谈话，都可以忽略不计，想想就会隐隐作痛。要我说，你的强大不再是一头牛，而是漠不关心的情感和交锋，曾经用过的每一种表达，都在南方。作词编曲的飞鸟，每一枚羽毛都是旋律。

落脚的宁静，砸锅卖铁发出鼾声。记忆的巢，会修补好旅行的父亲吗？请相信我熬夜的诗行，不比那些虚伪的痛苦微小。数字和科学能有什么关系？春天在父亲的身体里长成永远的远方。我在几处招聘普工的广告牌前，无聊而忧郁地度过了一个上午。你觉得我很无聊吗？那些小得像自己女儿的姑娘，我想确认哪个工厂还在招聘？哪里还需要我的力气？我透过手掌的缝隙看到了阳光的漏洞：孤独的诗人与独白。

谁在一粒瓜子的轻嗑声里，回想过去的日子呢？

其实我也不知道会去哪里，我就这么走着，走着，走着。穿着工衣的她们，戴着厂牌的她们，踩着自行车的他们，由近及远，由远及近，剩余的暮色，我像一只失去翅膀的鸟。刚才听到的那首歌，她们也总能遇到。歌词的内容，自有她的编码，你听，很好听的部分，她是阳光下的尘嚣。

对于城市，我想的也许正如你所想。

生　地

她问道：杨林到底有多远呢？我想去杨林赶场。女儿从后面小跑着跟上来，爸爸，我也要去。你去杨林做什么？别去，在家里看家。怎么劝说都不行，就要跟着去。她嚷道。眼看要落雨了，这天气令人发愁，也无端影响了我最初的心情。她一直跟着，随波逐流的脚步声，她又问到杨林到底有多远呢？我回头扫了她一眼，女儿穿着一双布鞋，若无其事地微笑，微笑。

跟着就跟着吧，去杨林。穿越山林，经过田野，过江边的桥，然后就顺着乡镇的水泥马路一直走，走啊走啊走啊。我牵着她的小手，踩在我们熟悉的影子上，这里的每一处既是熟悉的又是不熟悉的。这个跟我身后的小必定成为我身前的大，小得很美，美如花。大得很妙，妙如画。小得会在一幅画里展开我们的人生。女儿的笑，是田野上的芬芳。女儿的笑，是公路上的奔放。谢谢你，我生命里遇见的光，你用一种神奇的光芒打动了我。

我不能去虚构一些美好，它们很容易一碰就碎。实物的表达有很多的方法与途径，去杨林只能按照这样的步调。我总想要运动健身，让自己的肌肉更壮硕，最好像一块结实的铁。这样，无论你怎么委屈，都可以往铁上打。打铁，打生活的铁，打生命的铁。无能为力的虚荣心，硬不过拳头，拽不过胳膊，抗不过肩膀。算了，一把好手的男人，在家乡都叫把把。一个房间，说不准就是把把的一个构思。怎样的构思可以让电影院的爆米花发出尖叫？

情与爱，不过是一个人对一个人的表白，仅此而已。难道不是吗？衣带渐宽终不悔。古人尚且难逃内心的呐喊，又何况是把在屋门口出奇入神的你呢？世界如此说来，我们谈得最多的也必然被风把我们看穿。住在故乡的房子里，我试着无数次去忘记，在深夜里对失眠的理解。

昨日，我给女儿买了一双雨鞋。她太调皮了，不过，我很喜欢她在乡村里的调皮。她活泼了我的呼吸，我的沉寂的夜晚。不得不说，那段穷困而寂寞的贴地飞翔，是当真愉快的。可是，愉快总是要停驻下来的，因为马不停蹄的公路上，有高高扬起的灰土。对了，千万不能忘了还要买一个剪指甲的指甲钳。这个虽是再小不过的事情，但是对我们很重要。逛到了下午三点，我们在集市的马路边等了很久，有个口音很重的响声对我们说，已经没有回去的班车啦。

我跟女儿说，我们走路回去吧，还可以看风景。女儿说，好。就这么说定了。

迷路的蝴蝶追逐着池塘上的蜻蜓，蜻蜓的翅膀非常透明，可以看见飞翔的纹路。迷路的年龄有时候也是一种迷人，可以不顾一切地去模仿，去奋不顾身地爱。那种心跳的时光也只有在迷路的时候才会令人心碎。如今呢，水落石出的事物，已经满不在乎了。

你看，蜻蜓也会绕过蝴蝶，它们需要的不过是飞翔。

昨天她们还在谈论着葵瓜子。一粒落花生的温柔，无疑是个问题。树林里，重新散发出来的烟雾，我对此表达了，这场雨水和未完成的闪耀。石块、泥土、野生植物，它们也有翅膀。乃至从容的柏树林，我站在黑痣山上大声喊，大声，喊。父亲不出声，他的沉默是一棵山上的树。父亲在黑痣山上，已经沉睡了六年。这当然是指从二〇〇九年到二〇一五年的时间，要是跨度到今天，其实已经整整十年了。十年生死两茫茫，深草长得密密麻麻，这六年里，他一定非常寂寞。这么多年过去了，我现在也成了父亲。惭愧的是我没有成为一位好父亲，在父亲的角色里我是不称职的，配不上"父亲"的称呼。可是父亲，我偶尔会想起你，想起你在我面前流泪的情景，你的哽咽。我跟父亲讲述了我这几年的生活。黑痣山到底是座什么山？植物在呼吸，山花在呼吸，泥土里的种子也在呼吸。我跪在泥土上，隐姓埋名的黑痣山，对不起，我的眼泪被她亲眼看见。

燃烧的纸也燃烧了长出来的草，它们的响声想传递什么呢？因为燃烧的热烈，纸和草在风里起舞了。一缕缕的烟雾满山尽是，围绕在我们上空，盘旋，萦绕，最终散去。

女儿说，爷爷要保佑我读书考试都聪明，保佑奶奶和爸爸健康平安。跟我一起去山上的还有大哥和侄儿他们，他们又在默念着什么呢？我们割着这山上的草，我们忍痛割爱。我想起了，此去经年的马匹和我尊敬的骑士，已一去不复返了。与一段没落的爱情，及不堪的经历比起来，我的痛哭让周围的月光感到可笑。铁做的乡村，农人身上都是铁的品质，也有比铁更迷人的铜，也在乡村，那是一种接近于黄金的颜色，是一粒种子的阳光。

这当然只不过是一种，过去多年的猜谜。怀乡病般的，稻麦如此空旷，像一本结满蜘蛛网的旧年挂历。我们都坐在二哥新修的房子里，我、母亲、女儿。那么轻的风，落在窗外的禾场里。我们碰杯，相互祝愿。真好啊，只要回想一遍，美好就会浓烈一遍。事情没有我们预期的糟糕，不堪的境遇终会停在不堪的过去，足够的耐心与勇气，准备好了等待。只有我站起来，站起来举起这倒满的一杯，只有我能，我能痛饮这杯里的酒。

有点意思的春天，就是有点春天的意思。有点姑娘们及城市的某一个人，在此刻的孤独里无言以对，可别让我唱歌啊，这将会是多么地难堪，我的表情肯定夸大其词。如果有一辆班车经过山林的水泥路，冷冷的速度，也许并不见得有多冷。那个站在陌生的人群里的身影，黄昏和夜晚的路上，等待已失去了原来深蓝色的趣味。生活就是这么出其不意，我的矛盾通常与一种个人的思绪对视。寂寞发出簌簌声，那是一种怎样的寂寞？

镜头在摇晃：就这样坐上公车，就这样挤压在城市的机遇之门。通道里的她们，不为别处的云所动。我的动作小心翼翼。于是，我认识了遥远的音乐。所有的耳语，都来自遥远的天使。想象的衣衫紧闭，任风儿卷起袖子，任云朵流过山谷，任目光在人口密植的出口……我强调了语种与语气之后，不知该如何去倾诉。谁的语言还能清晰得像一块石头？

说话的庄稼，只有一枚辣椒看穿了人的心思。

不值一提的寻欢作乐，它们穿过生活的栅栏，各有出处，比喻丰富。转个不停的城市，是马达的气味在试探雅兴与庸俗。从此中年的吹奏，乱弹琴的光彩照人，为什么不能再次重复？不能再次重复的已然停下了脚步，还在走动的，每一个脚印都是顺理成章的大河流水。

不做梦的也就不怕做梦，假若有人在轻声呼唤你。

细　辛

熊熊燃烧的，不一定是柴火，是生活，是骚动。我多么忧伤地，走在故乡，走成生活的原点。人活着都有自己的责任，分工不同，理解不同，责任就不相同。爱一个人，就可以很好地去爱生活，没有怨言，没有嫉恨，苦点累点也"不上算"。不上算是客里山人人都讲的方言，不明白的话，说成算不上也行的。哪怕是你想哭想喊想骂，也要老老实实地忍住，忍耐力是一个人成熟的标志，更是一个人吃苦的本色。

世界上好看的花朵，比春天还要耀眼，比你还要忍耐。最初出发的地方，保持最初的向上，保持不怕失败的向上，保持不怕失望的向上。没事的时候，我总想跟女儿聊点什么，和女儿聊天，已经成为一件愉快的事情。两个人不约而同的笑声是故乡的礼物，是生活的音乐。女儿的笑呢，更是我生命里的热吻，亲吻着我的孤独。母亲看起来什么都很能干，从早到晚，她一直在研究着劳动与汗水的关系。母亲和女儿，是我乡村的镜子，是我生命的镜子。

有人说，只有在深夜里痛哭过的人，才真正地理解深夜。卑躬屈膝的树桩，苍茫而静寂地立在那里。无限美好的事物，需要持续地想起，或者需要持续地思考。我相信的事物，与一片树林的消瘦，它们都有着这样或那样的可能性。大地上飞翔的，有羽毛，也有鸟语。

有一颗星星，敲响了祈祷。来自一座城市的默写，你也在默写作业吗？重复的重复，节奏的节奏，遥远的遥远，昏沉的昏沉，一无所得的一无所得。雨涌现了整条的街道，我不认识整条的街道，但我认识雨。欢欣的雨，忧郁的雨。

你认识雪吗？两个人的乡村，于是，很快从被子里醒来。下雪了！有你的一份，也有我的一份。雪那么远，雪那么近，雪是我的热泪。你笑了，真好。下雪了，下雪了，下雪了。你的字写得很好！我捉住冬日的郊外，突然想把你高高举起来，只想这么做，我也说不出来什么原因。这么浓烈的烧酒，当然是要温一壶的，这烧酒真的是米粒酿成的，在火上一烧热就可以喝了，喝到肚子里，全身是热的。

需要多大的勇气，需要多少的路途，需要多少的前世与今生。酒好喝吧，一杯不够再添一杯，喝醉了又如何？经验跟经历看上去很接近，如果把经历放在经验的前面，你看看有什么区别？要怎样的偶然才能遇见这么好的早晨，我和你。我和你仿若在虚构的乡村度过美好。想起失去的回忆和苏醒的羊，日照果实与油菜花。风如此吹拂你，以及你的书卷。尽善尽美地徘徊，女儿站起了身。

一切的光和声音融化在身体里，美好的，清澈的，灵魂的。

这个人从所有的谈话，转换成另外的一只手。夜间的星辰，在这片广阔的黑暗里，成为一只手的力量。迷蒙的雾我会拨开，农人与手艺的对谈录，有个妇人亮起了嗓子，我不会迷失去对美的追求。演唱的歌者鱼龙混杂，综合考量的市场在城市的河流缓缓而动，河面上弥漫的噪音由来已久，你的音质构成了曲线的圣境。痛苦不单单是"痛苦"这个词，还有这个词里藏着的情绪与内容。你要是用尽一切挣扎的形容，我也不会反对。当我们下定决心要把一颗心交予别的事物，别的事物就有了驰骋的宽广。你说对了，我会像大多数人那样痛苦，我也有庸俗不堪的痛苦。我当晚留宿了一家旅馆，洗了一个长时间的热水澡，我想洗去我的疲惫，可是这表面的疲惫就算洗去了也无济于事，真正的疲惫不在肉体里，而是在精神里。睡眠的小提琴，在整个迷途追赶，舞蹈的几何绘画。

想象是如何地宽阔，我和发小此刻就在驰骋的公路上，你可以用十二种岁月的方法。我原以为三轮车的动力，很难驾驭这么漫长的道路，有了野心和幻想的人，无论是在哪里都觉得是在远方。我原以为窗户不可名状地多云转阴，风窃取了我们深沉的河岸，路途中停顿的。时间谈到她们的状况时，你掏出火机，点燃了一片包围的寂静。风暴中，奔跑的烟囱热气蒸腾，毫不吝啬。有几人会去同情生活的大方？

我仔细辨认了植物的平面，我去农田的菜地解了个小溲，真是痛快极了。这无人喝彩的田地上，除了泥土的气息，没有谁会打扰你，我要畅快淋漓地打开自己。那还等什么，打开就是了。回来时，你还在通电话，你用到了两个关键词：亲亲的老弟和在读书的女儿。你应该是给我三哥打电话，他也是你的发小。世界上诸多的日期，都不明确，或者今天。我的眼睛逃窜着，客里山同样地飞翔，假若有个真正的好朋友，秉烛夜谈也真是个不错的主意。可如今，哪里还有谁有工夫把大把的时间空下来跟你乱扯淡呢？

徐缓的去年，也许更早的裙子，你也许试过。年轻时攒下的东西，只有力气明显露怯。你的手艺，和一些必备的工具、挂在竹竿上的任何几件想法，都不会取笑衣服的严肃。但我估计会笑自己，这是你无法预料的，也是我从未想过的。是你吗？你蹲在小石子旁边观望。除了这些，无关紧要的玩笑，女儿呀，今晚的乱弹琴，又算得了什么？

女儿在写家庭作业，我一边想她的数学题，一边烤火。嗑着瓜子的人，雨露一定胜过风霜。身体的忐忑，忐忑的身体，女儿偷偷笑了。嘿嘿，这让我觉得，别有用心的歌声，唱得再好，也不过一碗腊月的曲调。你看我的那一眼，已经在人群里俘虏了我，关于那一眼的表述可以很长很长，也可以很远很远。"寻常一样窗前月，才有梅花各不同。"

关于她的话题，我们聊得最多。最多，最多，最多。最多最多。我们在一起这么长。不用再去数，你还模仿她喊起了她。说到动情的地方你突然停顿了，你咬着嘴唇盯着我，那种眼神有隐隐传递她的眼色的功底。女儿在去上茅厕时，经过屋门前的路上，一朵雪花落下来。一朵雪花落了，我几乎沿着小路赞美！

到后来，我们应该赞美的还是命运。

我仍然看见大片的芬芳，她们比穿短裙的夏天还要令人期待。

没有耐心的修行，在栽培的花园，不过是心照不宣的喧嚣，勃发的四月，在三月之后，春光有染。装配的比喻和手语，挂着棍子敲打的盲道，摸象的栅栏、坡度，以及破碎的瓦罐。喂羊的人，只跟喂养的人在一起，他们谈论的父亲，在黄昏，如此年轻。当牙刷熟悉竹子的味道，堂屋门前的口哨清圆悦耳。

温柔的清晨属于一阵阵的恬静，我在风里痴了好久。

花　椒

母亲的苍茫，被另一位年轻的母亲讲述。她们站在那里，在山谷解题。从油岭到客里山，需要经过几个村庄几条河流？问问龙从的江水，它们清澈见底。姐姐从赶场的集市赶来，只为了买点补品给母亲。母亲只有一个女儿，就是姐姐。姐姐没有什么文化，却取了一个带有文化气息的名字：文英。她都没能坐下喝一口茶，吃一口饭，放下东西就要走。中间与母亲只轻描淡写地谈到了田地和庄稼。那种匆忙的节奏是长期劳动的结晶，是流过汗吃过苦的，是热爱生活的，是在贫穷里也能笑得很灿烂的人。

我生气时，不再认得面包和酒。相信多数人的善良，她们与勤劳的慈悲，曾经看望过故乡。对土地的测量，自有他们生活的讲究：科学与考察。锄地莫念时间，收谷莫看劳累。悄悄话创作的昆虫，混杂着蚊子，飞来飞去，我忍辱负重。和所有的长跑凝视，我清晰遇见了，买了车票的自己。下着雪的天，真的很冷。真的。

你可记得，这暗藏的蜜蜂，它们落落大方地弹奏。山在听，水在听，开始了。整个屋前的竹林，都在洞察我们。取走思考的片段，忍受的长度，曲调多么明朗。那么，谁来帮助你完成沉默？如果你控制不了自己的瞌睡，可以说话，可以唱歌，可以站起来，四处走动。

红薯很好吃，我小时候最爱吃这个。女儿有一道题不会做，女儿要我帮她想想，这道做不出来的题。这道题难住了我，别小看了小学的数学，应用题还真不好解。

很明显的墙壁，白色对着我，发出空白支票。我是爸爸啊。从哪一天开始，张望佩剑。佩剑的人游走江湖，江湖皆深碧如玉。玉是清明如玉的玉，也是他山之玉，更是玉兰花的玉。玉是一个人，也是一朵花。我的胸部左下侧，有明显异常的蠕动，我轻轻抚摸，我轻轻抚摸，我不敢想太多，我想了也没有用。吉人自有天相。

女儿的头发，用梳子梳了又梳。轻声细语的小鸡，在啄地上的米粒。胸有成竹的物事，带来的是车票的信息。明天早上十点，我决定了，去南方。明天的每一个孩子，眉毛煽动情感。母亲在看电视，女儿直到今天，都在想着那个，跟我睡成回忆的女人是妈妈吗？一些话不用耳朵去听，只需要用心去想，用心去想，你不说出来，耳朵也能听见。我陪母亲和女儿，我陪她们一起看电视。我越来越喜欢与女儿聊天。她希望我写一首诗，诗歌里面一定要有可爱、活泼、美丽这样的词汇。浸润了她呼吸的词汇，她说，只要出现一个即可。她完全信服爸爸的能力。女儿的星星在闪亮。

这个庞大的世界。一个香蕉的趣味，促使你轻唤了，体内声音的她们。都在海上学习的灯，明暗，不足以信。我在一支插曲里，听到了风言风语，这样更好。印痕里的小雨，弄湿了头发和衣服，别弄成了感冒，会发寒、咳嗽。梦里出现了几次，关于她。客里山的雪，与家乡，有什么不同吗？

她们，只不过是我喜欢用到的词。再见的吻，留在你的脸上。我喜欢的词，还有家乡、温暖、女儿、母亲，以及我给女儿取的小名，小云朵。她很喜欢。谜语，曾无数次抬头。从她们身旁，经过的一场大雨，我站立的地方几乎用了一生。这样的生活只属于个人史，我们的位置因了这无数个人史的注释，才有了使生活既快乐而痛苦的源头。女儿的伞撑开了，山下小学三年级课本第二册。我也想好好学习，天天向上。

有时，很喜欢；有时，很讨厌；有时，很自信；有时，很无助；有时，很欢欣；有时，很痛苦。有时，失眠了；有时，无聊了。有时，觉得孤独挺好的；有时，觉得寂寞又难耐。有时，想打电话；有时，想写封信。有时，想母亲；有时，想女儿。有时，一个人还会自言自语；有时，一个人还会徘徊街头。

石头上站立的黄昏，咳嗽，在我口袋里煨热了穿着打扮。呼喊的罪念，有一巴掌的愚笨。给她写信，不见得有人回复，不再美好的同学。除了，旧货二手的命运，谁想到了她的同学？以同样的惆怅，均未生效，算了吧，何必苦苦为难。傍晚时分，咳嗽加重，有一口痰，自由飞奔。你把一份写好的简历，在一家照相馆里打印出来。明天面试，你仿佛已在办公室与招聘的人面谈了。你走进附近一家药店，买下一盒头孢拉定胶囊，听说这个效果很好。以前咳嗽时，她给我买过，这样的药，其实已经在心里治愈了我。

再三强调的，生活的，工作的，南方的，她们的语气。我在床上，翻看一本诗集。诗人总是与别人有所不同，我仍然坚持，这样的练习，有很长一段时间了，我写诗，在诗里热爱事物。女儿开始对我们的生活有了观望，她的观望值得一提。慢慢地，想许多往事，许多人。也许，可以不再记得，汽笛声传来。那么亮的月光，在人世走动。

空阔的沉默，回答了寄住的偏方。我怕我的无语，让世界质问，那匹未归的马。咳嗽，排到了日程，当你的前路渺茫时，最难得的是困苦。苦难的困境，未免不是一件坏事。女儿偶尔的微笑，比咳嗽还重，一个人，需要多大的勇气，才能在这么好的天气，咳嗽。

女儿，总是跟我提到她。未分行的乡村，趁南方的气候还没成熟，这时谁有烧酒，就喝烧酒。谁没有入睡，就让他通宵发愣。车上，有一个戴眼镜的女生，让你想起了什么。虽然，很糟糕，那又怎样呢？谁又没有经历过糟糕呢？两种唱法的歌，让你相遇过爱的过去，过去的就让它过去吧。

我说好吧。对于大多数人来说，有几个是可以赞美的？我说好吧。对于大多数人来说，有几个是可以悲伤的？我说好吧。对于大多数人来说，有几个是可以自负的？我说好吧。对于大多数人来说，都属于大多数人。女儿，对于大多数人来说，她只是我的。

疼痛纠缠的少女，患上了对勇敢的想象。庄丽的勇敢，瑰丽的勇敢，糅合了想象的南方。女儿，在某处看着我，抽烟。我的确，是一个孩子的父亲。很多父亲，都改变不了这个坏习惯，但我想戒烟的想法由来已久。事实上我觉得戒烟到了时候就可以戒了，戒烟并不复杂也不难，难的是自己的浮躁与多余的复杂。丑小鸭在两个句子里，缝制天鹅的美学。饭菜合不合口味，已不是重点，重点是不凡的嗓音，却从未歌唱。

光阴在一张信用卡的虚构里，推迟了咳嗽的余热，下坠的天空，看上去被飞机的金属覆盖，泥土上的大地，长流的烟雾层层叠叠，远远地，成为一条重要的巷子。那个穿越在巷子的人，面对突如其来的夜景，城中村里传来的炒菜声，孩子的哭声，男人女人的呵斥声，以及锅盖声、碗筷声杂然并陈。

爱过的男人，爱过的女人，爱过男人的女人们，活在雨水的撒欢里。

我的身体，已被寂寞摸遍，是细碎长流的田野，是晶莹发光的萤火虫，是左右摇摆的蒲扇。亲爱的，我的姑娘。你此刻在哪个寂寞的出口，你也看到了这一种夜景了吗？我觉悟的时间，不过是生活的布局，你或者她，都是时间的宿命。隔壁的小狗，撕咬着城市的失眠。被许多男人追求过的夜晚，在路口再一次，被月光打听。

不眠的孤独，自然有不眠的人。

佛　手

想起又忘了，睡去又醒来，忘了的才想起，醒来的又睡去。逼仄的，是这样的日子，在工业的南方，物质抒情的日常生活，随风而至的又何止纠缠不清的汗水。太阳照出了我一身虚汗，归来的人，在昨日的路途一错再错。最近，双腿有点酸痛；最近，感到有点疲惫；最近，倒到床上就会睡着。最近的最近，有很多的烦躁不安。

一场雨，在半夜降临，只有醒着的灯光知晓。我总是三心二意，胡思乱想，一塌糊涂。公共汽车上的少妇，她勾起了我的想法，我偏爱的月色多一点。我偏爱月光之一的小巷，偏爱的人绕道而行，偏爱的村庄。我们偏爱的月光，和姑娘她们的颜色，仍如梦境。在现实的身体里构筑一个梦境也是挺好的，至少可以不让自己那么低迷，梦想是可以唤醒生命里的兽，那是激情与力量，是信念，是希望，是一切爱的源头。

原味的即溶咖啡，可以再来一杯吗？可以再来一杯吗？当然。我只能依靠这孤独，一阵风轻轻吹来，有点意思了。你把烟灰弹进，刚刚喝过的可乐瓶。这个时候，你根本没有心思去戒烟，我杂乱无章的心思，是工业区围墙下的草，自我矛盾地生长着。轰鸣的机器是城市的另一种弹奏，也不知道你怎么样了。一直很想你，我现在开始妥协命运，也慢慢信命了。

两个人能否天长地久地在一起过日子，除了机缘，更多的是一种命运的使然，是生命的宿命。你越渴望越挣扎，命运可能越让你不好受，何苦呢？算了，饶过自己吧。

这个枕头，是你用裙子亲手缝制的，难过时，我就把头轻轻枕在上面。要不同角度地去想，不同程度地去想，一遍复一遍。我听到你的呼吸和孩子的耳语，混在了一起。我们在这里相遇，我们也在这里分离，我还想在这里与你相遇。多年以前，我们就是在这个南方小镇上相遇的。我喜欢你唱粤语歌，那么好听，总是听不厌烦。推自行车的男女，经过我的房门，我背对他们，敲打多年前的路线。

他们说，你胖了啊。她们有没有人说呢？有，她们的她，女儿说，爸爸能不能不要再胖了呢！我吃得并不算多，午饭我只喝了两碗粥，我的租房带电梯，但房间很小，放下一张床，房间里的空间，基本上就所剩无几了。一个人的情怀，该如何诉说。腰疼、背疼、头疼、胃疼、脚疼，天空的雨，落下来时你看到了什么，我也看到了什么。压弯了心灵的树枝，湖泊的水，经历了儿女的轻唱。隔壁的邻居，从不掩盖他们的喜爱，这样最好。

岁月是一枚乡村的鸡蛋，它们圆滑地摇晃，我此刻的想念。我一直在这座城市，她们如同你爱过的姑娘。客里山和一些外省，没有人有耐心去阅读一首诗歌。抒情的部分已经有点多余了，我不知道，我该怎样去重述这个梦境。伯乐山下的马，写诗的书生站在田野上，远方的公路，穿过人民马路的每一条斑斓。嗒嗒的马蹄声，响起，响起。这静寂的夜晚和月光。

女儿的脚步声和情感的节奏，以及喧嚣夹在了一起。微笑也许是一次序幕，没有人注意你身边的那棵树，没有人知道你在等待什么，没有人在乎你想哼唱的曲子。孩子越大越不同道了，这么好的天气，我们都在浪费时间。腰疼数日，我却在一辆从城郊开出的公共汽车上，构思了几部小说。

说到底，我与他们，其实没有什么不同。也说不定，我与他们还是有所不同。那个爱溜须拍马的人总是改变不了他的嘴脸，还喜欢班门弄斧，做一些啼笑皆非的事情。俗话说，种瓜得瓜，种豆得豆。有几个人在苍茫里种植，我想搬离这里，搬去哪里呢？还真的没有想好，也不知道要搬去哪里。心里的绝望比现实的绝望更让人要命。我越来越佩服你，能够一个人在孤独里坚守生活的刀锋。

下午去社康站拔火罐，停下手里的活，这两天腰疼得受不了。受不了的还有这忽阴忽晴的天气，你总会莫名想起一些事物，想起你时也疼，不是肉体的疼，是那样的一种灵魂的疼。那样的疼，你会一辈子都记得。你一边想，一边随手在纸上涂抹着，画一匹马，画一座山，画坐在地铁上吃冰激凌的女人。随便画吧，只要你愿意，随便怎么画就怎么去画吧。风中的马和山，以及女人。

女医生的手，是温柔的。因为她的专业，温柔起了身体的涟漪，她的手在你身上触摸。她有很多种关于摸的手法，每一种手法都是命运，每一种手法都跟命运紧密相连。她的抚摸，是踏实的也是不安的，是美妙的也是痛苦的，是欢欣的也是惶恐的……她轻柔时，像抚摸；她着力时，像拿捏；关于摸，在她的手里只允许健康的展开，不需要疾病的猜想。关于身体这个问题，每个人的答案都是个谜。

我喜欢女医生身上那轻描淡写的药味，那是一种生命的气息。她穿着的这一身白，我也把她看成是生命的颜色。女医生的手专业而科学地试探着我的身体，我的身体就有了翻山越岭的动荡，就有了排山倒海的激情。她的手唤醒了我的身体，所触之处，既可安慰我的敏感，又能治愈我的疼痛。站不同的角度去看风景，你会看到风景的辽阔。在城市的深处，你能听见这城市工业的鸟声吗？对牛弹琴的人，弹错了对象，琴声如何动人也是徒劳。牛只管埋头吃草，不管你是谁。对于山里的牛来说，只要山里的草生长得好，只要能喂饱自己的胃，其他的一切，都去你的吧，乱弹琴。城市，工业，鸟声，它们扑闪的翅膀，也有它们的方向，如同灯塔。

窗台上的仙人掌，在铁栏杆里伸出了它们的手掌，这种表达的手法，被一只遗忘的猫撞见。这只猫朝仙人掌发了很久的呆，那种出神的呆萌让我忍不住要笑出声来。猫发现了不远处的我，又朝我试探了几种方式的发音。我想起了故乡的家里，也有一只猫，时不时跑到二楼去，母亲经常去楼上晒衣服。母亲在的地方，才是我的故乡。我要学会奔跑，不停地奔跑，向前跑，不怕跌倒不怕失败。

当我真正静下来时，我偶尔会想，夜晚的昆虫在诉说什么呢？

时间并没有冷落那个热爱的情人。

在地铁上，我靠着车窗闭目养神，假装打盹。有两个穿着鲜艳的女人在欢快地交谈着，一路上的话题很是奔放。她们还谈论起内裤的颜色和尺码，声音放轻了好多，我还是很能清晰地听到。近视数年的男人，摘下眼镜混迹人群，以为很多事物已日落远山。蛰伏在巷子里的花朵与河流，转角的巷子，此刻空无一人。

这个世界的夜晚，只有独行者才能身临其境。

图书在版编目（ＣＩＰ）数据

深圳的我们 / 叶耳著. -- 北京 ： 中国文史出版社，
2022.11

ISBN 978-7-5205-3944-9

Ⅰ.①深… Ⅱ.①叶… Ⅲ.①散文集－中国－当代
Ⅳ.①I267

中国版本图书馆CIP数据核字(2022)第 211345 号

责任编辑：全秋生

出版发行：中国文史出版社
地　　址：北京市海淀区西八里庄路 69 号　　邮编：100142
电　　话：010－81136602　　81136603　　81136606 （发行部）
传　　真：010－81136655
印　　装：廊坊市海涛印刷有限公司
经　　销：全国新华书店
开　　本：787 毫米×1092 毫米　　1/16
印　　张：16.25
字　　数：258 千字
版　　次：2023 年 3 月北京第 1 版
印　　次：2023 年 3 月第 1 次印刷
定　　价：58.00 元